KB032370

Потому что ты особенный!
5
가끔씩 툭하고
러시아어로 부끄러워하는
옆자리의 아랴 양
Иногда Аля внезапно кокетничает по-русски

“잠깐만, 이쪽 쳐다보지 마!”

“저, 저기, 너무
쳐다보는 건 좀……”

"개의치 마…….
내 천진난만함이
살짝, 드러났을
뿐이라고."

"……아, 눈매가 험악하다는 건 알고 있어요."

목차

가끔씩 툭하고 러시아어로 부끄러워하는 옆자리의 아랴 양 5

SUN SUN SUN 지음
모모코 일러스트
이승원 옮김

프롤로그 만남

"이번에는 자신 있었는데……."

"그렇게 연습했는데, 왜……."

"또 걔가 1위냐고……. 그다지 연습도 안 하면서……."

"아빠가, 1등을 못 하면 의미가 없댔는데…… 이제 싫어. 확, 관두고 싶어……."

그것은, 분명 예전부터 항상 주위에서 일어났던 일이다. 마사치카가 그것을 의식하게 된 것은, 쿠제가의 조부모에게 맡겨지고 얼마 후의 일이다.

"이번에도 그 애가 1등인 거야? 선생님이 편애하는 것 아닐까?"

"듣자 하니, 대단한 가문 출신인가 봐. 그래서 선생님이 챙겨주는 거야."

"왜 우리 애는 뽑히지 못한 건가요! 채점이 잘못된 것 아닌가요?!"

"저기, 저 애는 그냥 명예의 전당에 입성한 셈 쳐도 되지 않을까요? 더 많은 아이에게 기회를 준다는 의미에서도……."

주위에서 소용돌이치는, 보답받지 못한 자들의 한탄. 그리고 자신을 향하는 적개심과 기피. 이제까지 가족을 위해 필사적이었던 마사치카는 스오우 가문을 떠나면서, 아이러니하게도 그것들을 눈치챌 여유가 생겼다.

"아아~, 천재란 것들은 참 치사하네."

그것은 어느 피아노 콩쿠르에서 우승했을 때, 다른 출전자 중 누군가가 한 말이었다.

치사하다…… 확실히, 그럴 것이다. 무엇이든 간에 가르침 받은 대로 어느 정도 시간을 들여서 하다 보면, 언제나 노력 이상의 결과를 얻었다. 그 과정에서 고뇌와 좌절을 겪지도 않았다. 벽에 부딪히긴커녕, 계단 같은 것도 느낀 적이 없다. 다른 사람이 피를 토하는 심정으로 노력해도 해내지 못한 것을, 마사치카는 가볍게 해내고 만다. 어릴 적부터 평범한 사람보다 많은 학원에 다녔지만, 어느 것에 있어서도 마사치카는 누구보다 우수했다.

수영 교실에서는 누구보다 빨리 헤엄쳤고, 공수도에서는 매일 도장에 다니는 애보다 빨리 검은 띠를 땄다. 피아노 발표회에서는 매번 1등이었고, 습자 교실에서는 항상 가장 눈에 띄는 장소에 자신의 작품이 걸렸다. 그것도 딱히 좋아서 한 게 아니다. 정열 따위는 애초에 없었다. 조부의 기대에 부응하고 싶다. 어머니에게 칭찬받고 싶다. 여동생을 안심시켜주고 싶다. 그저, 그뿐이었다. 그뿐…….

(어라? 그럼 왜 지금도 학원에 다니는 거지?)

어머니는 이제 칭찬해주지 않는데, 조부는 실망했는데, 게다가 학교에서 그런 짓을 벌였으니 동생을 안심시키는 건 무리 아닐까? 치사한 재능으로 타인의 노력을 짓밟는 것에, 무슨 의미가…… 거기까지 생각했을 때, 그제야 눈치챘다.

"의미가 없다면…… 관두는 편이 낫잖아."

분명 이제까지도…… 마사치카의 눈부신 경력의 이면에서 눈물을 삼킨 사람이 잔뜩 있었을 것이다. 마음에 정열을 품고, 몸이 깎여 나가는 듯한 노력을 해온 사람들이 말이다. 그들의 귀중한 노력을 눈치채지 못한 채…… 이제까지 자각 없이, 참 죄 많은 짓을 하고 말았다.

"……허무해."

이제까지 자신이 해온 짓도, 그 무엇에도 정열을 품지 못하는 자기 자신도. 그 모든 것이, 허무하다…….

"마사치카, 수영 교실에 갈 시간이란다."

평소처럼 자기를 부르러 온 할머니가 그렇게 말했지만, 마사치카의 마음은 움직이지 않았다.

"……안 가."

"뭐? 아…… 그렇구나. 그럼 오늘은 쉬는 걸로—."

"이제, 안 갈 거야. 관둘래. 전부 관두겠어."

"……그래. 마사치카가 관두고 싶다면, 그러는 편이 좋을지도 모르겠구나."

될 대로 되란 투로 담담히 그렇게 말하자, 할머니는 뭔가를 눈치챈 것처럼 고개를 끄덕였다. 부정도 질문도 아닌, 담담한 허용. 그런 할머니의 상냥함이 왠지 답답하게 느껴진 마사치카는 툇마루를 통해 몰래 밖으로 나간 후, 정처 없이 걸어 다녔다. 그렇게 상점가에 들어서려던 순간, 시끌벅적한 소리가 들려와서 고개를 돌려 보니 오락실이 보였다.

(게임, 인가…….)

학교에서 클래스메이트가 나누던 이야기를 떠올렸다. 평범한 초등학생은 텔레비전 게임이라는 것에 열중한다고 한다. 하지만 겐세이가 해악으로 규정했기에, 마사치카는 이제까지 텔레비전 게임이란 것을 해본 적이 없다.

"……."

갑자기 조부를 향한 반발심이 샘솟은 마사치카는 천천히 오락실에 발을 들였다. 그리고 언뜻 눈에 들어온 좀비를 총으로 쏘는 슈팅 게임을 플레이해 봤다. 처음에는 조작 방법을 몰라서 금방 죽었지만, 네 번 플레이했을 때는 요령을 파악했고, 일곱 번째 플레이했을 때는 무사히 최종 보스를 해치웠다. 그러자 화면에 점수가 표시되면서, B랭크라는 평가가 내려졌다.

"……아하, 공격을 맞는 횟수와 사용한 탄환을 줄이면 점수를 더 많이 딸 수 있구나."

의외로 손쉽게 클리어했다고 생각했는데, 아무래도 승부는 이제부터인 것 같았다. 지금의 자신은 시험에서 모든 문제를 다 풀었을 뿐이다. 이제부터는 미스를 줄이며 득점을 늘려야 한다. 그것이 진정한 승부다.

"뭐, 기왕이면 만점을 목표로 해볼까."

그 후, 마사치카는 뒤편에서 기다리는 사람이 없기에 자기가 납득할 때까지 연속으로 플레이했다. 그리하여 자기가 만점이라 여길 수 있는 플레이를 했을 때…… 랭킹 상위는 자기 이름으로 가득 채워졌다.

"……이런 건가."

갑자기 흥미가 확 식은 마사치카는 이어서 크레인 게임을 하러 갔다. 하지만 그것도 몇 번 만에 요령을 파악한 그는 그 후로 경품을 쓸어 담을 뿐인 작업을 했다. 게다가 딱히 경품을 원하는 것도 아니기에, 뽑을 수 있을 만한 경품을 다 뽑은 후에는 주위에서 구경하던 관객에게 나눠주고 말았다. 그런 짓을 며칠 하다 보니, 인근에 있는 모든 오락실에 출입 금지를 당하고 말았다.

"뭐, 등쳐 먹으려는 놈들도 생기기 시작했으니, 어쩔 수 없나……."

그렇게 스스로 납득하려고 했지만, 가슴속에 남아 있는 응어리는 사라지지 않았다. 오락실에서도 지나치게 우수한 인간은 배제당하는 건가. 그런 처량함이 샘솟는 것을,

억누를 수가 없었다.

"하아……. 이걸 어떻게 하지?"

마사치카는 양손으로 안아 든 거대한 곰 인형을 내려다보며 한숨을 내쉬었다. 이것은 점원이 완곡하게 자신을 쫓아내려 할 때에 우연히 들고 있던 크레인 게임 경품이었다. 돌려주기 싫어서 가지고 나왔는데…… 이건 딱 봐도 여자애들이 좋아할 만한 물건이다. 천식이 심한 유키에게 봉제 인형을 선물할 수도 없으니, 줄 사람은 아야노뿐이지만…… 스오우 가문으로 언제 돌아갈지 모르는 이 상황에서는 언제 그녀를 만날 수 있을지 알 수 없다. 애초에 어떤 표정으로 이걸 건네주면 좋을지 모르겠다.

"……할머니한테 줄까."

그런 생각을 하다 보니, 어느새 놀이기구가 잔뜩 놓여 있는 공원 앞에 도착했다. 별생각 없이 그쪽을 쳐다보니, 비슷한 또래로 보이는 여자애 다섯 명이 모여 있었다. 그와 동시에, 그중 한 명에게 자연스럽게 시선이 빨려 들어갔다.

(어, 천사……?)

한순간 얼이 나가는 것과 동시에, 그런 감상이 머릿속에 떠올랐다. 그 정도로 아름다운 여자애였다. 빛을 반사하는 새하얀 피부, 푹신해 보이는 긴 금발, 찬란히 빛나고 있는 푸른 눈동자, 숨을 삼킬 만큼 아름답고 사랑스러운 외모……. 하지만, 그런 비현실적일 만큼 사랑스러운 얼굴은 당혹과 비애에 젖어 있었고, 필사적으로 뭔가를 호소하고 있는 눈치였다.

“가, 치, 겨주, 해?”

“저기, 무슨 말 하는 건지 모르겠거든~?”

“일본어로 말하란 말이야~, 마리야~.”

일본어로 더듬더듬 말하는 소녀를, 주위에 있는 여자애들이 심술궂은 미소를 머금은 채 쳐다보고 있었다. 그러자 소녀는 더 필사적으로 말했지만, 네 사람은 무슨 말인지 알면서도 「모르겠어」, 「일본어 되게 서투네」 같은 소리를 늘어놓고 있었다. 그 광경을 본 마사치카는 데자뷔를 느끼며 인상을 찡그렸다.

소녀를 비웃는, 4인조의 추악한 표정. 자신보다 뛰어난 이질적인 존재를 헐뜯고, 상처 주려 하는 악의에 찬 표정. 그것은…… 마사치카에게 시비를 걸다가 결국 그에게 폭행을 당했던 같은 반 남자애들과 같은 표정이었다.

【정말 어쩌지……. 내 말, 못 알아듣나 봐…….】

결국 소녀가 러시아어로 그렇게 중얼거리자, 다른 네 사람은 기회를 잡았다는 듯이 입을 모아 떠들었다.

“저기저기~! 진짜로 무슨 소리를 하는 건지 모르겠거든~?”

“로마에선 로마의 법에 따르란 말 몰라~? 참, 러시아 사람이니까 모르겠네~.”

"아아~, 모처럼 같이 놀아줄까 했는데 말이야. 됐어, 마리야는 내버려 두고 우리끼리 놀자~."

"그래~."

들으란 듯이 악의에 찬 말을 남긴 후, 네 사람은 소녀를 내버려 둔 채 어딘가로 달려갔다. 한순간 그녀들을 따라가려던 소녀는 양손으로 치마를 꼭 움켜쥐더니, 그 자리에 멈춰 섰다.

"……."

너무나도 기분 나쁜 광경이었기에, 마사치카는 그대로 확 달려가서 저 여자애들의 등을 걷어차 버릴까도 생각했다. 하지만 마사치카는 곧 그 폭력적인 충동을 억누르더니, 홀로 남겨진 소녀를 향해 돌아섰다.

연분홍색 입술을 꼭 깨문 소녀는 금방이라도 터져 나올 듯한 울음을 참고 있었다. 그 모습을 본 마사치카는 가슴이 옥죄는 것 같았다. 그리고 정신을 차려 보니, 소녀에게 다가가서 익숙하지 않은 러시아어로 말을 건네고 있었다.

【괜찮아?】

그 말을 건넨 순간, 소녀는 튕기듯이 고개를 들었다. 그리고 희미하게 젖은 눈을 크게 치켜뜨더니, 마사치카를 뚫어지게 쳐다보았다.

【어, 방금……?】

【러시아어, 말해…… 조금?】

단어를 이어 붙였을 뿐인, 유치하기 그지없는 러시아어였다. 하지만 소녀는 꽃이 화사하게 피어나는 듯한 표정을 짓더니, 온몸으로 기쁨과 흥분을 드러냈다.

【어, 러시아어 할 줄 아는구나? 대단해, 대단해!】

"윽!"

솔직히 말해, 정확한 의미는 이해하지 못했다. 하지만 주워들은 단어만으로도, 칭찬을 받고 있다는 것을 이해할 수 있었다. 무엇보다 저 순수한 칭찬과 눈부시게 빛나는 눈동자가…… 마사치카의 마음을, 강렬한 충격과 함께 뒤흔들었다.

【나, 마샤!】

"어, 아……?"

【마샤!】

전혀 예상 못 한 마음의 떨림에 마사치카가 당혹스러워하는 사이, 소녀는 방긋방긋 웃으면서 말했다. 처음에는 모르는 러시아어라고 생각했지만, 이어지는 질문을 듣고 의미를 이해했다.

【이름, 뭐야?】

"으음……? 아, 이름! 그러, 니까…… 마~?"

【마샤!】

"마챠?"

【마, 샤!】

"아하, 마샤?"

그렇게 말하자 소녀…… 마샤는 기쁘다는 듯이 몇 번이나 고개를 끄덕였다. 그리고 마사치카를 손으로 가리키며 다시 한번 말했다.

【이름, 뭐야?】

"아…… 마사치카. 스오우, 마사치카."

【슈오우, 마샤치카?】

"마사치카. 마, 사, 치, 카."

【아! 마사아치카!】

"으, 으음? 뭐…… 됐어."

왠지 러시아인 이름 같았지만, 그래도 마사치카는 고개를 끄덕였다. 그러자 마샤는 방긋방긋 웃으면서 아래쪽을 쳐다보았다.

【이 애는?】

"뭐?"

【이 애는 이름이 뭐야?】

"응? 아!"

곧 봉제 인형의 이름을 물어본 거란 사실을 눈치챈 마사치카는 얼굴이 벌게졌다. 이 천사 같은 소녀에게 『봉제 인형을 들고 다니는 남자』란 착각을 받은 게, 너무나도 부끄러웠다.

"아냐. —으음, 게임 센터……라면 이해할까? 게임, 센터."

마샤의 반응을 살피고 이해 못 한 것 같다고 판단한 마사치카는 다시 러시아어를 머릿속에서 끄집어냈다.

【선물…… 게임, 선물. 필요 없어. 줄게.】

【뭐? 나, 주는 거야?】

【줄게.】

그렇게 말하면서 봉제 인형을 억지로 떠넘기자, 마샤는 한순간 당황한 표정을 지은 후에 곧 미소를 머금었다.

【우와아, 정말이야? 고마워! 귀여워라~♡】

마샤가 너무나도 기뻐하며 봉제 인형을 꼭 끌어안자, 마사치카는 왠지 자기가 포옹을 받은 듯한 느낌에 사로잡혔다. 말로 형용 못 할 만큼 부끄러워진 마사치카가 고개를 돌리자, 마샤는 다시 물었다.

【그런데, 이 애 이름은 뭐야?】

【없어. 이름, 없어.】

【그래? 으음~, 그럼 네 이름은, 사무일 3세!】

"……."

알아듣지는 못했지만, 왠지 매우 개성적인 이름인 듯한 느낌이 든 마사치카는 어설픈 미소를 머금었다. 그런 마사치카의 손을 쥔 마샤는 돔 형태의 놀이기구를 향해 시선을 보냈다.

【마사아치카, 놀자. 응?】

"으음?"

【경주!】

"어, 뭐? 아……."

마샤는 마사치카의 손을 잡아끌면서 달렸다. 처음에는 천사 같아 보이던 소녀는 천사가 아니라 천진난만한 소녀였다. 하지만 그 순진무구한 미소가…… 항상 기피와 혐오의 표정에 둘러싸여 지냈던 마사치카에게 있어서는 매우 충격적이었다. 마샤와 이야기를 나누면서 함께 놀다 보니, 마사치카는 자신의 메말라서 갈라진 마음이 천천히 아물어 가는 느낌을 받았다. 그녀와 더 이야기를 나누고 싶다. 그녀에게 더 멋진 모습을 보여주고 싶었다.

그 후로는 그다지 흥미가 없었던 할아버지의 러시아 영화도 열심히 보게 됐다. 한때는 관두려 했던 학원도, 다시 다니기 시작했다. 어쩌면 마샤를 어머니 대신으로 여기고 있는 걸지도 모른다. 어머니에게 받지 못한 인정을, 칭찬을, 그녀에게 갈구하고 있는 것뿐일지도 모른다.

그래도…… 그것은, 틀림없는 사랑이었다.

【왜 그래? 마사아치카.】

【으음…… 마사아치카라고 부르니 왠지 러시아인 같으니까, 관둬주지 않겠어?】

【그래? 으음~ 그럼 뭐라고 부를까?】

【하다못해 애칭으로 부르면 좀 일본인답지 않을까 싶은데…….】

【그렇구나……. 그럼 『사아』라고 부를게!】

【아니, 문제인 『사아』만 떼서 애칭으로 삼는 거야?】

그래서는 러시아인 같은 느낌이 미묘하게 남는데 말이다. 마사치카가 그런 식으로 생각하며 쓴웃음을 머금자, 마샤는 방긋방긋 웃으면서 얼굴을 내밀었다.

【그럼, 나는?】

"뭐?"

【나는, 뭐라고 부를 거야?】

애초에 『마샤』 자체가 본명이 아니라 애칭이다. 그러니 그 호칭 그대로 부르면 될 테지만…… 기대에 찬 눈길로 쳐다보는 마샤에게 그런 말을 할 수 있을 리가 없었다.

"으음……."

퍼뜩 떠오르는 것은 그냥 이름 뒤에 『양』을 붙이자는 아이디어다. 하지만 마사치카는 그렇게 마샤를 부르려니 좀 쑥스러웠고…….

【저기, 뭐라고 부를 건데?】

"으……."

하지만 마샤가 이렇게 기대하고 있는 만큼, 관둘 수도 없었다. 결국 마사치카는 고개를 돌린 채 머뭇거리며 입을 열었다.

【그럼…….】

제 1 화 재회와 결별

"마아?"

기억 밑바닥에서 되살아난 그 호칭이, 자연스럽게 마사치카의 입에서 흘러나왔다. 그러자, 마리야는 안타까운 미소를 머금은 채 천천히 고개를 끄덕였다.

"응……. 나야, 사아."

그 말을 들은 순간, 쭉 안개 저편에 숨어 있던『그 아이』의 모습과 눈앞에 있는 마리야의 외모가 포개졌…… 포개…….

(아니, 안 포개지거든?)

그 아이…… 아니, 마아의 모습을 똑똑히 떠올리기는 했지만, 눈앞에 있는 선배와는 여러 부분이 너무 달랐다. 키와 체형이 전혀 다른 것은 물론이고, 머리카락의 길이만이 아니라 색깔까지 달랐으며, 눈동자의 색깔마저 달랐다. 머리카락과 눈동자의 색깔이 금발과 푸른 눈에서 갈색 머리카락과 눈으로 바뀌면서 분위기 또한 딴판이 됐다. 한때 천사 그 자체였던 소녀와, 눈앞에 있는 포용력 넘치고 차분한 누님은 이미지가 일치하지 않았다.

(이래서야 눈치 못 채더라도 이상할 게 없다……고 해도,

두 달 넘게 눈치 못 챈 나도 좀 문제 있다 싶긴 해!)

마사치카는 맹렬하게 반성하면서도, 반신반의하는 심정으로 마리야에게 물었다.

"으음…… 마아, 맞아요? 6년쯤 전에, 이 공원에서 항상 같이 놀았던……?"

"응, 맞아."

"아, 어, 으음, 저기, 뭐랄까……."

전혀 예상치 못한 재회인 데다, 재회한 옛사랑이 실은 알고 지내는 사람이란 사태에 직면한 마사치카는 뭘 어쩌면 좋을지 짐작조차 할 수가 없었다.

마사치카가 말을 제대로 잇지 못하며 시선만 흔들리고 있자, 마리야는 작게 웃음을 흘리며 그의 손을 잡았다.

"일단 시원한 그늘로 갈까?"

"아, 네."

"정말…… 존댓말 쓰니 이상하잖아."

"아……."

그러고 보니 옛날에는 반말을 했다. 그걸 떠올린 마사치카는 그녀의 손에 이끌리며 그늘에 있는 벤치로 이동했다.
그렇게 나란히 벤치에 앉은 후에야, 겨우 생각을 정리한 마사치카는 질문을 할 여유가 생겼다.

"으음…… 언제, 눈치챘던 건데, 요?"

입에서 나온 것은 존댓말과 반말의 중간 같은 말이었다.

하지만 마리야는 딱히 개의치 않으면서, 앞을 바라보며 담담히 대답했다.

"으음~, 학생회실에서 만나자마자~?"

"완전 처음부터잖아요?!"

"응. 성이 다른 느낌이 들어서 『어머?』 하기도 했고, 시험 삼아 러시아어로 말을 걸어봤는데도 대답을 하지 않아서 『사람 잘못 본 걸까~?』 하고 생각하기도 했어."

우습다는 투로 그렇게 말한 마리야는 마사치카 쪽을 돌아보았다. 그리고, 사랑스럽다는 듯이 눈을 가늘게 뜨며 말을 이었다.

"하지만 사아는 역시 사아였으니까…… 역시 맞다고 생각했어. 게다가……."

"어, 어어……?"

마리야는 당황한 마사치카를 개의치 않으며 그의 오른쪽 어깨를 만지더니, 살며시 쓰다듬었다. 아니, 마리야가 쓰다듬은 것은 어깨가 아니라…… 거기에 난 오래된 흉터다.

"사아가 나를 지켜준 흔적…… 이걸, 못 알아볼 리가 없잖아?"

"아아, 그것도, 그러네요."

"후훗. 아직도 존댓말을 쓰는 거야?"

"아, 으음, 어……."

그런 말을 들었지만, 아직 마사치카의 눈앞에 있는 인물은 마아가 아니라 마샤 씨다. 그렇게 간단히 인식을 바꿀 수는 없고, 예전처럼 편하게 대하기에는 그 후로 너무 긴 시간이 흘렀다.

"으음, 그건 그렇고 엄청난 우연이네요? 설마 이런 데서 재회할 줄은 몰랐어요. 우연치고는 너무 절묘하달까……."

"우연 아냐."

"어—?"

난처해진 마사치카가 화제를 돌리려 하자, 마리야는 진지한 표정으로 조용히 말했다.

"나, 이번 방학 동안에 사아를 만나지 못한다면 포기할 생각이었어. 그러니까…… 이건 운명, 이야."

"우, 운명…… 아니, 확실히 드라마 같은 일이라고는 생각하지만, 아무리 그래도 그건 과대 포장 같은데……."

마사치카가 메마른 헛웃음을 흘리면서 부정했지만, 마리야의 태도에는 변함이 없었다. 그 올곧은 눈동자를 본 마사치카의 목소리는 점점 작아졌다. 그리고 미소를 지우며, 조용히 물었다.

"운명이라니…… 그게 무슨 뜻, 이죠?"

그것은 무례하고 멋없는 질문일 것이다. 하지만, 마리야는 주저하지 않으며 솔직히 답했다.

"……합숙 때, 말했지? 운명의 상대, 란 뜻이야."

그것은 의심의 여지가 없는, 사랑 고백이었다. 그 바람에 마사치카의 심장은 불규칙적으로 뛰었고, 그의 입에서는 부정의 말이 흘러나왔다.

“아니, 저기, 그게…… 이상하잖아요.”

“뭐가?”

“뭐가, 라니……. 그야 호감을 살 이유가 없는걸요. 지금의 저는 스오우(사아) 마사치카가 아니고, 마샤 씨에게 호감을 살 만한 행동을 한 기억도 없어요. 오히려 한심한 모습만 잔뜩 보여줬는데…….”

마사치카가 자기 자신을 부정하는 말을 늘어놓자, 마리야는 약간 쓸쓸한 듯이 웃은 후에 말했다.

“응…… 맞아. 쿠제는, 사아와 여러모로 달라.”

“그렇죠? 애초에, 지금 생각해 보면 옛날의 저는 그야말로 망할 꼬맹이였고…… 자기 자랑만 엄청 해댔잖아요. 완전 짜증스러운 애 아니었어요?”

“후훗, 맞아~. 짜증스럽다고는 생각하지는 않았지만, 자랑을 많이 하긴 했어.”

“으, 역시 그랬나요…….”

알고는 있었지만, 상대방이 긍정하니 정말 멋쩍었다. 쥐구멍에라도 들어가고 싶어진 마사치카가 몸을 배배 꼬고 있을 때, 마리야는 옛날을 그리워하듯 그윽한 눈길을 머금었다.

“항상 우쭐대며 『어때?! 대단하지?!』 하고 말했잖아…….”

"윽……."

"내가 칭찬해주면, 정말 기뻐하며 웃었는데…… 후훗, 귀여웠다니깐."

"귀, 귀여워……."

완전히 어린애 취급을 당했다는 사실을 안 마사치카는 어깨를 움츠렸다. 그 옆에서 마리야는 다른 종류의 미소를 머금었다.

"실은 괴로우면서도, 『자신에게는 괴로워할 자격이 없다』란 생각에 사로잡혀서, 항상 억지로 웃었지……."

"……어?"

갑자기 이야기의 흐름이 달라지자, 마사치카는 눈을 깜빡였다. 그런 마사치카를 똑바로 응시하며, 마리야는 상냥한 목소리로 고했다.

"그런 사아의 미소를, 나는 그 무엇보다도 사랑스럽다고 생각했어."

"윽!"

"실은 누구보다 상냥하고 배려심이 넘치지만, 자기 자신을 인정하지 못해서 미소의 이면에서 자기 자신에게 상처를 입히고 있었어……. 그런 모습을 보면, 힘껏 안아주고 싶어지더라니깐. 꼭 끌어안고, 머리를 쓰다듬어주며, 볼에 키스해주고 싶어졌어……. 『충분히 힘내고 있어』, 『더는 자기 자신을 미워하지 않아도 돼』 하며, 몇 번이고 몇 번이고 말해주고 싶어지지 뭐야."

그렇게 말하는 마리야의 눈동자는 자애와 열기로 가득 차 있었다. 그런 그녀의 눈을 본 마사치카는 현실도피하듯 생각했다.

(어, 그럼 못난 남자를 좋아한다는 거야?)

그리고, 곧 그런 무례한 생각은 머릿속에서 지워졌다.

(으, 음…… 그건가? 열심히 허세를 부리는 남자가 오히려 귀여워 보인다…… 같은 거?)

마리야의 말을 어찌어찌 납득이 되도록 해석한 마사치카는 그녀의 뜨거운 시선을 피하려는 듯이 입가를 장난스럽게 말아 올렸다.

"아니, 무슨 어둠을 짊어진 다크 히어로 같은…… 저는 그런 멋진 애가 아니라고요."

딱히 그런 비극적인 과거를 짊어지고 있지는 않다. 그저 어린애가 투정을 부리며 가출했다가 집에 돌아가지 못하게 됐다. 그리고, 그 일을 아직도 질질 끌고 있을 뿐이다. 말로 표현하면 정말 아무것도 아니다.

그렇게 자조하는 마사치카의 앞에서…… 마리야는 뭔가를 참는 것처럼 몸을 희미하게 떨었다.

"그런, 귀여운 표정을 지으면……."

"어?"

그리고 작은 목소리로 중얼거리는 것 같더니, 갑자기 마사치카를 와락 끌어안았다.

"꼬옥~!"

"어~?! 무슨~?!"

"쿠제 잘못이야! 그런 귀여운 표정을 지어서, 나를 유혹했잖아!"

"무슨 소리예요?!"

마리야가 갑자기 나를 꼭 끌어안자, 그녀와 볼을 맞댄 마사치카는 한껏 당황하고 말았다. 온갖 생각을 일격에 날려버리는, 누님의 압도적 육체 언어다. 마리야의 여성미 넘치는 몸의 감촉, 그리고 코를 자극하는 달콤한 향기 같은 초고밀도의 정보가 마사치카의 뇌를 잠식하며 순식간에 오버히트시켰다.

(부, 부드러워~. 좋은 향기 나~.)

순식간에 뇌의 성능이 다운된 마사치카는 초등학생 같은 감상을 늘어놨다. 그런 그의 귓불에, 희미한 떨림이 어린 목소리가 닿았다.

"(진짜…… 사아야……!)"

그 순간, 마사치카는 뇌가 옥죄어드는 느낌을 받으면서 머릿속이 정상으로 되돌아왔다.

(그러고, 보니…….)

마리야의 말투로 볼 때, 오늘 여기서 재회한 것은 우연이 아니다. 즉…… 마리야는 이제까지도, 틈만 나면 이 장소에 온 것이다. 옛 친구와의 재회를 기대하면서 말이다. 다시 만날 수 있을 거란 확신 따윈, 전혀 없었을 텐데…….

(뭐야, 정말……. 그럼…….)

그녀의 갸륵함을 느낀 마사치카는 몸이 희미하게 떨려오면서 눈물이 나려고 했다. 가슴 깊은 곳에서 뜨거운 무언가가 치밀어 오르더니, 충동적으로 눈앞의 소녀를 확 끌어안고 싶어졌다.

"마샤 씨―."

가슴에 치밀어오르는 감정에 휩싸인 마사치카가, 두 손을 들어 올린…… 바로 그때였다.

"앗~! 마리야 누나가 데이트하고 있어~!"

어린아이 특유의 앳되고 배려심 없는 외침이 들려오자, 마사치카는 무심코 고개를 돌려 쳐다봤다. 그러자 열 살 전후로 보이는 초등학생 7인조가 눈에 들어왔다. 마리야도 그들을 본 건지, 멋쩍은 듯이 볼을 긁적이며 마사치카한테서 떨어졌다. 그 결과, 마사치카의 두 손은 허공을 맴돌다가 무릎 위로 되돌아갔다.

"아, 아~. 부끄러운 모습을 보여줬네~."

"……아는 사이인가요?"

"아하하, 때때로 같이 노는 친구들이야……."

그런 이야기를 나누고 있을 때, 일곱 명 중 여자애 세 명이 눈을 반짝이며 뛰어왔다. 그 뒤를, 미심쩍은 표정을 지은 남자애 네 명이 따라왔다.

"저기저기, 혹시 이 사람이 마리야 언니가 말한 사람이야?"

가장 앞에 선 여자애가 흥미진진한 어조로 마리야에게 물었다. 그러자 마리야는 배시시 웃으며 고개를 끄덕였다.

"응……. 내가, 좋아하는 사람이야."

""""꺄아아—!!""""

마리야가 고백하자, 여자애 세 명은 새된 목소리를 냈다. 그와 동시에…….

(어라, 뭐야? 방금, 앳된 소년의 첫사랑이 무참히 박살 나는 소리가 들린 것 같은데…… 그것도 사중주였어.)

그게 마사치카의 착각이 아니란 사실은, 여자애들의 뒤편에 선 남자애 네 명의 얼굴을 보면 명백했다. 그도 그럴 것이, 하나같이 눈을 깜빡이는 것도 잊은 채 굳어 있으니 말이다.

"어디가 마음에 들었어?!"

"잠깐, 방해하면 안 돼."

"맞아~. 으음, 젊은이들끼리 좋은 시간 보내시게~?"

"아하하, 그게 무슨 소리야~?"

여자애 세 명은 그렇게 떠들면서 그대로 사라졌다. 그 와중에 얼이 나간 남자애들을 회수하는 것도 잊지 않았다. 정말 멋진 퇴장이었다.

"……요즘 여자애들은 성숙하네."

"후후, 맞아~."

마사치카는 폭풍 같은 3인조 탓에 얼이 나간 상황에서 무심코 그렇게 중얼거렸다. 그리고 그 말에 마리야가 동의하자, 그는 퍼뜩 정신을 차렸다. 그리고 아까 마리야가 한 말이 생각나자, 갑자기 안절부절못하기 시작했다.

"으음, 저기, 아까……."

"응?"

"으음, 저기…… 좋아하는 사람이라는 건……?"

머뭇거리면서 묻자, 마리야는 차분한 미소를 머금은 채 고개를 끄덕였다. 그 어른스러운 미소를 보자, 마사치카의 심장이 크게 뛰었다.

"응…… 좋아해. 쭉 좋아해 왔어. 너만을, 쭈욱~ 좋아해 왔어."

그 말은 너무나도 솔직하고, 진지한 사랑 고백이었다. 그 말을 듣고…… 마사치카의 마음에 퍼져 나간 것은, 슬픔이었다.

"그럼, 왜……."

"어?"

"왜 그날…… 저를, 버린 건가요?"

"어, 어?"

마사치카는 당황한 것처럼 눈을 몇 번이나 깜빡이는 마리야를 향해 쓰디쓴 마음을 토해내듯, 기억의 저편에서 되살아난 그 작별의 날에 들은 말을 토했다.

"그날, 말했잖아요. 이제 작별이라고요. 너는 운명의 상대가 아니니까, 더는 안 만난다고요!"

"어, 어, 어어~?!"

마사치카가 호소하자, 눈을 치켜뜨며 몸을 젖힌 마리야는 곧 고개를 세차게 저었다.

"마, 말한 적 없어! 그런 말, 한 적 없거든?!"

"하지만, 분명……."

"작별이라는 말을 하긴 했어! 하지만 그다음이 달라! 『네가 운명의 상대가 아니라면 이제 못 만나. 하지만 운명의 상대라면 다시 만날 수 있을 거야』 하고 말했거든?!"

"……어어?"

마리야가 그렇게 외치자, 마사치카는 회의적인 목소리를 내며 기억을 되짚어봤다. 그러자, 확실히 「안 만나」라는 말 후에 마리야가 무슨 말을 했던 것 같은 느낌이 들었다. 그저…… 그 앞의 말이 너무 충격적이라서, 마사치카는 그 뒤의 말을 잘못 들었을 뿐이다.

그렇다, 잘못 들은 것이다. 정신을 차렸을 때는, 마리야가 이미 사라졌고…… 그 후로 잘못 들은 걸지도 모른다고 생각하며 몇 번이나 이 공원에 왔지만, 역시 그녀를 만나지 못했다.

마사치카는, 눈을 돌렸다. 깊이 생각해 보지도 않고, 「그

애도 엄마처럼 나를 배신한 거야」 하고 생각하며, 비극에 취한 채 안이한 결론을 내렸다. 그리고, 어머니의 추억과 함께 「싫은 추억」이라는 이름표를 붙여서, 기억 밑바닥에 봉인했다. 도망치지 않고 더 깊이 생각해 봤다면, 진실에 도달했을지도 모르는데…….

"하, 하하……."

허탈한 마음이 맹렬히 밀려들자, 마사치카는 메마른 미소를 흘렸다. 이런 바보 같은 착각에 사로잡혀 무의미하게 자기 자신을 상처 입혔다고 생각하니, 당시의 자신이 우스꽝스럽게 느껴졌다. 그런 마사치카에게, 마리야는 진심으로 미안해하며 말했다.

"저기…… 미안, 해. 소중한 작별 인사는, 일본어로 전하고 싶어서…… 하지만, 내가 익숙하지 않은 일본어를 쓴 바람에, 오해하게 했나 보네……."

"아…… 아니, 제가 괜한 착각을 했을 뿐인 것 같으니까, 마샤 씨가 신경 쓸 일은 아니에요……."

확실히 마리야의 말대로, 당시 마리야의 일본어가 서툰 탓에 괜한 오해를 했을 가능성이 크기는 했다. 하지만 그와 버금갈 정도로, 마사치카의 내면에서 과거의 기억을 나쁜 쪽으로 뜯어고쳤을 가능성도 있다. 특히 어릴 적의 기억은 좋든 싫든 자기에게 유리한 쪽으로 바뀌는 법이다.

아무튼, 실제로 어떻게 된 건지 이제 와서 확인할 방법은 없다. 그러니 더 생각해 봤자 소용없는 것이다.

"미안해……."

하지만 마리야는 슬픈 목소리로 또 사과하더니, 마사치카를 상냥히 포옹해줬다. 자신을 진정시켜주는 그 감촉에, 마사치카는 몸을 맡기려다…… 마리야의 고백을 떠올린 바람에, 마음이 거북해졌다.

"아, 저기……."

마사치카가 머뭇머뭇 입을 떼자, 마리야는 전부 이해한다는 듯이 고개를 끄덕였다.

"응…… 괜찮아. 지금 바로 고백에 대답해줄 거라고는 생각 안 했어."

"어……."

"왜냐하면, 쿠제는 나를 그런 대상으로 의식한 적 없지?"

"으……."

정말 모든 것을 꿰뚫어 보고 있는 것 같았기에, 마사치카는 아까와 다른 의미에서 거북해졌다. 마사치카가 거북한 표정으로 꼼짝도 하지 않자, 마리야는 웃음을 흘리며 그에게서 떨어진 후에 온화한 목소리로 말을 이었다.

"게다가…… 이미, 눈치챘잖아? 아랴의 마음 말이야."

"……!"

마리야가 그것을 언급하리라고는 생각도 못 한 마사치카는 숨을 삼켰다. 어떤 반응을 보이면 좋을지 몰라서 망설이는 마사치카의 앞에서, 마리야는 약간 재미있다는 듯이 웃음을 흘렸다.

“후훗. 뭐, 아랴는 아직 자기 마음을 눈치채지 못한 것 같지만…… 같은 사람을 좋아하게 되는 건, 역시 우리가 자매라서 그럴까.”

“…….”

자매가 같은 남자를 좋아한다고 하는 세간에서 일반적으로 수라장이라고 여기는 상황을, 마리야는 딱히 개의치 않으며 그렇게 말했다. 마사치카는 그 모습을 보며 강렬한 위화감을 느꼈다.

“왜…….”

왜, 이렇게 태연한 것일까. 입에 담지 않은 말을 정확하게 파악한 마리야는 여전히 온화한 어조로 말을 이었다.

“그야 기쁜 일인 걸. 다른 사람도 아니고 아랴가 누군가를 좋아하게 됐잖아. 게다가 좋아하게 된 상대가 바로 쿠제 같은 멋진 남자잖아.”

“…….”

“나는 정말 기뻐. 아랴도, 쿠제도, 정말 좋아하거든. 그래서…….”

거기까지 말한 마리야는 하늘을 올려다보더니, 곱씹는 듯한 어조로 말했다.

“역시, 아랴와 다투고 싶지 않아.”

그것은, 언젠가 석양이 드리워진 복도에서 마리야가 털어놨던 마음이다. 그때와 같은 말이, 지금은 다른 의미가 담긴 채 들려왔다.

"그건……."

여동생을 위해, 물러나겠다는 말일까……?

마사치카가 경악으로 가득 찬 시선을 보내자, 마리야는 조용히 미소 지었다.

"그러니까 말이지? 쿠제가 아랴의 마음과 진지하게 마주해줬으면 해."

"네?"

"아랴의 마음과 진지하게 마주한 후에도…… 만약 나를 선택한다면……."

거기서 말을 멈춘 마리야는 넋을 놓고 바라보게 될 만큼 아름다운 미소를 머금었다.

"그때는, 쿠제가…… 나한테 고백해주지 않겠어?"

그 너무나도 상냥하고 갸륵한 말을 듣자, 마사치카는 가슴이 옥죄어들었다.

"그래도…… 마샤 씨는, 그래도 괜찮은 거예요?"

마사치카의 마음과 아리사의 마음을 완벽하게 이해하고 있으면서, 두 사람의 마음을 우선해 한 걸음 물러나겠다는 것이다. 너무나도 자기희생적인 제안이라고 마사치카는 생각했지만, 마리야는 약간 난처한 듯한 표정을 지었다.

"그런 표정 짓지 마. 이건 아랴와 쿠제를 상처 입히고 싶지 않은, 내 억지인걸."

그리고, 그 말끝에서 약간의 후회가 묻어났다.

"……미안해. 나, 지금 이 자리에서 고백하면 쿠제가 곤란해진다는 걸 알고 있었어. 알고 있으면서, 마음을 억누르지 못한 거야……. 하지만 말이지? 두 사람을 상처 입히고 싶지 않다는 건 진심이야. 두 사람이, 후회하지 않는 선택을 해주길 바라니까……."

약간 안타까운 어조로 그렇게 말한 마리야는 입술에 검지를 댔다.

"그러니까…… 여기서 만난 것, 그리고 우리의 과거를 아랴에게 비밀로 해주겠어? 쿠제가 사아라는 걸 알면…… 아랴는 나를 배려해서, 자기 마음에 뚜껑을 덮을 거라고 생각해."

그 순간, 말로 형용할 수 없는 쓸쓸함이 마사치카의 마음에 엄습했다. 자기 자신도 이해할 수 없는 그 감정에 당황하면서도, 마사치카는 고개를 끄덕였다.

"……알았어요."

"응."

마사치카의 대답을 듣고 살며시 고개를 끄덕인 마리야는 앞을 바라봤다. 그대로 한동안 침묵이 흘렀다. 하지만, 신기하게도 거북함이 없었다. 그저 마사치카의 가슴에는 정체불명의 쓸쓸함만이 감돌고 있었다. 마리야 또한, 왠지 안타까운 눈길로 공원을 응시하고 있었다.

"……자."

얼마나 시간이 흘렀을까. 이윽고 마리야는 그렇게 말하며 몸을 일으키더니, 옅은 미소를 머금으며 마사치카를 내려다봤다.

"이야기도 끝났으니…… 슬슬, 돌아갈까?"

"아…… 그렇, 네요. 으음, 바래다줄까요?"

"아냐. 쿠제도 여러모로 생각해 봐야 할 테니까…… 그냥 여기서 헤어지자."

"아, 네."

마리야가 담담한 어조로 그렇게 말하자, 마사치카는 약간 김샌 듯한 표정을 지으며 자리에서 일어났다. 그러자 마리야는 마사치카를 향해 돌아서며 양손을 벌렸다.

"어? 왜 그래요?"

또 포옹을 받을 거라고 생각한 마사치카는 몸을 살짝 긴장시켰다. 그 모습을 본 마리야는 가볍게 쓴웃음을 흘리며 말했다.

"마지막으로, 옛날처럼 볼 키스를 해도 돼?"

"어? ……아하."

그러고 보니, 옛날에는 매일 작별 인사로 볼 키스를 받았다. 그 일을 떠올린 마사치카는 그리움에 떠밀려서 별생각 없이 고개를 끄덕였다.

"뭐, 네."

"응."

마사치카가 마리야를 향해 다가갔다. 그러자 마리야도 마사치카에게 다가가더니, 그의 어깨에 두 손을 둘렀다. 그리고 오른쪽 볼을 맞댄 후, 이어서 왼쪽 볼을 포갰다.

(아아, 그립네…….)

과거에 몇 번이나 나눴던 그 인사에, 마사치카는 무심코 눈을 가늘게 떴다. 바로 그때, 왼쪽 볼에 닿아 있던 마리야의 볼이 슬며시 옆으로 이동하더니…….

"어?"

볼에서 느껴진 감촉에, 마사치카는 그대로 굳어버렸다. 마사치카가 눈을 치켜뜨며 굳어버리자, 마리야는 정면에서 미소 지었다.

"이 정도는 아랴도 분명 봐줄 거야."

"으, 음……?"

"후훗. 그럼 다음에 봐, 쿠제. 다음에 만났을 때는 평소처럼 대해줘."

마리야는 약간 부끄러운 듯이 미소 짓더니, 손을 흔들면서 공원 입구로 향했다.

"아, 네……."

마사치카는 반쯤 얼이 나간 채 손을 흔들었다. 그리고

마리야가 공원 밖으로 사라진 후…… 마사치카는 자신의 가슴에 자리한 쓸쓸함의 이유를 눈치챘다.

(아아, 그렇구나…….)

이것은, 하나의 이야기가 끝난 것에서 비롯된 쓸쓸함이다. 그날, 어중간하게 작별한 탓에 마사치카의 마음속에서 어중간하게 남아 있던 사아와 마아의 애틋한 러브 스토리는, 오늘을 기해 완전히 막을 내렸다.

그날의, 마음에 상처가 난 채 허세를 부리던 사아와 한없이 순수하고 천진난만하던 마아는 이제 없다. 앞으로의 미래에서, 마사치카와 마리야가 다시 사랑에 빠질지라도…… 그것은 앞선 이야기에서 이어질 리가 없다. 그 두 사람의 이야기는 바로 지금, 마사치카와 마리야의 마음속에서, 과거의 추억으로서 마침표가 찍힌 것이다.

"……."

아무 말 없이 공원을 돌아보았다. 한때 본 광경이 눈앞에 어른거렸다. 놀이기구 위에서 질리지도 않으며 이야기를 나누는 두 사람. 손을 맞잡은 채 웃으며 뛰어가는 두 사람. 그리고…… 오해를 한 채, 헤어지고 만 두 사람. 슬픔 속에서 막을 내린, 애틋한 첫사랑 이야기…….

"잘 있어."

어린 시절의 두 사람을 향해 작별을 고한 후, 마사치카는 홀로 공원을 나섰다.

제 2 화 아무리 꿈이라도 현실로 만드는 건 좀 아니다

공원에서 집으로 돌아가는 동안, 마사치카는 말로 형용할 수 없는 상실감을 안은 채 터벅터벅 걸었다.

애초부터 과거의 사랑에 결판을 내기 위해 공원을 찾은 것이지만, 이렇게 결판이 나니…… 예상치 못한 쓸쓸한 마음에 사로잡혀 마사치카 본인도 마음을 정리할 수가 없었다. 과거를 떨쳐내기 위해 결판을 낸 것인데, 정신을 차리고 보니 그 과거만 떠올리고 있었다. 아리사와의 일, 마리야와의 일, 생각해야 할 게 잔뜩 있는데도 말이다.

"하아……."

지금 걷는 길 또한, 한때 스오우 마사치카가 수도 없이 지나다녔던 길이다. 마아와 작별의 볼 키스를 한 후, 기쁨과 부끄러움에 휩싸여 집까지 뛰어갔다. 그리고 히죽거리는 얼굴을 조부모님에게 보여주지 않으려고, 툇마루를 통해 몰래 방으로 돌아갔다.

당시의 일을 떠올린 마사치카는 문을 열더니, 별생각 없이 툇마루 쪽으로 향했다. 그러자 그곳에는, 학교 수영복 차림으로 어린이용 비닐 풀장에 들어간 유키가 있었다.

"……뭐 하는 거야?"

보는 사람이 기운 빠지게 만드는 그 광경을 본 마사치카는 힘없는 목소리로 물었다. 애초에, 왜 여기에 있는 것일까. 유키가 오늘 이 집에 온다는 이야기는 들은 적이 없다.

혹시 이것도 뇌가 빚어낸 환상일까…… 하고 생각한 마사치카가 이마를 손으로 짚으며 눈을 감은 순간, 그의 안면에 차가운 물이 끼얹어졌다.

"어푸?!"

반사적으로 손으로 얼굴을 훑으며 눈을 떠보니, 비닐 풀장에 안에서 엎드린 유키가 이쪽을 향해 물총을 겨누고 있었다.

"……저기, 진짜로 뭐 하는 거야?"

여동생이 아무 말 없이 히죽거리자, 마사치카는 볼에 경련이 일어난 상태로 다시 물었다. 그러자 유키는 훗 하고 웃으며 여름 하늘을 올려다보더니, 물총을 만지작거리며 냉혹한 분위기를 자아냈다.

"개의치 마……. 내 천진난만함이 살짝, 드러났을 뿐이라고."

"천진난만함."

"그래. 내 천진난만날린이 말이지."

"아드레날린 같은 소리 하고 있네."

도끼눈을 뜨며 태클을 날린 마사치카는 성큼성큼 유키에

게 다가가더니, 그녀의 머리를 거칠게 쓰다듬었다.

"자, 세로토닌."

"우오오, 행복 호르몬이 분비돼애애~. 헉, 내가 대체 뭘 한 거지?"

"갑자기 진지한 표정 짓지 마. 나야말로 뭘 한 건지 묻고 싶다고."

"내가…… 대체 뭘 한 거지? 윽, 머리가……?!"

"세뇌라도 당한 거냐. 빨리 떠올리라고."

"크으윽…… 헉! ……그 순간, 저는 깨달았어요……. 이 세상이, 죽기 직전에 즐기던 여성향 게임 속 세상이라는 것을……."

"누가 네 전생까지 떠올리라고 했냐."

"스오우, 유키……? 윽! 맙소사! 나, 악역 영애로 전생한 거야?!"

"진짜 악역 영애였다니, 기가 막히네."

"생각났어요……. 제가, 오빠와 함께 히로인을 마구 괴롭히는 심술궂은 역할이라는 것을요."

"설마 아야노가 주인공이냐."

"네. 키미시마 아야노야말로, 이 세상의 히로인. 이『깊은 어둠 속 귀공자의 탐닉적 광애 ~얀데레 미남자들에게 집착을 당하며~』세상의 주인공이야!"

"음, 지금 바로 공략 대상의 이름을 가르쳐줄래? 전부 말살해버리겠어."

"키요미야 히카루."

"으음, 어떤 반응을 보여야 할지 감도 안 오네~."

"키류인 유쇼."

"그 자식은 그냥 음험할 뿐이야."

"하치오지 오지."

"그 자식은 옆 마을 학생회장이란 설정 아니었어? 그리고 이름 짓기 귀찮아졌지?"

"그리고…… 숨겨진 캐릭터인 사라시나 사쿠야."

"누구인지 모르겠지만 최종 보스겠네. 주요 캐릭터 공략 후에 최종 보스도 공략 가능하게 만드는 패턴이지?"

"그런고로, 우선 오라버니는 이 숨겨진 캐릭터부터 말살을……."

"미안하지만 무리야. 그 캐릭터는 평생 숨겨두라고."

"어…… 하지만 누군가가 숨겨진 캐릭터를 쓰러뜨리지 않는 한, 세상은 멸망하고 마는데……."

"최종 보스의 스케일 엄청나네."

"아, 하지만 원작대로라면 오빠는 오늘 돌발 이벤트로 인해 코피 뿜다 과다 출혈로 사망할 테니까 딱히 상관없나……."

"내 사인 되게 어처구니없네~. 그것도 오늘이야?"

"응. 그것보다 빨리 얼굴 닦아. 언제까지 물 뚝뚝 흘리고 있을 건데?"

"누구 탓에 이렇게 된 건지 알긴 하는 거냐."

동생의 머리를 살며시 때려준 후, 마사치카는 신발을 벗고 툇마루로 올라갔다. 그리고 다다미방을 지나며 고개를 푹 숙였다.

(하아…… 왠지 기운 빠지네.)

물이 뚝뚝 흘러내리는 머리카락에 손수건을 댄 마사치카는 빠른 걸음으로 세면장을 향했다. 툇마루와 이어진 다다미방을 지나서 복도를 나아가 보니, 조용한 분위기가 감도는 그곳에서는 인기척이 느껴지지 않았다. 할아버지가 개를 데리고 산책하러 간 건 알지만, 어찌 된 건지 할머니의 기척도 느껴지지 않았다.

(할머니도 외출한 걸까……?)

그렇게 생각하며 고개를 갸웃거린 마사치카는 세면장의 문을 열었다. 그리고, 알몸인 아야노와 마주쳤다.

"미안해."

그리고, 즉시 문을 닫았다. 거기까지 걸린 시간은 1.7초. 놀라운 반응속도를 선보인 마사치카는 마음속으로 소리 없는 절규를 토했다.

(소리 좀 내라고오오오—!!)

보아하니 목욕 수건으로 몸을 닦는 도중인 것 같은데, 왜 아무 소리도 나지 않은 걸까. 이런 상황에서도 아무 소리도 안 내는 메이드에게, 마사치카는 적반하장이라는 것을 알면서도 마음속으로 책임을 전가했다.

(아, 돌발 이벤트란 건 바로 이거였냐?!)

세면장에 아야노가 있다는 것을 알면서, 마사치카가 그곳으로 향하도록 유도한 것이다. 명백하게 장난(악의)기에서 비롯된 행동이다. 그냥 농담 같던 코피 뿜다 과다 출혈 운운도 이걸 위한 복선이리라.

그렇다면 여기서 비명을 지르는 것은 유키의 손바닥에서 놀아나는 격이다. 지금은 아무 일도 없었다는 듯이, 조용히 화장실로 향해야 한다…… 그렇게 생각하는 마사치카의 눈앞에서, 소리 없이 문이 열렸다.

"어서 오십시오, 마사치카 님. 저는 신경 쓰지 마시고……."

"어떻게 신경 쓰지 않냐고!"

목욕 수건으로 몸의 앞부분만 겨우 가린 아야노가 아무렇지 않게 마사치카를 안으로 들이려 했다. 이 예상 밖의 행동을 본 마사치카는 절규를 토할 뻔했다.

"너야말로 신경을 써야 할 상황이거든?!"

"아! 그렇군요. 실례했습니다."

그렇게 말한 아야노는 몸을 가리고 있던 목욕 수건으로, 마사치카의 젖은 턱과 머리카락을 닦아주기 시작했다. 당연히, 실오라기 하나 걸치지 않은 아야노의 몸이 마사치카의 눈에 훤히 들어왔다.

"그게 아냐! 뭘 신경 쓰는 거냐고!"

화들짝 놀라며 물러난 마사치카는 고개를 돌리며 고함을 질렀다.

"너, 바보야?! 수치심이 없어?!"

"마사치카 님, 이래 봬도 저는 지금 부끄러움에 이기기 위해 필사적으로 최선을 다하고 있습니다."

"그 대결은 제발 져줄래?!"

태클인지 애원인지 알 수 없는 절규를 토한 마사치카는 부리나케 다다미방으로 돌아갔다. 그리고 그대로 다다미 위에 몸을 던지더니, 젖은 머리카락을 감싸 쥐며 신음을 흘렸다. 그와 동시에 깔깔 웃는 소리가 들려오자, 마사치카는 다다미에 엎드린 채 얼굴을 슬며시 들었다.

"어머나, 어찌어찌 사망 플래그를 회피한 것 같군요. 꽤 하는걸요~."

"……."

비닐 풀장 안에서 책상다리를 한 유키가 히죽거리며 이쪽을 쳐다보고 있었다. 어떤 반응을 보이든 놀려댈 심산인 그녀를 본 마사치카는 말없이 등을 돌렸다.

"음~? 왜 그러는 거야, 오빠님. 아야노의 에로틱한 모습이 뇌에 새겨지기라도 한 거야?"

"……."

"여보세요~. 무시하지 말아 주세요~."

"……."

"어머나~, 유키 선수, 속살 노출~."

"……."

그런 걸로 낚을 수 있다고 진짜로 생각하는 걸까. 오빠를 뭐라고 생각하는 걸까. 태클을 날리고 싶은 충동에 휘말리면서도, 마사치카는 꾹 참으며 계속 자는 척했다.

"……쳇, 속살 노출 정도에는 반응 안 하는구나. 합숙에서 아랴 양의 노브라 흰색 티셔츠를 본 만큼, 내 학교 수영복 훌렁~ 정도로는 흥미도 안 생기는 거냐고!"

"……."

"젠장, 아랴 양. 귀엽디귀여운 아랴 양. 어느새 E컵이 아니게 된 아랴 양……."

"……?!"

"어, 방금 어깨가 흔들렸네?"

마사치카는 마음속으로 「아차」 하고 생각하고, 유키가 음흉한 웃음을 머금은 바로 그때였다. 활짝 열린 장지문을 통해 수건을 안아 든 사복 차림의 아야노가 모습을 보이더니, 툇마루를 향해 걸어왔다.

"오래 기다리셨습니다, 유키 님. 이쪽으로 오시죠."

"응? 오~."

아야노의 말에 따라, 유키는 약간 아쉬운 듯한 목소리를 내면서도 샌들을 신고 풀장에서 나왔다. 그리고 아야노가 몸을 가볍게 닦아주고, 발바닥은 직접 세심하게 닦은 후, 수건을 몸에 감고 세면장으로 향했다. 하지만 복도에 서서 뒤를 돌아보더니, 별것 아닌 투로 아야노에게 물었다.

"그런데 아야노, 오빠한테 어디까지 보여준 거야?"

"빨리 욕실로 가, 멍청아. 아야노, 대답 안 해도 돼."

마사치카 즉시 장지문을 닫아서 셧아웃(물리적). 그리고 여동생이 깔깔 웃는 소리와 발소리가 멀어진 후, 다시 아야노를 향해 돌아섰다.

"아까 세면장에서 미안했어. 내가 부주의했네……."

"아, 아뇨. 저야말로 볼품없는 걸 보여드렸습니다……."

"아, 볼품없지는 않았거든?"

호리호리하면서도 여성스러운 볼륨을 지닌 몸에 물기를 머금은 풍성한 흑발이 달라붙어 있는 그 모습은, 무심코 숨을 삼킬 만큼 요염했다. 하지만 솔직하게 그런 소리를 늘어놓는 건 성희롱일 것 같고, 그렇다고 아무 말도 하지 않으면 「역시 꼴사나웠던 걸까」 하고 오해를 살 것 같으니까…….

"……아야노는 아름답고, 정말 귀여우니까…… 그렇게 자기 자신을 비하하지 마."

"가, 감사합니다……. 마사치카 님도, 참 매력적이고 멋진 분이세요."

"……응, 고마워."

아야노의 평가를 가볍게 흘려 넘긴 마사치카는 묘한 분

위기에서 벗어나려는 듯이 다시 드러누웠다. 아야노에게서 몸을 돌리자, 그녀도 분위기를 파악하며 입을 다물었다. 역시 항상 공기가 되려고 하는 메이드다웠다. 분위기 파악을 해놓고도 남을 마구 휘둘러대는 어디 사는 주인과는 완전 딴판이다.

(하아……. 정말, 뭐 이런 날이 다 있어……. 내일부터 처절한 반동이 밀려오는 거 아냐?)

공원에서 생전 처음으로 이성에게 사랑 고백을 받더니, 그 직후에 진~한 돌발 이벤트가 일어났다. 객관적으로 봤을 때 이렇게 행운이 이어지면, 그 반동으로 불행이 밀려오는 게 아닐까 하는 불안이 엄습한다.

(아…… 생전 처음은, 아닌가.)

생각해 보니, 그 애…… 마아에게도 고백을 받았다. 그리고 당시의 마사치카는 멋쩍어하면서도 호의를 전했고, 두 사람은 그렇게 서로를 좋아하게 된…… 기억이 있다. 어차피 애들의 연애 놀이라고 생각했고, 지금 생각해 봐도 그런 것 같았다.

(하지만…… 마샤 씨는 쭉 진심이었구나…….)

어릴 적의 놀이로 단정 짓는 건 간단하지만, 적어도 마리야는 쭉 그 마음을 유지해온 것이다. 그렇게 생각하니, 도저히 그런 치기 어린 장난으로 치부하며 넘어갈 수가 없었다.

(하하. 어릴 적에 결혼 약속을 했다는 건 러브 코미디의 클리셰지만, 고백을 하고 사귀었단 이야기는 거의 들은 적이 없네.)

머릿속으로 공허한 웃음을 흘린 마사치카는 퍼뜩 눈치챘다.

(어, 어라……? 잠깐만, 혹시 마샤 씨의 남친은…….)

합숙 때에 봉제 인형이라고 말했던 마리야의 남친…… 그건 설마…….

(나, 인 거야……?)

그 추측이 머릿속에 떠오른 순간, 뇌 깊숙한 곳에서 낯간지러운 감정이 샘솟아 나더니…… 곧, 가라앉았다.

(아니, 정확히는 내가 아니라…… 스오우(사아) 마사치카, 인가.)

그와 동시에, 가슴속에서 상실감이 샘솟았다. 그와 동시에, 마사치카는 기분이 확 가라앉는 것을 느꼈다.

(아, 큰일 났다……. 부정적으로 생각하기 시작했어.)

스스로도 나쁜 버릇이라고 생각한다. 하지만, 그렇게 생각하면서도 머릿속이 악순환에 빠져들었다.

(정말, 마샤 씨도 아랴도 왜 이런 녀석을 좋아하는 걸까.)

그렇게 매력적인 자매가 마음을 주고 있다. 보통은 마음이 기쁨으로 가득 차야 하겠지만…… 마사치카의 마음을 가득 채운 것은 미안함이었다. 이렇게 못나서 정말 미안했다. 이런 자신이 그녀들의 마음을 번거롭게 해서 미안하기 그지없었다.

(무리야……. 나는, 그녀들에게 어울리지 않아.)

차라리, 확 도망쳐버릴까. 모든 인간관계를 끊고, 집에 틀어박혀 버리면 된다. 스오우 가문에서 도망친 그때처럼 말이다. 그러면, 더는 누군가의 마음을 번거롭게 하는 일도— 그런 생각을 하고 있을 때, 장지문이 활짝 열렸다.

"아아~ 개운해! 에잇!"

그 직후, 이곳으로 다가오는 기척을 느낀 마사치카는 다다미 위를 구르며 회피—.

"물러~!"

"우읍!"

……한 곳에서, 그 움직임을 예측한 유키의 보디 프레스를 복부에 정통으로 맞고 숨이 막히고 말았다. 그대로 거친 기침을 토하는 오빠의 얼굴을 올려다본 유키는 약간 눈을 치켜뜨더니, 곧 히죽거렸다.

"흐음, 더위 먹었어? 더위 먹은 거야?"

마사치카의 가슴에 턱을 얹은 여동생님이 그의 이마를 찰싹찰싹 때렸다.

"그만 때려."

마사치카가 그 손을 대충 걷어내자, 유키는 상체를 일으키며 그의 몸 위에 올라탔다.

"흐음, 태클이 영 날카롭지 않네……. 아무래도 중증인 것 같아.”

진지한 표정으로 그렇게 말한 유키는 중지와 검지를 세운 두 손을 자신의 가슴 앞으로 들더니—.

“그런 오빠가 기운이 나게 하는 비이이임—! 즈비비비비비—!!”

빠른 어조로 그렇게 외치면서, 마사치카의 배와 가슴을 손가락으로 푹푹 찔러댔다.

“아바베베베벳, 그만해! 네가 초등학생이냐?! 그리고 이게 무슨 빔인데?!”

“마음 빔!”

“대체 무슨 빔이냐고!”

마사치카가 그렇게 외치자, 유키는 양손을 멈추면서 진지한 표정으로 마사치카의 얼굴을 들여다봤다.

“알고 싶어?”

“……부디 알려줬으면 좋겠는걸.”

“호오? ……좋아. 그럼 가르쳐주겠어.”

의미심장하게 고개를 끄덕인 유키는 오른손으로 앞머리를 쓸어 올리더니, 심각한 표정으로 마사치카를 내려다봤다. 그리고, 차가운 목소리로 말했다.

“오빠 알라뷰 빔이야.”

“오호, 오빠 알라뷰 빔이구나.”

“음…….”

"……."

"……."

"……자세하게 설명해봐."

"이 자식, 나를 수치사시키려는 것이냐."

"그냥 부끄러워 죽겠다고 말하지 그래?"

"그럼 너무 무난한 표현이라 재미없다고, 바보~."

그렇게 말한 유키는 표정을 숨기듯 마사치카의 어깨에 얼굴을 묻었다. 그리고…….

"……여자 체취?"

"헉."

"호오~? 오라버니도 여간내기가 아니시군요. 표정이 좀 어둡다~ 싶더니, 설마 여자 문제로 고민하고 계신 건지요?"

"……."

"어? 묵비권 행사야? 아니면 정곡을 찔렸어? 으음~?"

"……."

여동생이 또 내 몸 위에 올라타고 놀리듯 그렇게 말하자, 마사치카는 입을 다물며 눈을 감았다. 오빠가 그렇게 대놓고 침묵으로 일관하자, 삐친 듯이 볼을 부풀린 유키는…….

"그런 오빠에게 뽀뽀~!"

「뽀뽀~!」 하고 외치더니, 입을 쩍 벌리면서 얼굴을 내밀었다.

"하지 마~."

바로 그때, 마사치카가 즉시 눈을 뜨며 그녀의 이마를 잡고 말렸다. 옆에서 보면, 좀비로 변한 여동생에게 공격을 받는 오빠 같은 구도였다. 유키가 이마를 잡힌 상태에서도 목을 물어뜯으려 하자, 마사치카는 어처구니없다는 목소리로 물었다.

"그것보다, 너는 왜 요즘 툭하면 나를 물어뜯으려고 하는 건데?"

"어, 그것도 모르는 거야?"

마사치카가 별생각 없이 그런 질문을 던지자, 뜻밖에도 유키는 심각한 반응을 보였다. 아까까지의 연기하는 듯한 태도와는 다른, 섬뜩할 정도의 무표정이었다. 유키가 그런 얼굴로 눈도 깜빡이지 않으며 가만히 응시하자, 마사치카는 약간 움찔했다.

"……대체 뭔데?"

혹시 뭔가 특별한 의미라도 있는 걸까. 그렇다면, 그건 대체 뭘까. 마사치카가 약간 진지하게 생각에 잠겨 있을 때, 유키는 무표정한 얼굴로 조용히 입을 열었다.

"『기왕 깨물기로 작정했으면, 어금니 꽉 깨물라고』 대사 대기 중인데요."

"으극."

"쭈~~욱 그거 대기 중인데요~~?"

숨을 삼키는 마사치카를 들여다본 유키는 짜증스러운 어

조로 오라버니의 오래된 상처를 후벼 팠다. 그리고 마사치카가 원망 섞인 눈길로 쳐다보자, 악의가 듬뿍 담긴 어조로 오빠 흉내를 냈다.

“기왕 깨물기로 작정했으면…… 어금니 꽉 깨물라고.”

“인마……!”

“꺄—하하! 이야아아—! 우리 오빠, 멋져어어—!!”

마사치카의 몸 위에서 굴러떨어진 유키는 다다미 위에서 발을 버둥거리며 말 그대로 포복절도를 했다. 그리고 갑자기 진지한 표정으로 상체를 일으키더니, 검지를 세우며 말했다.

“아, 참고로 이 『기왕 깨물기로 작정했으면, 어금니 꽉 깨물라고』란 대사는 『한번 깨물었으면 끝까지 물고 늘어져라』라는 의미와 『이제부터 반격할 테니까 각오해』라는 이중적인 의미가 담긴, 정말 끝내주게 멋진—.”

“그만해, 그만해. 해설하지 말라고.”

도끼눈을 뜨며 그렇게 말한 마사치카는 한숨을 한 번 내쉰 후에 벌러덩 드러누웠다. 그러자 유키는 곧 얼굴을 쑥 내밀었다.

“어라라~. 반응이 영 별로네, 오빠~. 방금은 『이 자식~☆』 하면서 함께 데굴데굴 추격전을 벌여야 하는 거 아냐?”

“고등학생이나 되어 가지고 그런 짓을 어떻게 해.”

“고등학생이라고 해도, 엄연한 어린애잖아~.”

응석을 부리듯 그렇게 말한 유키는 마사치카의 허리를 흔들어댔다. 그 바람에 살짝 짜증이 난 마사치카는…… 문뜩 이렇게 생각했다.

(혹시…… 진짜로 그냥 어리광을 부리는 것뿐인가?)

그렇게 생각한 순간, 공원에서 유키에게 느꼈던 사랑스러움과 합숙에서 마리야에게 들었던 말이 생각났다.

(스킨십도 중요, 인 건가…….)

마음속으로 마리야가 한 말을 되새긴 마사치카는 벌러덩 드러누운 후, 옆에 앉아 있는 유키를 아무 말 없이 잡아당겼다.

"어, 어?"

유키는 약간 당황하면서도 자신을 향해 쓰러졌다. 그런 그녀의 조그마한 등에 왼손을 두른 마사치카는 유키의 머리를 오른손으로 마구 쓰다듬어줬다.

"어, 어? 으, 음?"

갑자기 오빠가 자신을 상냥히 끌어안고 머리를 쓰다듬어 주자, 유키는 당황했다. 하지만 아무 말 없이 머리를 쓰다듬어주는 오빠에게서 뭔가를 느낀 건지, 씨익 웃으면서 고개를 숙였다.

"왜 그러는 거야~. 이러니 부끄럽잖아~. 에잇에잇~."

오빠의 가슴에 이마를 댄 유키는 부끄럽다는 듯이 그렇게 말했다. 조그마한 동물이 어리광을 부리듯, 유키는 머리를 비벼댔다. 그 모습에서 애정과 연모의 마음을 느낀 마사치카는…… 가슴속이 따뜻해지는 것을 느꼈다. 가슴속에 자리한 자기혐오와 불편함이 천천히 녹으면서 사라졌다.

(아아…… 확실히 이건 좋네.)

지금이라면 마리야가 한 말의 의미를 알 것 같았다. 몸을 맞대고, 애정을 확인하는 것의 중요함 말이다.

(나란 녀석은 참 단순해…….)

유키로부터의 애정을 느낀 마사치카는 자신이 왜 마리야의 고백을 그렇게 부정적으로 받아들인 건지를 생각했다. 마리야의 포옹에는 상냥함만 담겨 있었는데, 그녀의 말에는, 배려로 가득 차 있었는데…….

"……저기, 오빠."

"응?"

갑자기 유키의 목소리가 들려오자, 마사치카는 자기 가슴 위에 있는 유키의 얼굴을 내려다봤다. 하지만 유키는 마사치카의 가슴에 얼굴을 묻은 채 말했다.

"그렇게, 나한테 죄지은 것처럼 생각하지 않아도 되거든? 나는 지금도 행복하고…… 오빠를 원망한 적은 한 번도 없어."

"……!"

"이런 말을 해봤자, 오빠는 이런저런 생각을 하며 고민

하겠지만…… 나한테 오빠는 지금이나 옛날이나 여전히 사랑하는 오빠니까…… 그러니 스오우 가문을 개의치 않고, 얼마든지 행복해져도 돼.”

그것이 유키의 본심에서 우러난 말이라는 것은 의심할 여지가 없었다. 그날과 마찬가지로, 어른스럽고 애정으로 가득 찬 동생의 말이, 마사치카의 마음에 전해졌다.

(그, 래……. 적어도 유키와 마샤 씨는, 지금의 나를 좋아한다고 말해줬잖아…….)

여동생의 말을 곱씹는 마사치카의 가슴 위에서, 유키는 천천히 고개를 들면서 히죽 웃었다.

“나, 방금 꽤 메인 히로인 같지 않았어?”

“하하……. 시끄러워.”

작게 웃으며 여동생의 머리를 거칠게 쓰다듬자, 유키는 「와아~」 하고 연기 톤으로 말하면서 다시 마사치카의 가슴에 얼굴을 묻었다.

(고마워, 유키.)

너무나도 상냥하고 애정이 깊은 여동생에게, 마사치카는 진심으로 감사의 뜻을 전했다.

(정말, 오빠가 되어서 여동생에게 등을 떠밀려야 앞으로 나아갈 수 있는 거냐고. 정말 한심하네.)

이어서 그렇게 자조했지만, 거기에는 거무튀튀한 자기혐오는 섞여 있지 않았다.

이제, 자기혐오에 빠져 뒤만 돌아보는 건 관두자. 지금도 자신을 좋아할 수는 없고, 변변치 않은 인간이라고 생각하지만…… 그래도, 그런 자신을 좋아해 주는 사람이 있다. 자기혐오 따위, 결국 혼자만의 생각이다. 그런 것보다, 지금 자신을 봐주는 상대를 우선하자. 그것이 아리사의 연심과 마주하는 방법이리라.

마사치카가 조용한 결의와 함께, 쿠제가의 다다미방에서는 온화한 분위기가 감돌았다. 그렇게 아무 말 없이 시간이 흐르면서…… 툇마루의 풍령이 딸랑~ 하고 맑은 소리를 낸 타이밍에, 갑자기 유키가 미간을 찌푸리며 고개를 들었다.

"……어? 메인 히로인? ……헉!"

그리고 다음 순간, 유키는 범상치 않은 표정을 지으며 벌떡 몸을 일으켰다. 그리고 의아한 표정을 짓고 있는 마사치카를 내려다보며, 유키는 전율에 찬 목소리로 말했다.

"혹시 이건, 친동생 루트 돌입 이벤트?!"

"뭐?"

"진짜냐고, 브라더……. 오타쿠 업계에서도 찬반양론이 있는 친동생 루트에, 일부러 뛰어들려는 거냐?!"

"그런 루트 없어."

"훗, 좋아……. 오라버니가 각오를 마쳤다면, 나도 전력을 다해 부응해주도록 할까!"

"유키?"

"큭, 하지만, 그렇게 되면 스오우 가문의 후계자 문제는 어떻게 해야……?!"

"저기, 유키."

"뭐? 아야노에게 낳게 하면 돼? 그, 그 무슨 악마적 발상……!!"

"아야노의 인권을 생각해."

"유키 님…… 정말 멋진 생각이십니다!"

""아야노?!""

이제까지 공기 모드였던 아야노가 갑자기 폭탄선언을 하자, 남매는 정색하며 돌아보았다. 그러자 다다미 위에서 무릎을 꿇고 있던 아야노는 무표정한 얼굴로 눈동자만 반짝이며 두 손을 맞잡고 있었다.

"그 말은 즉…… 제 모든 것을, 두 분을 위해 쓸 수 있다는 것이죠?!"

"오케이. 진정해, 아야노. 자기가 얼마나 위험한 소리를 하는 건지 자각하고 있는 거야?"

유키가 그렇게 묻자, 아야노는 경건한 신도처럼 자기 가슴에 손을 대며 말했다.

"제 행복은, 두 분이 언제까지고 화목하게 지내시는 것…… 그것을 도울 수 있다면, 제 몸 정도는 얼마든지 바칠 수 있습니다!"

"아예 자각 못 했네. 큰일인걸~."

연기 톤으로 그렇게 말한 유키는 마사치카를 돌아보더니, 헛웃음을 흘리며 엄지를 치켜들었다.

"잘됐네, 오빠. 친동생 루트가 강제 하렘 루트가 됐어!"

"잘됐기는 무슨! 애브노멀의 2중주잖아!"

"뭐가 불만이야? 하렘은 남자의 꿈이잖아."

"2차원에선 말이지. 리얼 하렘 같은 건, 나한테 버거워."

"이래서 겁쟁이 고자 동정 자식은 문제라니깐."

"캐릭터 붕괴 자칭 처녀 암캐가 방금 뭐라고 한 거야?"

마사치카의 말을 깔끔하게 무시한 유키는 「홋~ 이런이런」 하고 말하듯 고개를 젓더니, 곧 퍼뜩 놀란 표정을 지으며 턱에 손을 댔다.

"잠깐만……? 우리 남매가 아야노를 차지하려고 다투는, 아야노 하렘 루트로 하면 전부 해결되지 않아?"

"그건 자칫 잘못하면 내가 『백합에 난입한 남자』가 되잖아. 거대한 의지가 나를 죽일걸? 벌써부터 뒷덜미가 따끔따끔하네."

『백합에 난입한 남자』라는 단어를 입에 담은 순간, 어디선가 무시무시한 살의가 쇄도하는 듯한 느낌이 든 마사치카는 뒷덜미를 매만졌다. 그리고 아야노를 쳐다보며 화제를 돌렸다.

"아야노, 너도 좀 진정해. 농담이라도, 자기 인생을 내팽

개치는 듯한 소리 좀 하지 마."

"네? 농담, 이십니까?"

"하하. 왜 그렇게 순수한 눈길로 쳐다보는 거야."

알고는 있었다. 아야노가 농담을 하는 애가 아니라는 것은 말이다. 알고 있지만 너무나도 순수한 눈길로 쳐다보며 고개를 갸웃거리는 그녀를 보자, 마사치카는 공허한 눈길을 머금고 말았다. 한편, 아야노는 농담이라고 의심받은 것이 충격인지, 자기 가슴에 손을 댔다.

"저는 두 분의 메이드입니다. 두 분을 모시는 것이야말로, 그 무엇보다 큰 기쁨이에요."

"두 분에게 『쓰이는 것』이야말로, 그 무엇보다 큰 『쾌락』이란 말을 잘못한 거 아냐? 이 슈퍼 M아."

유키가 도끼눈을 뜨며 태클을 날리자, 아야노는 두세 번 눈을 껌뻑인 후에 그녀를 쳐다보았다.

"그러고 보니 유키 님. 저는 얼마 전에 그 『M』이란 말이 세간에서 일반적으로 쓰이는 의미를 알았습니다만……."

"오, 드디어 눈치챘구나. 그래. M은 메이드의 M이 아니거든?"

"역시 농담이셨군요……. 그 점에 관해, 정정하고 싶은 게 있습니다."

"……뭔데?"

아야노는 의아하다는 듯이 미간을 찌푸리는 유키를 쳐다

보더니, 단호한 어조로 선언했다.

"저는, 마조히스트가 아닙니다."

"……어."

"흐음."

아야노가 그렇게 단언하자, 유키만이 아니라 마사치카도 차가운 눈빛을 머금었다. 하지만 두 주인의 전혀 믿지 않는 눈빛을 개의치 않으며, 아야노는 진지한 태도로 말을 이었다.

"저는 정신적, 육체적 괴롭힘을 받고 성적 흥분을 느끼지 않습니다."

"……그런 애가, 여름 방학 전에 나보고 머리를 밟아달라고 했던 거야?"

"그건 메이드로서의 본능입니다."

"그래. 본능이라면 어쩔 수 없네……."

유키는 억지 주장에 논파당하고 만 못난 오빠를 흘겨본 후, 아야노에게 물었다.

"본능이라고 말하는 걸 보면, 거기에 사리사욕은 섞여 있지 않았다는 거네?"

"물론입니다."

"흐음. 그럼 가르쳐주지 않겠어? 메이드가 주인에게 머리를 내민, 합리적 이유란 걸 말이지."

유키가 그렇게 요구하자, 아야노는 자세를 고치면서 숭

고한 가르침을 설파하는 신자처럼 말했다.

"저희들 메이드는 주인을 위해, 항상 자기 자신을 갈고 닦으려 합니다."

"……흠."

"하지만, 두 분은 너무나도 상냥하시기에…… 불만을 토로하는 건 아닙니다만, 때때로 제가 아직 모자란 메이드라는 사실을 잊을 뻔합니다."

"……응."

"자만은 성장의 천적, 마음이 해이해진다는 것은 타락의 시작입니다. 그렇기에 저는 항상 자기 자신을 제어해야만 합니다."

"……."

"그러니…… 저는 두 분께서, 제가 아직 미숙한 몸이라는 것을 항상 자각할 수 있도록 지도해주셨으면 합니다."

아야노가 그렇게 말하자…… 유키와 마사치카는 나름대로 생각하는 바가 있었다.

실수해도 꾸짖지 않고, 사소한 일로도 칭찬해주는 상사를 「편해서 좋네」 하며 기뻐하는 부하도 있는가 하면 「매사에 대충대충이라 같이 일할 맛이 안 난다」 하며 불만스럽게 여기는 사람도 있다. 두 사람에게 있어 아야노는 메이드이기 이전에 귀여운 여동생 같은 존재다. 그렇기에 그 헌신에 항상 감사하며, 실수를 범하더라도 꾸짖지 않았다. 하지만…… 그것은 아야노를 메이드(종자)로 인정하지 않는 것과 같은 의미가 아닐까. 주인으로서 대하지 않고 어리광을 받아주기만 해서, 아야노를 오히려 불안하게 만든 것이 아닐까…….

(그래. 아야노는…… 우리가 꾸짖어주기를 바라는 거야.)

(모르는 사이에, 아야노의 메이드로서의 긍지에 상처를 낸 건가……. 이건 반성해야겠는걸.)

납득을 하며 약간 표정을 굳힌 두 사람을 향해, 아야노는 당당히 말했다. 두 사람의 메이드로서, 자신의 긍지를 담아…….

"이 몸이, 두 분에 비하면 보잘것없는 존재라는 것을. 하인(개)보다 못한 도구에 지나지 않는다는 것을, 철저하게 가르쳐(조교해) 주십시오! 꾸중(말)과, 처벌(행동)로 말입니다!"

""슈퍼 M 맞잖아~!!""

결론, 아야노는 어엿한 슈퍼 M이다.

제 3 화 옆구리로 뭘 하려던 거야

"이걸로, 수학도 끝……."

여름 방학 숙제를 마친 마사치카는 교재를 덮고 기지개를 켰다. 이곳은 그의 집 거실이며, 맞은편에는 묵묵히 교재에 빨간색 펜으로 끄적거리고 있는 아리사가 있었다.

두 사람은 여전히 단둘이서 여름 방학 숙제를 한창 하고 있었다. 바로 그때, 아리사도 교재를 덮더니, 옆으로 밀어 놨다.

"다 했어?"

"응. 이걸로 끝이야."

"오, 진짜? 수고했어."

아무래도 아리사는 먼저 모든 숙제를 끝낸 것 같았다. 아마 집에서도 혼자 꾸준히 숙제를 했을 것이다. 반대로 집에 혼자 있을 때는 전혀 숙제를 안 한 마사치카는 아직 영어와 물리 숙제가 남아 있다. 그래도 예년에 비하면 페이스가 꽤 빠른 편이다.

"어라……."

"……."

우연히 동시에 거실의 시계를 쳐다본 두 사람은 아직 오후 세 시 반이라는 사실을 알았다. 아리사는 평소 여섯 시에 돌아가니, 꽤 시간이 남아 있었다.

(으음~, 어쩌지…….)

일단 서로의 찻잔에 보리차를 따르면서, 마사치카는 생각했다. 애초에 여름 방학 숙제를 한다는 명목으로 모였으니, 숙제를 다 했으면 목적은 달성했다. 하지만, 그렇다고 이 상황에서 「수고했어! 그럼 해산!」은 너무나도 쌀쌀맞은 데다, 분위기 파악 못 하는 느낌이 들었다.

(그래, 분위기…… 아랴가 은근슬쩍 자아내고 있는 이 분위기!)

아리사는 마치 「아~, 시간이 남았네~. 어쩐다~」 하고 말하고 싶은 듯이 머리카락을 만지작거리면서, 뭔가를 기대하거나 재촉하는 듯한 시선을 보내고 있었다. 마침 타이밍 좋게(혹은 나쁘게) 마사치카도 숙제가 일단락된 탓에, 눈치 못 챈 척을 할 수도 없었다. 가능한 것이라고는 차를 홀짝이며 시간을 버는 것뿐이다.

(그도 그럴게…….)

이 상황에서 「그럼 데이트나 할까!」 하고 말할 배짱은 마사치카에게 없었다. 아니, 합숙 전이었다면 농담 투로 그런 말을 할 수 있을지도 모른다. 하지만 아리사의 연심을 눈치채고, 자신이 얼마나 모자란 남자인지 자각한 지금은 농담으로도 그런 소리를 할 수가 없었다.

(하지만…….)

결심했다. 제대로 마주하기로 말이다. 그래 놓고 계속 움츠러들어 있다간, 마리야의 갸륵한 부탁 또한 배신하는 게 된다.

(……좋아!)

마사치카는 찻잔을 테이블에 내려놓으면서 결의를 다지더니, 고개를 들었다. 이쪽을 힐끔힐끔 쳐다보고 있는 아리사의 얼굴을 똑바로 응시하자, 그녀도 뭔가를 눈치챈 것처럼 마사치카를 쳐다보았다.

두 사람은 서로를 응시했다. 딱히 특이한 일도 아니지만, 아리사의 연심을 눈치챈 지금은 평소와 다름없는 그녀의 시선에서도 어떤 감정이 실려 있는 듯한 느낌이 들었다. 저 사파이어 같은 눈동자에 범상치 않은 열기가 어려 있는 느낌이 들었기에, 마사치카는 숨을 삼켰다.

"저기, 시간이 남았으니까……."

마사치카는 두방망이질하는 심장을 필사적으로 억누르면서 말을 이었다. 머릿속에서 천사 모습을 한 마리야와 악마 모습을 한 유키가 함께 응원수술을 흔들고 있었다. 그 응원에 등을 떠밀린 마사치카는 결의를 다지며 말했다.

"선거전에 관한, 이야기라도 나눌까."

"……."

거실에 침묵이 감돌았다. 아리사의 눈동자에 그림자가 어린 것처럼 보였다. 머릿속에 있는 마리야와 유키가, 차가운 눈길로 쳐다보며 응원수술을 내렸다.

『쿠제는 얼간이.』

『쓰레기네.』

(그런 눈으로 보지 마. 부탁이야.)

천사 모습을 한 마리야가 실망스러운 눈길로 쳐다보고, 악마 모습을 한 유키가 마구 걷어차자, 머릿속의 마사치카는 몸을 웅크리며 머리를 감싸 쥐었다. 마사치카가 자기혐오에 빠져 있을 때, 아리사는 눈을 살짝 내리깔며 한숨을 토했다.

"하아……. 뭐, 선거전 준비도 중요하긴 해."

"그, 그렇제?"

"왜 사투리를 쓰는 거야?"

"아, 그게, 하하하……."

마사치카는 메마른 웃음을 흘린 후, 가볍게 헛기침을 하며 표정을 바꿨다. 남자로서 꽤나 쓰레기 같은 짓을 했다는 건 알지만, 이렇게 되면 완전히 생각을 그쪽으로 전환할 수밖에 없다.

"우선…… 2학기의 중요한 이벤트로는 10월 초의 문화제가 있어."

"아, 학생회 임원 전원은 문화제 실행위원회에 강제 참가하게 되지?"

"그래. 각 반에서도 대표자가 두 명 뽑혀. 그리고 학생회와 선도위원회, 미화위원회, 보건위원회, 그리고 전 학생회장과 부회장…… 이걸로 전부야."

세이레이 학원의 문화제, 추령제(秋嶺祭). 그 실행위원장과 부위원장은 전년도 학생회장과 부회장이 맡는 게 관례다. 그리고 현 학생회 멤버는 그 휘하에서 실행위원회의 요직을 맡으며, 각 반에서 선출된 실행위원들을 지휘하게 된다.

"즉, 다른 실행위원은 함께 문화제 일을 하는 이들이 얼마나 믿음직한지 판단할 거야. 조심하라고. 각 반의 실행위원은 억지로 떠맡은 이들을 제외한다면, 대부분 각 반에서 영향력이 있는 애들이야. 그런 애들한테 『얘는 완전 못써먹겠네~』 하고 여겨진다면, 대미지가 어마어마할 거야."

"그렇, 구나……."

"뭐, 아랴는 회계니까 자기 업무만 빈틈없이 소화하면 그런 일은 벌어지지 않겠지만…… 오히려 그런 상황에 처하기 쉬운 건 홍보인 유키 쪽일 거야."

학생회 임원은 기본적으로 자기 직책에 맞춘 일을 한다. 서기라면 회의록 담당, 회계라면 예산 관리, 홍보라면 전단지와 팸플릿 작성 같은 것을 맡는다. 예산 관리는 완전히 후방 업무지만, 홍보는 그 결과가 확연하게 드러나기 때문에 성과를 강조하기 쉬운 반면에 미스를 숨길 수 없다. 센스가 전혀 없는 전단지나 한눈에 확 들어오지 않는 팸플릿을 만들었다간, 그 제작을 지휘한 유키의 주가가 급락할 것이다.

하지만 그것은 대립 후보인 아리사가 신경 쓸 일이 아니다. 그렇게 생각한 마사치카는 어깨를 으쓱했다.

"……뭐, 걔라면 알아서 잘할 거야. 회계 또한 본격적으로 정신없이 바빠지는 건 문화제가 끝난 후의 수지 계산 때일 테고, 나도 도울 테니까 너무 신경 쓰지 않아도 돼."

"그렇구나……."

"뭐, 이제부터 그렇게 걱정할 필요는 없어. 평소에 학생회에서 하듯이 하면, 별문제 없을 거야."

아리사가 왠지 마음이 쓰이는 듯한 표정을 짓자, 마사치카는 일부러 낙관적인 말을 했다. 하지만 아리사는 표정을 굳히며 생각에 잠기고 말았다.

(뭐, 팀플레이는 아랴가 가장 힘들어하는 거잖아……. 특히 팀의 리더로서 멤버에게 지시를 내리는 건…….)

아리사는 완벽주의자다. 그리고 자기가 추구하는 『완벽』의 기준이, 주위의 인간이 보기에 너무 높다는 것도 자각하고 있다. 게다가 자기가 주위의 인간을 북돋아 주면서 이끌어 나갈 말재주를 지니지 못했다는 것도 말이다. 그 결과, 주위에 의지하지 않고 개인플레이를 하게 된다.

(회계라는 직책에 있어서는 완벽주의자인 것도 절대 나쁘지 않지만…… 본인이 팀플레이를 거북하게 여기는 점이 문제야. 장래에는 학생회장이 되어서 학생회를 이끌어 나가야 하니까…….)

하지만, 이것만은 하루아침에 해결할 수 있는 문제가 아니다. 몇 마디 말을 듣고 그런 점을 극복할 수 있다면, 아무도 고생하지 않을 것이다.

(오히려 좋은 경험이려나. 이 기회에 서서히 익숙해지게 할 수밖에 없어.)

그렇게 결론을 내린 마사치카는 어려운 표정을 짓고 있는 아리사에게 가볍게 헛기침을 했다.

"으음, 그래……. 이 기회에 의사소통 방법을 확립해두자."

"응? 무슨 소리야?"

아리사가 미심쩍은 표정을 짓자, 마사치카는 아무 말 없이 가만히 응시했다.

"왜, 왜 그래?"

당황한 것처럼 아리사의 시선이 흔들렸지만, 마사치카는 아무 말 없이 아리사를 계속 응시했다.

"어, 뭐라도 묻은 거야? 저기, 말 좀 해봐."

자기 몸을 내려다보거나 손으로 얼굴을 만진 아리사는 거북한 투로 그렇게 말했다. 그러자, 마사치카는 짤막하게 말했다.

"내가 하고 싶은 말이 뭔지, 눈치챘어?"

"뭐?"

마사치카가 그렇게 묻자, 아리사는 미간을 찌푸리며 그를 쳐다보았다. 그대로 10초 정도 시선을 마주했을 때, 아리사는 볼을 살짝 붉히며 시선을 돌렸다.

【어? 나, 아직 그런 건…….】

"잠깐만. 방금 무슨 생각을 한 거야?"

아리사가 러시아어로 의미심장한 말을 중얼거리자, 마사치카는 무심코 태클을 날렸다. 그리고, 가볍게 한숨을 내쉬면서 답을 알려줬다.

"방금은 『행주 줘』라는 의미였어."

"뭐? ……아니, 그걸 어떻게 알아."

"그래? 아, 진짜로 행주를 달라는 건 아냐. 그러니까……행주 쪽을 힐끔 쳐다보면서, 입을 작게 움직여서 『줘』 하고 말했거든?"

"그래도……."

"으음~. 그럼 한 번 더 해보자."

불만스러워 보이는 아리사를 향해 그렇게 말한 마사치카는 다시 그녀를 가만히 응시하기 시작했다. 그러자 아리사도 마사치카를 마주 쳐다보더니…… 몇 초 후, 또 시선을 돌렸다.

【엱구리? 그런 건 좀…….】

"그러니까, 대체 뭐라고 생각한 건데?"

색골이냐? 얘, 실은 무지무지 밝히는 거 아냐?

아리사가 부끄러워하자, 마사치카는 도끼눈을 떴다. 그리고, 머리를 긁적이면서 등받이에 몸을 털썩 기댔다.

어렴풋이 알고는 있었지만, 상상했던 것보다 더 마음이 통하지 않았다. 상대가 유키라면, 눈짓 교환과 미세한 몸놀림 및 손놀림만으로도 이해할 수 있을 것이다.

(이런 건 커뮤니케이션 능력과 경험, 그리고 교류해온 시간에 달려 있잖아……. 아랴한테는 어려울 거야.)

마사치카가 대화 없이 의사소통이 가능한 것은 오랫동안 알고 지낸 타케시와 히카루 정도다. 그리고 학생회 안에서는 유키를 제외하면 토우야 정도일 것이다. 이것은 순수하게 상성, 그리고 토우야의 관찰력 및 배려심 덕분이다. 치사키는 그런 쪽으로 능숙한 타입이 아니며, 마리야와 아야노는 자기 스타일이 확고해서 파장이 맞지 않는다. 그리고 아리사는 순수하게 대인 경험이 부족하다.

"으음……."

이래서는 함께 선거전에서 싸워 나가기엔 좀 불리하다. 여차할 때, 재빠르게 의사소통을 할 수 없어선 즉각적인 대응이 어렵다. 실제로 유키와 절묘한 호흡을 선보이며 수많은 난국을 헤쳐왔던 마사치카로선, 이렇게 의사소통이 안 되니 여러모로 불안했다.

“그런 표정 지을 거면, 어디 네가 한번 맞춰봐.”

“뭐?”

불만 섞인 그 말을 듣고 아리사를 쳐다보니, 그녀는 마사치카를 응시하고 있었다. 그 모습을 본 마사치카는 자세를 바로 하며 그녀와 마주했다. 그러자, 아리사는—.

【이건, 합숙 때 일인데…….】

“아니, 잠깐만.”

“왜 그래? 미세한 동작으로 의사소통이 가능하다면, 러시아어로 말하더라도 뉘앙스 정도는 파악해야 하는 거 아냐?”

“말도 안 되는 소리 마.”

【마지막 날 아침 식사 때—.】

“아니, 계속할—.”

【너, 도중부터 내 컵을 썼거든?】

(뭐어어어어어—?!)

【너는 눈치 못 챘던 것 같은데…….】

(눈치 못 챘어어엇—!!)

예상조차 못 한 고백이었기에, 마사치카는 하마터면 소리 내서 말할 뻔했다. 바로 당시의 기억을 떠올려 봤지만, 짐작 가는 구석은 없었다. 다들 똑같은 유리컵을 썼으니, 그런 실수를 했을 가능성은 있다. 게다가…….

【지적을 하기 전에 마셔버려서, 나도 말할 타이밍을 놓쳤는데…….】

아리사가 약간 부끄러워하는 것을 보면, 거짓말을 하는 것처럼은 도저히 보이지 않았다.

(간접 키스 이벤트를 자기도 모르는 사이에 소화한 건에 대해서.)

마사치카가 표정에 드러나지 않도록 약간 그윽한 눈길을 머금자, 아리사는 부끄러워하면서도 장난기 어린 미소를 머금었다.

【그건…… 일본의 전통 혼례의 『술잔 나누기』를 했다고 봐도 되는 거지?】

(아니거든?)

【책임……져줄 거지?】

(으으, 무서워라.)

전해지지 않을 거라는 생각에 멋대로 떠들어대는 아리사를 향해, 마사치카는 항복했다는 듯이 두 손을 들어 보였다.

"잠깐만 있어 봐. 진짜로 모르겠다고……. 그리고 몰래 의사소통을 하는 건데, 대놓고 말을 하면 의미가 없잖아."

"어머, 그래?"

아리사는 보란 듯이 어깨를 으쓱하더니, 태연한 표정으로 얼굴을 향해 손부채질을 했다.

(부끄러우면 애초에 하지 말라고…….)

마사치카가 도끼눈을 뜨고 있다는 걸 눈치 못 챈 아리사는 약간 생각에 잠긴 듯한 반응을 보였다.

"그럼…… 네가 한 것처럼 해볼까?"

그렇게 말한 아리사는 창밖을 쳐다보며 입을 작게 움직이더니, 천천히 두 손을 모아쥐었다. 그리고 모아쥔 손을 가볍게 기울였다. 응석을 부리듯이 말이다.

그런 행동을 통해, 마사치카가 눈치챈 아리사의 생각은…….

『집 밖으로, 데이트하러 가자.』

(으으으으으으윽~~~~!!)

그런 결론이 도출되자, 마사치카는 이를 악물며 필사적으로 버텼다. 테이블 아래편에서 허벅지를 꼬집으며, 표정이 드러나는 것을 어찌어찌 참았다.

(으~~, 그런 말을 어떻게 하냐고!)

정답을 맞추면 분위기가 이상해질 테고, 만약 틀렸다면 자의식 과잉 착각남이 되고 만다. 어느 쪽을 고르든 간에 부정적인 미래만이 존재했다.

"자, 왜 그래? 내가 하고 싶은 말이 뭔지 눈치챘어?"

"으음……."

어차피 알 리 없다는 듯이, 아리사는 팔짱을 끼며 도발적인 미소를 머금었다. 알 리가 없다고 단정 지으며, 자신의 우위를 확신하고 있는 표정이다. 그 표정을, 경악과 수치로 물들이고 싶다…… 그런 충동이 한순간 샘솟았지만, 냉정하게 생각해 보면 위험부담이 너무 컸다. 어쩔 수 없이, 마사치카는 정답이 아니라는 것을 알면서도 무난한 답을 골라서 말해줬다.

“으음……. 『오늘은 날씨가 좋네』 아냐?”

“흐흥.”

(울컥☆)

아리사는 노골적으로 마사치카를 바보 취급하는 표정을 지으며 코웃음을 쳤다. 마사치카는 그 모습을 보고 볼에 경련이 일어났지만, 아리사는 개의치 않는다는 듯이 우월감에 젖은 목소리로 말했다.

“완전히 틀렸어. 그거 봐, 너도 모르잖아.”

“……참고로, 정답은 뭔데?”

“『여름 방학도 슬슬 끝나네』라는 의미였어.”

“흐음…….”

마사치카는 건성으로 대답하면서 아리사의 의기양양한 얼굴을 응시했다. 그리고, 별것 아니라는 투로 말했다.

“왠지 데이트를 가자는 것처럼 느껴졌는데, 내 착각이었나 보네.”

“그! 그, 럴, 리가 없잖아? 네 착각이야…….”

바로 그때, 누가 몰래 등에 얼음이라도 넣은 것처럼 어깨를 부르르 떤 아리사는 시선을 돌렸다. 그 알기 쉬운 반응을 뜨뜻미지근한 눈길로 쳐다본 마사치카는 담담한 어조로 말했다.

"그렇구나. 하긴, 네가 농담이라도 그런 소리를 할 리가 없지."

"……당연하잖아."

"그래~."

연기 톤으로 그렇게 말하는 마사치카를 힐끔 쳐다본 아리사는 입술을 살짝 내밀었다.

【뭐야……. 내가 데이트하자는 게, 그렇게 이상해?】

(윽…….)

아리사가 삐친 듯한 목소리로 중얼거린 러시아 말을 듣고 죄책감을 느낀 마사치카는 즉시 이렇게 말했다.

"뭐, 나는 이제까지 그런 이벤트가 일어난 적이 없거든. 뭐, 안다고요. 여자애한테 데이트 신청을 받는 건 만화 속에서나 일어나는 일이라는걸요."

빠른 어조로 그렇게 말해서, 이상하게 여긴 게 『아리사에게』 데이트 신청을 받는 게 아니라 『여자애에게』 받는 것이라는 점을 암시했다. 그러자 아리사는 자신감을 되찾은 건지, 우월감에 젖어서 미소를 머금었다.

"어머, 그거 유감이네. 뭐, 나는 이제까지 셀 수도 없을 만큼 데이트 신청을 받았지만 말이야."

"흐음, 그래……. 참고로, 응한 적은 있어?"

마사치카가 그렇게 묻자, 머리카락을 만지작거리는 아리사의 손가락이 움직임을 멈췄다. 그리고 시선을 옆으로 돌리더니, 더듬더듬 대답했다.

"……뭐, 데이트한 적은 몇 번 있어."

"흐음~."

"……."

마사치카가 딱히 관심 없는 듯한 반응을 보이자, 그를 힐끔 쳐다본 아리사는 머리카락을 만지작거리며 이렇게 중얼거렸다.

【너와 했던 걸 말하는 거야.】

(……으윽.)

그 말은 즉, 마사치카 이외의 남자와 데이트한 적이 없다는 의미다. 예상은 했지만, 역시 이렇게 직접적으로 들으니 대미지를 피할 수 없었다. 마사치카가 어금니를 깨물자, 아리사는 갑자기 퍼뜩 놀란 표정을 지으며 그를 돌아보았다.

"호, 혹시나 해서 말해두겠는데, 헌팅남과 데이트한 건 아니거든?!"

"어, 아…… 아니, 그런 의심은 안 했어."

애초에 아리사는 학교에서도 얼굴 좋고 머리 좋고 가문 좋은 남자들을 몇 명이나 걷어찼다. 그런 아리사가, 바보 같은 남자에게 걸려들 거라고는 생각도 안 했지만…… 그런데도 그녀는 더욱 역설했다.

"그런 건, 엄연히 상대를 골라 가면서 하거든?!"

"으, 응."

마사치카에게 20 대미지.

"어, 엄연히…… 저기, 신경 쓰이…… 신용할 수 있는 사람? 하고만, 했단 말이야!"

"으, 응."

마사치카에게 40 대미지.

"저, 저기 말이야? 이제 알았으니까…… 그러니까, 그쯤에서……."

마사치카, 필사의 가드. 하지만, 아리사는 멈추지 않았다.

"좋아하지도 않는 사람과, 데이트 같은 건 절대 안 해!!"

"……."

마사치카에게 90 대미지. 하지만, HP 1 남은 상태에서 어찌어찌 버텨냈다.

"아, 하지만 그건, 너를― 아니, 그저, 싫어하지 않을 뿐이랄까……."

아리사는 부끄러워했다. 마사치카는 쓰러지고 말았다.

◇

【에헤헤, 혼났네.】

【역시, 다른 학교 음악실에 몰래 들어가는 건 너무 심했어…….】

【으음……. 하지만, 사아의 피아노 연주를 듣고 싶었단 말이야~.】

【으음……. 그럼, 다음 발표회 때 초대해줄까?】

【어, 정말?】

【응……. 저기, 약속할게…….】

【고마워! 기대할게!】

◇

"—치카?"

"헉!"

정신을 차리는 것과 동시에 고개를 들어보니, 아리사가 가볍게 몸을 내밀면서 의아한 표정으로 나를 쳐다보고 있었다.

"……아, 미안해. 잠시 의식을 잃었어."

"……흐음. 그래?"

그 순간, 아리사는 눈을 가늘게 뜨면서 냉기를 둘렀다.

"어?"

왜 화가 난 것일까…… 하고 마사치카는 생각하며 한쪽 눈을 살짝 치켜떴다. 그런 그의 정강이에, 갑자기 충격이 가해졌다.

"아얏?!"

불의의 일격을 맞은 마사치카의 머릿속에서 번개가 쳤다. 아리사가 의자에 앉는 것과 동시에 마사치카의 정강이를 걷어찬 것 같았다.

“어때? 정신이 들었어?”

“아, 아니, 딱히 존 건 아닌데……!”

몸을 웅크린 마사치카가 고통을 참으며 변명했지만, 아리사의 시선은 여전히 차가웠다. 대화 도중에 잠들어 버렸으니, 화를 내는 것도 당연하겠지만…….

(아니, 전부 네 탓이거든?!)

그렇게 생각하더라도, 항의해 봤자 자기 무덤을 파는 것에 지나지 않는다. 마사치카는 어쩔 수 없이 가볍게 헛기침을 하면서 본론에 들어갔다.

“으음, 아무튼 여차할 때 의사소통을 할 방법 말인데…….”

그리하여, 뚱명한 표정을 짓고 있는 아리사와 눈싯을 통한 신호를 짰다. 다행인지 불행인지 딱히 러브 코미디 같은 분위기는 자아내지 않으며, 논의는 이어졌다.

“—뭐, 이 정도일까? 일단 유키와 쓰던 암호와는 패턴을 바꿨지만, 너무 많이 쓰면 해석을 당해서 읽힐 수도 있으니까……. 가능하면, 유키 앞에서는 안 하는 편이 좋을지도 몰라.”

“그래.”

“그리고…… 맞아. 사소한 버릇 속에, 허풍 신호를 정해두는 편이 좋을지도 모르겠네."

"허풍 신호?"

"그러니까…… 교섭을 하다 허풍을 부릴 때가 있잖아? 예를 들어 다른 부와 교섭할 때『이미 고문 선생님의 허가를 받았다』같은 식으로 말이지. 그 외에는…… 성가신 상대에게서 도망칠 때라든가?『선생님에게 호출을 받아서~』같은 거야. 그런 때에 파트너가『어, 그랬나?』같은 식의 반응을 보이면 곤란하잖아? 그러니 지금 말하는 게 거짓말이라는 걸 서로에게 바로 전할 수 있는 신호를 정해두면 좋아."

"하아……."

아리사가 왠지 이해가 안 되는 듯한 반응을 보이는 가운데, 마사치카는 잠시 생각에 잠긴 후에 왼손을 가볍게 들어 올렸다.

"그래. 왼손으로 머리카락을 만지작거리는 건 어때? 아랴도 머리카락을 손가락으로 만지는 버릇이 있지? 그걸 왼손으로 하는 걸……."

"너는?"

"나는…… 머리를 긁적이는 게 어떨까? 아무튼, 왼손으로 머리카락을 만지며 하는 말은 허풍, 거짓말인 걸로 정해두자."

"알았어……. 잊어버릴지도 모르겠네."

"……뭐, 일단 대충이라도 기억해둬."

그렇게 말하며 어깨를 으쓱한 마사치카는 자세를 고쳤다. 이제부터 할 이야기는 마사치카도 꽤 긴장되는 내용이었다.

"그리고…… 시선을 교환할 수 없는 상태. 그러니까 나란히 앉은 상태에서 의사소통을 하는 방법으로…… 손바닥 플릭[#1]이라는 게 있어."

"뭐? 그게 뭐야?"

"말 그대로 상대의 손바닥에 스마트폰의 플릭 입력 방법으로 문자를 써넣는 거야. 책상 아래나 등 뒤에서…… 저기, 몰래 손을 맞잡은 상태로 말이지."

"뭐……?"

마사치카가 머뭇거리며 그렇게 말하자, 역시 아리사는 노골적으로 인상을 썼다.

"손을 맞잡고…… 상대의 손바닥을, 손가락으로 훑으라는 거야?"

"훑는다기보다, 플릭 입력을 하는 거야. 스마트폰과 마찬가지로 왼쪽…… 아니, 손목 쪽인가. 여기가 『아』행이고, 손목 한가운데가 『카』행, 그다음은 순서대로 『사』, 『타』, 『나』, 『하』, 『마』, 『야』, 『라』행……."

#1 플릭 스마트폰 일본어 입력 방식 중 하나. 특정 부분을 터치한 후에 손가락을 미끄러뜨리는 식으로 다양한 문자를 입력한다.

마사치카는 자기 왼 손바닥의 손목부터 손가락 끝까지 차례차례 가리킨 후, 이어서 자신의 왼손을 오른손으로 움켜잡았다.

“스마트폰 입력과 다른 건, 『아』행부터 『라』행까지가 플릭 입력이고, 『와』행과 탁점 및 반탁점, 소문자 변환, 삭제는 각각 검지, 중지, 약지, 소지가 맡는 점이야. 검지를 한 번 노크하면 『와』, 두 번 노크하면 『오』, 세 번 노크하면 『ㄴ 받침』이야. 중지를 한 번 노크하면 탁점, 두 번 노크하면 반탁점, 약지와 소지는 각각 한 번 노크하면 소문자 변환과 문자 하나 삭제야.”

마사치카는 자신의 왼 손등을 오른 손가락으로 톡톡 두드리며 설명했다. 그것을 어려운 표정으로 끝까지 들은 후, 아리사는 회의적인 분위기를 내비치며 입을 열었다.

“저기, 논리 자체는 이해했는데…… 너무 어렵지 않아? 입력하는 쪽은 몰라도, 이해하는 쪽이 힘들 것 같은데…….”

“뭐, 익숙해질 필요가 있긴 해. 몸에 익으면 평범하게 타인과 대화를 나누면서도, 손가락으로 대화를 나눌 수 있다고.”

마사치카가 그런 초인적인 발언을 하자, 아리사는 더 표정을 찡그리며 말했다.

“그리고…… 저기, 손가락으로 손바닥을 훑는다는 행위 자체가 솔직히 싫어.”

“……그렇다면야 이 방법은 못 써먹겠네.”

아리사가 혐오감이 묻어나는 목소리로 그렇게 말하자, 마사치카는 약간 상처 입었다.

「어라? 이 애가 나를 좋아하는 게 맞긴 한 거야?」라는 의문도 한순간 떠오르더니, 곧 「아, 그런 문제가 아니구나」 하고 고쳐 생각했다.

"으음, 아랴?"

"왜?"

"혹시…… 너, 결벽증이야?"

생각해 보니, 예전부터 징후가 있기는 했다. 체육 수업 때도 타인이 자신의 몸…… 특히 피부를 만지는 것을 꽤 꺼렸다. 하지만, 그 말에 대해 돌아온 것은 강렬한 부정이었다.

"아, 아냐! 나, 딱히 결벽증 같은 건 아니거든?!"

"어…… 하지만 전에 미화위원장이 악수를 청했을 때, 한순간 맞잡고 바로 손을 떼지 않았어?"

"그건, 저기…… 모르는 사람이라서야."

"결벽증 맞네."

"아니라니까 그러네! 나는, 저기…… 그래! 누구든, 자기가 소중하게 여기는 걸 타인이 만지는 걸 싫어하잖아?"

"뭐?"

아리사가 느닷없이 그렇게 묻자, 마사치카는 잠시 허공을 쳐다보며 생각에 잠겼다.

"……아하, 남자한테는 손목시계나 자동차…… 여자한테는 가방이나 액세서리 같은 거구나? 뭐, 그런 것에 지문이 남는 게 싫은 건 이해가 돼."

"맞아! 그런 거야!"

마사치카가 어렴풋이 동의의 뜻을 드러내자, 힘차게 고개를 끄덕인 아리사는 자기 몸을 젖히면서 가슴에 손을 댔다.

"나는, 자기 몸이 가장 중요해! 그래서, 타인이 함부로 만지는 게 싫어!"

"……아하?"

왠지 이해될 것 같으면서 안 되는 이야기다. 그것보다…….

"그게 결벽증과 뭐가 다른데?"

"완전히 달라! 나는 딱히, 악수한 후에 손을 씻진 않았는걸!"

"아니, 그렇게 발끈하면서 부정할 것까진 없는데……."

"발끈할 만하거든?! 결벽증이라고 하면, 마치 내가 신경질적인 것 같잖아!"

「그럼 아니었어?」란 말을 마사치카는 눌러 삼켰다. 그리고, 아리사의 주장을 생각해 봤다.

(으음……. 뭐, 병적인 게 아니라 자존심에서 비롯된 거라면…… 확실히 결벽증과 다르긴 하려나?)

이세계물 작품에서 등장하는「내 피부를 만져도 되는 건, 장래를 약속한 남성분뿐이에요!」하고 떠드는 귀족 영애를 상상한 마사치카는 다소 납득했다.

(정조 관념이 리얼 공주님인 건가…….)

마사치카는 감탄과 어처구니없음이 뒤섞인 감상을 품으면서 어중간하게 고개를 끄덕였다.

"으음~. 뭐, 정 싫다면 어쩔 수 없지……."

싫어하는 상대에게 강요할 일도 아니라고 생각한 마사치카는 순순히 물러나려 했다. 하지만…….

"딱히! 안 하겠다곤, 말 안 했잖아……."

한순간 당황한 듯이 고함을 지른 아리사는 목소리가 점점 작아졌다. 그리고 머리카락을 만지작거리고 마사치카를 힐끔힐끔 쳐다보면서, 머뭇머뭇 물었다.

"그렇게…… 만지고 싶어?"

"뭐?"

"그러니까, 내 손……."

"어, 아……."

왠지 논점이 꽤 어긋나 있었다. 하지만 만지고 싶은지, 만지고 싶지 않은지 묻는다면…….

"뭐, 그래."

"……꼭?"

"……꼭."

"그렇, 구나……."

마사치카가 긍정하자, 만지작거리던 머리카락에서 손을

뗀 아리사는 고개를 돌린 채 그를 향해 손을 쑥 내밀었다.

"그럼, 좋아."

(완전 쉽네. 이제까지의 서두는 다 뭔데? 낭비한 시간을 돌려줘.)

새침한 표정으로 오른손을 내미는 아리사에게, 마사치카는 머릿속으로 맹렬하게 태클을 날려댔다. 그리고, 그런 머릿속과 다르게 입으로는 차분하게 태클을 날렸다.

"오른손이 아니라 왼손을 줘."

"어…… 윽, 자!"

한순간 얼이 나갔던 아리사는 수치심 탓에 일그러진 얼굴을 획 돌리면서 왼손을 내밀었다. 그런 아리사를 향해 쓴웃음을 흘린 마사치카는 그녀가 내민 왼손을 손으로 잡으려다…… 한순간 망설였다.

아리사의, 새하얗고 가녀린 손. 다시 보니, 섬섬옥수라는 표현이 이렇게 어울리는 손은 없다는 생각이 들 만큼 아름다웠다. 딱히 손을 잡는 게 처음은 아니지만, 아리사가 하도 아까운 척을 해댄 탓에 평소보다 더 만지는 게 머뭇거려졌다.

"……뭐야. 왜 그래?"

"어, 아니…… 그럼, 실례할게."

아리사가 의아한 눈길로 쳐다보자, 마사치카는 신중하게 아리사의 손을 잡았다. 약간 차갑고, 부드러운 손이었다.

그 감촉에 약간 동요하면서도, 마사치카는 아리사의 손바닥에 엄지를 댔다.

"으음, 이런 식으로—."

그리고 마음속으로「손톱 손질 좀 미리 해둘 걸 그랬어……」하고 생각하며 신중하게 엄지를 미끄러뜨렸다. 그러자…….

"으응……."

정면에서 희미한 숨소리가 들려오자, 마사치카는 퍼뜩 고개를 들었다. 그러자, 미간을 살짝 찌푸린 아리사가 언짢은 듯한 얼굴로 맞잡은 손을 내려다보고 있는 광경이 눈에 들어왔다.

"……뭐야."

"아냐……."

기분 탓이라고 생각하며 다시 손을 쳐다본 마사치카는 엄지를 미끄러뜨리며 말했다.

"이게『에』, 이렇게 밀지 않고 터치하면『나』, 그 후에 중지를 노크하면『보』야."

그렇게 얼추 예를 든 후에 고개를 들어보니, 아리사는 여전히 언짢은 듯한 표정을 짓고 있었다. 하지만 조금 신경이 쓰이는 것은, 뭔가를 참듯 아랫입술을 꼭 깨물고 있는 점이다.

"……알겠어?"

"……응."

"그, 래. 그럼 간단한 문장을 써볼게."

그렇게 말한 마사치카는 매우 천천히 손가락을 움직였다.

(우선, 간단한 걸로…… 날, 씨—.)

"응……."

(가 참—.)

"흐응……."

(좋, 네, 요—.)

"아앙……."

(으윽~!!!!! 이상한 숨 좀 내쉬지 말라고오오—!!)

눈치 못 챈 척을 하는 것도 이제 한계였다. 정면에서 들려오는 묘하게 요염한 숨결. 손가락을 움직일 때마다, 에로틱하게 꿈틀거리는 손. 딱히 아무 짓도 안 했는데, 나쁜 짓을 하고 있는 듯한 기분이 들었다.

『손! 이 자식들, 손놀림이 야해!』

(시끄러워.)

일단 머릿속에서 떠들어대는 소악마 유키를 입 다물게 한 마사치카는 태연한 척을 하며 고개를 들었다.

"방금, 뭐라고 썼는지 알겠—."

그리고, 말을 잊지 못했다. 하지만, 그것도 무리는 아니었다. 현재 아리사는 새하얀 볼을 살짝 붉힌 채, 눈물이 맺힌 눈동자로 마사치카의 얼굴을 노려보고 있었던 것이다.

【변태…….】

(대체 왜앳?!)

거듭 말하지만, 마사치카는 딱히 음란한 짓을 하지 않았다. 하지만, 이 반응은 대체 뭘까. 혹시 뭔가 다른 문장으로 받아들인 걸까……, 란 마사치카의 생각은 곧 부정당했다.

"……『날씨가 참 좋네요』 맞지?"

"으, 응. 정답이야. 처음인데 용케 맞췄네."

"……."

마사치카가 칭찬을 해줬지만, 아리사는 언짢은 듯이 눈을 돌릴 뿐이었다.

"으음…… 혹시, 간지러웠어?"

"……조금 그랬어."

"그, 그렇구나. 뭐, 그렇다면 이 방법은 관두는 편이 좋을지도 모르겠어. 표정에 드러나선, 몰래 하는 의미가 없으니까……."

달래는 투로 그렇게 말하는 마사치카를 힐끔 쳐다본 아리사는 작은 목소리로 중얼거렸다.

【간지럽다기, 보다—.】

"뭐, 어쩔 수 없을 거야! 유키도 처음에는—."

왠지 들어선 안 되는 러시아어가 튀어나올 듯한 예감이 든 마사치카가 아리사의 말을 막듯 그렇게 외쳤다. 그리고 『유키』란 이름에 아리사의 손이 움찔하며 반응하자, 마사치카는 곧 「아차」 하고 생각했다.

"할래."

"어, 아니…… 무리할 필요 없거든?"

"유키 양도 몇 번이나 해서 익숙해진 거지? 그럼, 나도 하겠어."

푸른 눈동자에 활활 타오르는 경쟁심이 어린 아리사가 마사치카를 날카로운 눈길로 돌아봤다. 그런 그녀의 눈을 본 마사치카는 더는 무슨 말을 해도 소용없다는 것을 눈치챘다.

"그럼, 뭐…… 계속해 볼까."

그 후 한 시간 만에, 아리사는 평범하게 이야기를 나누는 것과 버금가는 수준까지 올라왔다.

"대단하네……. 설마, 이 정도로 빠르게 습득할 줄은 몰랐어……."

"별, 것, 아니네……."

미소를 머금으며 그렇게 말하는 아리사의 볼은 완전히 상기되어 있었다. 그리고 이마에는 땀에 젖은 앞머리가 붙어 있었다. 그리고 호흡 또한 거칠었다.

(에로틱해~.)

무심코 그런 생각이 들 정도로, 색기 넘치는 모습이었다. 한 시간가량 이런 얼굴로 요염한 숨결을 토하자, 마사치카는 왠지 자신의 자제심이 시험받고 있는 기분이 들었다.

(뭐, 이걸로 끝이니까…… 응, 잘 버텼어. 잘 버텼다고, 나!)

그렇게 자신을 마음속으로 칭찬한 마사치카는 아리사의 손을 놨다.

"그럼—."

바로 그때, 이번에는 아리사가 마사치카의 손을 움켜잡았다. 고개를 들자, 눈동자를 반짝이며 위험한 미소를 머금은 아리사가 눈에 들어왔다.

"다음은, 쓰는 연습이지?"

"어, 엇."

"맞, 지?"

"……응."

그 후로 또 한 시간가량, 마사치카는 아리사가 만족할 때까지 손바닥을 개발 당했…… 아니, 손바닥 플릭의 연습용 상대가 됐다.

огда Аля внезапно кокетничает по-русски

제 4 화 남자가 얼굴 붉히는 걸 누가 보고 싶어 하겠냐고

타케시한테서 「도와줘」라는 짤막한 메시지를 받은 건, 여름 방학이 끝나기 일주일 전인 어느 날의 오전이었다.

범상치 않은 메시지였기에, 마사치카는 즉시 타케시에게 전화를 걸었지만…… 아무래도 그렇게 절박한 상황은 아니지만, 전화상으로는 설명하기 어려워 보였다. 그래도 꽤 피폐해진 상태라는 것은 목소리로도 알 수 있었기에, 마사치카는 즉시 교복으로 갈아입은 후에 타케시와 히카루가 있다는 제2음악실로 향했다.

"……와우."

그리고 복도 쪽 창문을 통해 안을 살핀 그는 무심코 질린 듯한 목소리를 냈다. 왜냐하면 실내에는…… 방구석에 주저앉아 있는 히카루가, 암운을 짊어진 채 동공이 확장된 눈으로 뭔가를 중얼거리고 있었던 것이다. 타케시의 전화를 받고 예상은 했지만, 흑카루가 강림한 게 틀림없다. 그것도 심도(레벨)가 상당해 보였다.

(돌아가고 싶어……. 하지만, 그럴 수도 없잖아.)

여기까지 와놓고, 돌아간다는 선택지는 말도 안 된다.

그렇기에, 마사치카는 한숨을 내쉰 후에 결의를 다지며 문을 열었다.

"아, 마사치카아…… 기다리고 있었어어……."

그러자, 히카루에게 계속해서 말을 건네고 있던 타케시가 곧 한심한 표정을 지으며 다가왔다.

"그래……. 무슨 일이야? 이게 대체 어떤 상황인 건데?"

애초에, 왜 이 자리에는 이 두 사람뿐인 걸까. 오늘, 타케시와 히카루는 다른 밴드 멤버 세 사람과 함께 문화제에서 할 라이브 연습을 한다고 했다. 연습 장소의 예약 상황을 관리하는 건 학생회이기에, 그건 틀림없다.

"내 말 좀 들어봐아~. 그게 말이야……."

그리고, 타케시는 무슨 일이 있었는지 이야기하기 시작했다.

◇

"미안해."

대뜸 그렇게 말하면서 고개를 숙인 이는 어깨 아래까지 기른 검은 머리카락을 투사이드업으로 묶은, 눈매가 날카롭고 사나워 보이는 인상의 소녀였다. 타케시가 리더를 맡은 밴드 『루미너즈』의 보컬, 시라토리 나오였다. 지기 싫어하고 자존심이 강해서 웬만한 일로는 고개를 숙이지 않는 그녀의 이런 행동에, 다른 밴드 멤버는 당혹스러워했다. 나오는 시선을 숙인 채, 감정을 억누른 목소리로 말했다.

그것은 집안 사정으로 전학을 가게 되어서, 문화제에 참가하지 못하게 됐다는 내용이었다. 다른 멤버가 자세하게 물어보니, 아무래도 아버지가 경영하는 회사가 도산 직전인 게 원인 같았다. 나오는 더 자세하게 이야기해주지 않았지만, 아무래도 그 문제 탓에 가정 안에서 이런저런 일이 있는 것 같았다.

"이 학교에 오는 것도, 오늘이 마지막일 것 같아. 그러니까…… 미안해. 갑작스럽게 이런 소리를 해서 미안하지만, 밴드를 관둬도 될까?"

멤버의 갑작스러운 작별 인사를 듣고, 다른 네 사람은 말문이 막히고 말았다. 그런 와중에, 한 소녀가 나오에게 천천히 다가갔다.

"아니…… 왜 더 일찍 말해주지 않은 거야?"

안타까운 목소리로 그렇게 말한 이는 머리카락 끝이 살짝 말린 단발머리에, 조그마한 동물 같은 분위기를 지닌 아담한 체구의 소녀였다. 나오의 소꿉친구이자 키보드 담당인, 미나세 리호다. 큰 충격을 받은 건지 눈동자가 떨리고 있는 소꿉친구에게, 나오는 시선을 돌린 채 퉁명한 어조로 말했다.

"말한다고…… 어떻게 될 문제도 아니잖아?"

"그럴지도 모르지만⋯⋯ 그래도, 나한테 이야기해줬으면 했어⋯⋯."

회사를 어떻게 해줄 수는 없더라도, 하다못해 그 고민을 공유하고 싶었다고 리호는 말했다. 자기와 상의해주지 않았다는 사실에 충격을 받은 소꿉친구를 본 나오는 더욱 시선을 돌렸다.

"진정해, 리호, 친한 친구라서 더 말하기 힘든 것도 있어. 응?"

울먹이며 나오에게 다가가는 리호를 「큰일 났다」고 느낀 히카루가 슬며시 제지했다. 그러자 리호도 조금은 진정한 건지, 나오에게 사과했다.

"미안해, 나오. 비난하려는 건 아냐⋯⋯."

"아, 응⋯⋯."

두 사람 사이에서, 말로 형용할 수 없는 거북한 침묵이 흘렀다. 그 분위기를 날려버리려는 듯이, 타케시가 일부러 밝은 목소리로 말했다.

"뭐, 뭐어! 문화제 라이브에 못 나간다고 정해진 건 아니잖아? 문화제 라이브에 다른 학교 사람이 참가하면 안 된단 룰은 없고⋯⋯ 어라, 없지?"

"그럴 때는 단언해⋯⋯. 아니, 하지만⋯⋯ 그건 맹점이네."

"그렇지? 전학 가더라도, 즉흥 참가 같은 느낌으로 라이브에 나오면 되잖아!"

"응…… 맞아! 나오, 포기하지 말고 같이 무대에 서자!"

타케시가 불쑥 그런 제안을 하자, 리호도 절친에게 다가가서 아까 전의 실수를 만회하려는 듯이 밝은 목소리로 동의했다.

"외부, 참가……? 맞아, 그렇게 하면……."

나오도 쭉 꿈꿔 왔던 라이브에 참가 못 하는 걸 원치 않으리라. 항상 드센 인상의 눈동자가 지금만은 믿음직스럽지 못하게 흔들리는 가운데, 그녀는 동료들의 얼굴을 차례차례 쳐다보았다. 그리고 이제까지 잠자코 있던 약간 뚱뚱한 남자가 나오의 어깨에 손을 얹으며 말했다.

"걱정하지 마, 나오. 네 아버지 회사도, 내가 어떻게든 해보겠어."

"뭐—?"

그렇게 말한 이는 베이스 기타 담당이자 나오의 남친이기도 한 카스가노 류이치다. 연인의 불손하게도 여겨질 수 있는 발언을 듣자, 나오는 의아하다는 듯이 미간을 찌푸렸다. 그녀만이 아니라, 다른 세 사람도 영문을 모르겠다는 듯이 류이치를 쳐다봤다. 그러자 류이치는 입가를 치켜올리면서 엄지로 자신을 가리켰다.

"내 할아버지는 에이메이 은행의 총재거든."

"정말?!"

누구나 아는 초거대 은행의 이름이 언급되자, 타케시는

눈을 치켜뜨며 놀랐다. 히카루와 리호 또한, 경악한 듯이 눈을 동그랗게 떴다.

"그러니까…… 안심해, 나오. 내가 할아버지한테 네 아버지의 회사를 구제해달라고 부탁해 볼게."

"류이치……."

연인의 믿음직스러운 제안을 들은 나오의 눈동자가 흔들리더니…… 입술을 꼭 깨물면서 고개를 숙였다. 그리고, 류이치를 쳐다보지 않으며 딱딱한 어조로 말했다.

"……괜찮아. 이미 손쓰기엔 늦었어. 게다가…… 할아버지와는, 그렇게 사이가 좋지 않잖아?"

"어, 아…… 뭐, 맞아. 그래도 괜찮아. 손자의 평생소원이라면, 그 고집쟁이 할아버지도 싫다고는 못할 거야!"

"아니, 멋진 소리를 한다 했더니 결국은 가족에게 매달리는 거냐."

"어쩔 수 없잖아~? 두뇌와 외모, 그리고 멋진 성격과 베이스 말고는 잘난 게 없는 뚱보가, 회사 하나를 어찌할 수 있을 것 같아?"

타케시의 태클을 시원시원하게 받아준 류이치는 앞으로 쑥 나온 배를 두드렸다.

"아니, 자기 평가가 너무 높은 거 아냐?!"

타케시가 또 태클을 날리자, 나오를 제외한 네 사람은 웃음을 터뜨렸다. 이제까지의 어둡고 심각한 분위기가 깨끗하게 씻겨나가더니, 평소의 밝고 여유로운 분위기로 되돌아갔다. 그것에 안심한 듯이 표정을 푼 류이치는 여전히 고개를 숙이고 있는 연인에게 상냥히 말을 건넸다.

"그러니 모든 일이 금방 해결되지는 않겠지만…… 밴드를 관둔단 말은 하지 마. 나도, 할아버지한테 부탁해 볼게."

류이치가 그렇게 말하자, 다른 세 사람도 고개를 끄덕이며 나오를 쳐다봤다. 밴드 멤버 네 명의 훈훈한 시선을 받은 나오는…….

"괜찮아. 그러지 않아도 돼……. 괜한 참견이야."

고개를 숙인 채, 굳은 목소리로 류이치의 제안을 걷어찼다. 연인이 한사코 거부하자, 류이치는 입가가 희미하게 떨리는 와중에도 익살스럽게 웃었다.

"에이, 사양하지 마. 여친을 위해, 가족에게 머리를 숙이는 것 정도는 별일 아닌걸. 어차피, 평소에도 자주 선생님에게 머리를 숙였—."

"진짜로 됐단 말이야!!"

평소처럼 자학 개그로 분위기를 바꾸려는 류이치에게 돌아온 것은 뜻밖의 완강한 거절이었다. 미소를 지은 채 굳어버린 류이치를, 고개를 든 나오가 날카롭게 노려봤다.

"괜한 참견이라고 말했지?! 나는 네가 그러는 걸 바라지 않아!"

"어, 나오. 좀 진정해."

연인을 걱정하는 것치고는 말이 지나쳤기에, 타케시가 중재하려 했다. 하지만, 부질없는 짓이었다.

"아, 니…… 나, 나는 그저…… 남친으로서, 내가 할 수 있는 일을, 하려는 것—."

"그럼 헤어져! 어차피 원거리 연애 같은 게 잘될 리가 없으니까, 그럼 되겠네!"

"나오!"

"잠깐, 어어?!"

"나오?!"

나오가 던진 그 결정적인 한마디에, 류이치 이외의 세 사람은 경악하고 말았다. 한편, 헤어지잔 말을 들은 류이치는 충격을 받고 눈을 치켜뜨더니…… 고개를 숙인 채, 중얼거렸다.

"그래……. 역시 나오는, 나를 그다지 좋아하지 않았구나."

"뭐, 뭐어? 그게 무슨—."

나오는 말도 안 된다는 듯이 그렇게 외쳤다. 하지만 이 자리에 있는 네 사람은 그녀의 흔들리는 눈빛을 놓치지 않았다. 그것을 보고 자신의 추측에 확신을 가진 건지, 류이치는 비굴한 미소를 머금으며 말을 이었다.

"그래, 알고 있었어. 나와 같이 있어도 그다지 즐거워 보이지 않았고, 솔직히 왜 내 고백에 오케이를 해준 건지 이해가 안 됐거든……. 그런데도 같이 있어 주는 건, 나한테 조금은 정이 있어서라고 생각했는데…….”

류이치가 그렇게 말하자, 타케시와 히카루도 무슨 말을 하면 좋을지 알 수가 없었다. 그런 와중에, 리호가 입을 열었다.

“나오…… 거짓말이지? 나오가 밴드에 들어갈 때, 루미너즈에 좋아하는 사람이 있다고…….”

“……!”

몇 걸음 다가와서 올려다보는 리호 앞에서, 나오는 극도로 동요하고 말았다. 그런 그녀의 시선은 구원을 갈구하듯 움직이더니, 최종적으로 히카루를 향했다. 그리고, 나오는 모든 것을 토해내듯 외쳤다.

“맞아! 나는 원래 히카루를 좋아했어! 하지만 히카루는 여성 불신이라니까…… 류이치와 적당히 사귀었을 뿐이야! 그러니까, 이제 됐지?!”

그렇게 말한 나오는 짐을 싸 들고 음악실에서 뛰쳐나갔다. 너무 충격적인 일이었기에, 다들 아무 말 없이 침묵에 잠겼다. 그런 와중에, 한 사람이 중얼거린 목소리가 묘할 만큼 크게 울려 퍼졌다.

“아…… 실은 나도…….”

그 목소리의 주인은, 리호. 본인 또한, 그것은 무의식적으로 한 말이리라.

“아, 저기, 나…….”

자신에게 시선이 모이자, 퍼뜩 놀라며 눈에 띄게 동요한 리호는 도망치듯 음악실을 뛰쳐나갔다. 남은 건, 마음이 천 갈래 만 갈래로 찢겨나간 남자 세 명뿐이다.

"류, 류이치…… 저기……."

자기도 동요했으면서, 타케시는 실연한 친구에게 무슨 말을 건네려 했다. 하지만 류이치는 힘없이 눈물 어린 미소를 머금더니, 천천히 고개를 좌우로 저었다.

"미안하지만…… 혼자 있게 해줘."

그리고, 류이치 또한 고개를 푹 숙인 채 음악실을 나섰다. 타케시와 히카루도, 그런 그를 쫓아가지 못했다.

◇

"지옥이잖아……."

타케시에게 사태의 자초지종을 들은 마사치카는 무심코 신음을 흘렸다. 수라장도 수라장, 그것도 히카루에게 있어 최악의 지뢰인 치정 관계에서 비롯된 수라장이다.

(저렇게 될 만도 해…….)

완전히 어둠에 빠져들고 만 히카루를, 마사치카는 동정했다. 히카루는 자기에게 연애 감정을 품는 여자 자체에게 트라우마가 있다. 그중에서도 「친구로서 마음을 허락한 상대가 실은 자신을 좋아했다」라는 것이 최악의 패턴이었다.

그 결과, 과거에 여사친만이 아니라 남사친까지 잃은 적이 있다.

그리고 이번은 그 케이스와 매우 흡사했다. 연인이 실은 히카루를 노리고 있었다는 사실을 안 류이치가, 히카루를 예전과 똑같이 대하는 건 어려우리라. 그러니, 히카루가 이렇게 어둠에 빠져들고 만 것도 당연하다 싶었다. 하지만…….

"(진짜 이 녀석이나 저 녀석이나 하나같이 빌어먹을 인간들이야. 기분 나빠. 진짜 기분 나빠. 남자는 하반신으로 생각한다고? 하반신으로 생각하는 건 여자라고. 좀 상냥히 대해줬다고 반한다는 게 말이 돼? 게다가 주위 사람을 생각도 안 하고 머릿속에 꽃밭이 펼쳐진 채 폭주하다 인간관계를 엉망진창으로 만들잖아. 연애를 위해서라면 무슨 짓을 해도 된다고 생각하는 거냐. 하아, 정말. 모두 다 죽어버리란 말이야.)"

"스톱이야, 히카루. 그쯤 해둬."

캐릭터 붕괴 레벨의 더러운 말을 쏟아내며 여자애를 향해 저주를 퍼붓는 히카루를, 마사치카가 말렸다. 그러자 히카루는 고개를 들더니, 탁하디탁한 눈동자로 마사치카를 올려다보았다.

"……마사치카, 네가 왜 여기 있는 거야?"

"타케시가 불렀어……. 으음, 고생했겠네."

마사치카는 그렇게 말하며 히카루의 옆에 앉더니, 그의

어깨에 팔을 둘렀다. 타케시 또한 반대편에 앉아서 마찬가지로 히카루의 어깨에 팔을 둘렀다.

"진짜, 히카루는 툭하면 여난(女難)에 휘둘린다니깐~. 뭐, 안심해. 우리가 있는 한, 남난(男難)은 없어. 뭐, 남난이란 말이 있는지는 모르지만 말이야!"

"야, 타케시. 그렇게 말하니, 네가 좋은 남자인 것 같잖아."

"어?"

"어?"

히카루의 머리 위에서, 두 사람은 진지한 표정으로 서로를 응시했다. 그리고 침묵이 찾아왔다. 그것을 깬 것은 히카루의 낮은 웃음소리였다.

"푸훕, 정말……. 두 사람 다 고마워."

"응…… 어찌어찌 마음을 부여잡아서 다행이야."

"어? 나, 꽤 괜찮은 남자 맞지? 응?"

"타케시, 분위기 파악 좀 해."

"그런 점이 문제인 거야."

"대체 뭐가?!"

마사치카와 히카루가 함께 타케시를 도끼눈으로 쳐다보자, 평소와 다름없는 이 전개에 분위기가 조금 더 이완됐다. 바로 그때, 노크 소리가 들리더니 드르륵하고 음악실의 문이 열렸다.

"실례지만, 지금부터는 우리들 피아노부의 연습 시간으

로 기억하는데…… 장소를 비워주지 않겠어?"

그렇게 말하며 들어온 이는 꽤나 색기가 넘치는 미소년이었다. 탐미적이라고 해야 할까? 늘씬하고 몸매가 좋으며 키가 큰 그는 깔끔하고 단정한 외모를 지녔다. 약간 연기하는 느낌이 감도는 그 귀공자 같은 행동이 더해지니, 한 폭의 그림 같은 미소년이었다. 그의 이름은 바로 키류인 유쇼라고 한다.

이 학교에서 세 손가락 안에 들어가는 미남자이자, 대형 그룹 회사인 키류인 그룹 회장의 아들이다. 게다가 국내외의 피아노 콩쿠르에서 눈부신 성적을 남겼기에, 통칭『피아노 왕자』라고 불린다. 저 요사스러우면서도 아름다운 얼굴을 본 타케시는 작게「우웩」하고 중얼거렸다.

"아, 키류인이구나……. 미안해. 금방 치우고 나갈게."

타케시의 목소리를 못 들은 척하면서 그렇게 말한 마사치카는 다른 두 사람에게 시선을 보냈다. 그러자 두 사람은 서둘러 뒷정리를 시작했다. 마사치카도 도우려 했지만, 뭘 어떻게 치우면 될지 모르는 외부인이 나서봤자 방해만 될 거라고 판단했기에 방문자의 응대 겸 시간 벌기를 하기로 했다.

"미안해. 좀 문제가 발생해서 정신이 없었어."

"아, 괜찮아. 나도 연주에 몰입해서 시간 가는 걸 잊을 때가 있거든."

"……그렇게 말해주니 고맙네."

그렇다. 고맙다. 하지만 뒤편에 있는 피아노부 여성부원들은 그렇게 생각하지 않는 듯한 점이 신경 쓰였다. 시선에서도 「유쇼 씨가 괜한 신경 쓰게 만들지 마」란 의지가 느껴졌다.

"그건 그렇고…… 쿠제, 네가 웬일로 음악실에 있는 거지? 경음악부에 들어간 거야?"

"응? 아냐. 오늘은 타케시가 불렀거든. 나는 현재, 학생회 일만으로도 버거워."

"그래? 쿠제는 악기를 좋아하지 않는 거야?"

별다른 의도 없는 질문이었다. 하지만 유쇼의 시선에서 뭔가를 캐려는 듯한 느낌을 받은 마사치카는 마음속으로 고개를 갸웃거리며 대답했다.

"딱히 그렇진 않아. 어릴 적에 바이올린과…… 피아노를 좀 배우긴 했거든."

"(풉, 유쇼 씨 앞에서 피아노를 배웠대.)"

유쇼의 뒤편에 있는 여학생 사이에서 비웃음 섞인 목소리가 흘러나오자, 그 직후에 파도처럼 비웃음이 퍼져 나갔다. 마사치카도 그것을 눈치챘지만 반응한다고 해서 딱히 좋을 건 없기에, 쳐다보지도 않으며 무시했다. 하지만 다름 아닌 유쇼가 그 말에 반응했다.

"잠깐, 그런 소리를 하면 안 되잖아."

"네~."

"하지만 프로 버금가는 실력을 지닌 유쇼 님 앞에서 피아노를 친다고 하는데, 어떻게 안 웃겠어요~."

"하하하, 프로 버금간다니…… 나한테 피아노는 어디까지나 취미야. 프로와 경쟁할 생각은 없어."

"취미인데 이렇게 뛰어난 수준이라니…… 역시, 유쇼 씨는 대단해요!"

여자애 한 명이 그렇게 외치자, 다른 여자부원들도 고개를 끄덕이며 유쇼를 향해 뜨거운 시선을 보냈다.

"자~, 다 치웠다고~."

바로 그때, 약간 삐친 듯한 태도의 타케시가 금방이라도 혀라도 찰 듯한 표정으로 다가왔다.

"그래? 그럼 다들, 시작할까?"

""""네!""""

마사치카를 향한 흥미가 완전히 사라진 듯한 유쇼는 여자부원들과 함께, 타케시와 히카루와 교대하듯 음악실에 들어갔다. 타케시는 그런 그의 등을 향해 「흥!」 하고 말하는 듯한 시선을 보냈다. 그런 그를 보며 쓴웃음을 머금은 마사치카는 두 사람을 데리고 복도로 나가더니, 어느 정도 걸어간 후에 타케시에게 말을 건넸다.

"너…… 키류인을 너무 싫어하는 거 아냐?"

"아니, 뭐…… 싫다기보다……."

마사치카가 대놓고 물어보자, 타케시는 말끝을 흐렸다.

사실 타케시도 진심으로 그를 싫어하지는 않을 것이다. 아니, 타케시는 누군가를 진심으로 싫어할 사람이 아니다. 그 증거로, 타케시는 거북한 듯이 시선을 돌리더니, 어린애처럼 입술을 내밀었다.

"왠~지 마음에 안 든단 말이야. 아까도 『피아노 따윈 어차피 취미예요~』라고 떠들었잖아. 완전 겸손을 빙자한 자랑이라고."

"아니, 그런 식으로 말하진 않았거든?"

마사치카가 유쇼의 말을 악의적으로 곡해하는 타케시에게 태클을 날리자, 그는 개의치 않으며 흥분한 어조로 말을 이었다.

"애초에! 저 하렘 상태는 뭐야! 저 녀석 말고 전부 여자부원이라니, 피아노부가 아니라 하렘부잖아!"

"응, 뭐…… 그렇지."

"게다가! 나 한번 물어본 적 있어! 『쟤들 중 누구와 사귀는 거야?』 하고! 그랬더니 저 자식이 뭐라고 대답했는지 알아?!"

"……평범하게 『사귀는 사람은 없다』, 아냐?"

"맞아!"

"그래서 싫어하는 거냐!"

정답을 맞힌 마사치카가 헛웃음을 흘리며 태클을 날리자, 타케시는 짜증이 난 것처럼 손가락을 꼬물거렸다.

“그것만이 아냐! 말투가 쓸데없이 의미심장하달까, 괜히 뭔가 있는 것처럼 떠들어댄다고!”

“아아……. 그러니까 뭐야? 사귀지『는』 않는다는 쪽이야?”

“응! 그거야!”

마사치카를 향해 검지를 쑥 내민 타케시는 진지한 표정으로 말했다.

“저 자식, 분명 피아노부 여자부원을 전부 건드린 게 분명해.”

“나쁜 쪽으로 너무 의심하는 거 아냐?! 그리고 결론은 그냥 질투하는 거잖아!!”

“질투하는 게 무슨 문제 있어?!”

“그래. 역시 타케시도 그런 애였구나……?”

“아앗, 히카루! 아냐! 방금 그건 농담…….”

히카루가 갑자기 어둠을 두르기 시작하자, 타케시는 다급히 변명을 늘어놨다.

“……일단, 패밀리 레스토랑에라도 갈까?”

한숨을 내쉬며 그 광경을 본 마사치카가 그렇게 말했다.

◇

“그런데, 결국…… 밴드는 어떻게 하지?”

패밀리 레스토랑에 들어오고 20분 후. 히카루가 좀 진정했을 때, 타케시가 그렇게 투덜거렸다.

"너……."

입에 침도 마르기 전에 타케시가 또 그 이야기를 꺼내자, 마사치카는 위기감에 사로잡히며 히카루를 쳐다봤다. 하지만 딱히 반응이 없었기에, 안도의 한숨을 내쉬면서 그 이야기에 응했다.

"어쩌긴 어째……. 새로운 멤버를 영입할 수밖에 없지 않아? 적어도 보컬은 말이야."

"그렇겠지……. 아~ 이래서야 문화제에 맞출 수 있을까~."

"어, 아직도 나갈 생각이야?"

문화제는 10월 초순에 열린다. 앞으로 한 달하고 며칠밖에 남지 않은 것이다.

이제 와서 새로운 보컬을 구하고, 류이치와 리호에게 돌아와달라고 부탁해서…… 다시 연습을 시작한다면, 시간에 맞출 수 있을지 꽤 미묘했다. 애초에「우리 밴드의 보컬을 맡아줘! 한 달 뒤에 무대에 설 거야!」란 말을 듣고「응」하고 말해줄 사람은 좀처럼 없을 것이다. 뭐니 뭐니 해도 보컬은 밴드의 얼굴이니 말이다.

"솔직히 어려울 것 같은데……."

"뭐, 그렇기는 하지만…… 카나우와 약속을 해버렸거든. 문화제 라이브에서 최고로 멋진 모습을 보여주겠다고 말이야."

"아, 동생 말이구나. 올해 초등학교 4학년이지?"

"응! 진짜 귀엽다니깐! 게다가 나를 엄청 따르거든~."

동생 이야기가 나오자마자, 타케시는 눈가와 입가를 씰룩거리며 좋아했다. 하지만 곧 우울한 표정을 짓더니, 머리를 감싸 쥐었다.

"그러니까, 약속을 깰 수는 없는 거야아아~~~~."

그 말을 들은 순간, 마사치카의 어깨가 흔들렸다. 그리고 잠시 생각에 잠긴 후, 신중하게 입을 열었다.

"일단 보컬을 맡아줄 사람이라면 짚이는 데가 있긴 한데……."

"뭐? 정말?"

"……내가 아는 사람이야?"

"그래. 본인에게 물어볼 필요가 있긴 하지만……."

◇

"앗, 아랴~. 이쪽이야, 이쪽."

마사치카가 몸을 살짝 일으키며 손을 흔들자, 패밀리 레스토랑에 들어온 아리사는 표정이 약간 밝아졌다. 하지만 곧 표정을 굳히더니, 주위의 주목을 한 몸에 받으면서 다가왔다.

"갑자기 불러내서 미안해."

"괜찮아. 마침 한가했거든……."

그렇게 말한 아리사는 테이블로 걸어오더니…….

"아…… 어, 어서 오십쇼."

"으음, 안녕?"

마사치카의 맞은편에 앉아 있는 두 명을 본 순간, 얼굴에서 표정이 싹 사라졌다.

◇

"……그러니까, 나한테 보컬을 맡아달라는 거야?"

"으, 응. 어때?"

10분에 걸쳐 자초지종을 설명한 후에 아리사의 안색을 살피니, 그녀는 퉁명한 표정으로 멜론 소다 플로트만 마시고 있었다. 노골적으로 언짢다는 태도를 보이자, 마사치카와 그의 맞은편에 앉은 히카루는 볼에 경련이 일어났다.

『저, 저기 말이야. 쿠죠 양, 왠지 기분 나빠 보이지 않아?』

『그런 것, 같네…….』

좀처럼 대답이 없는 아리사를 곁눈질하면서, 마사치카와 히카루는 눈빛으로 대화를 나눴다. 타케시? 사복 차림의 아리사를 보고 좋아 죽겠는지, 전혀 눈치 못 채고 있는데요?

【갑자기 불러내서…… 무슨 일인가 했더니…….】

바로 그때, 불만 섞인 러시아어가 들려왔다. 그 중얼거림을 들은 마사치카는 무엇이 아리사의 기분을 상하게 했는지 눈치챘다.

(어, 아하……. 불러내는 방식이 잘못됐구나.)

전화로는 자초지종을 설명하기 어렵기에, 「시간이 있으면 패밀리 레스토랑에 와줬으면 한다」라고만 말해서 불러냈는데…… 아무래도 아리사는 같이 놀자는 의미로 착각했던 것 같았다. 그래서 와보니 타케시와 히카루도 있었고, 같이 놀자고 부른 게 아니라는 점을 눈치챘기에 기분이 나빠진 것이다.

【볼일이 없으면, 안 부르는 거야……?】

"으음, 아랴 양? 저기, 어떠신지요?"

드디어 아리사가 음료를 다 마시자, 마사치카는 다시 물었다. 그러자 아리사는 마사치카를 힐끔 쳐다본 후에 고개를 획 돌렸다.

"왜 나야? 나, 밴드 보컬 같은 건 한 적이 없는데…… 나보다 더 괜찮은 사람이 있을 거잖아?"

"왜냐니…… 그야 물론 내가 아는 사람 중에서 네가 가장 노래를 잘 불러서야."

마사치카가 단언하자, 내키지 않는 듯한 반응을 보이던 아리사의 눈썹이 희미하게 떨렸다.

"……뭐, 가족들한테도 노래를 잘한다고 칭찬을 받은 적이 있긴 한데……. 그게 다야?"

"그게 다냐니…… 노래를 잘하는 건 엄청난 재능이라고. 잘 생각해봐. 평범한 사람이 무언가에 감동해서 눈물을 흘리는 건 평생에 한 번, 결혼식에서 부모님에게 보내는 편지를 읽을 때 정도일걸? 하지만 노래를 잘 부르는 사람은 자기 목소리만으로 여러 명에게 감동의 눈물을 흘리게 할 수 있어. 이건 대단한 거라고."

"말이 좀 과장된 거 아냐?"

"과장은 무슨. 솔직히, 노래 재능이라는 건 하늘이 인간에게 내려주는 재능 중에서도 가장 뛰어난 재능이라고 나는 생각해."

"흐, 흐음~?"

아까까지의 삐친 듯한 태도는 어디 간 것일까. 아리사는 머리카락을 손가락으로 만지작거리면서, 싫지는 않다는 듯이 입가를 살짝 씰룩거렸다. 그 모습이 정말 의외인 건지, 히카루와 타케시는 뜻밖이라는 표정을 지으며 서로를 쳐다봤다.

『어라? 혹시 아랴 공주는 의외로 쉬운 애인 거 아냐?』

『실은 좀 띄워주면 덜컥 넘어오는 성격인 걸까?』

두 사람이 눈짓으로 놀라움을 공유하는 가운데, 마사치카는 계속 말을 이었다.

"게다가, 당연히 아랴한테도 메리트가 있어. 단언하겠는데, 네가 문화제 무대에서 그 노랫소리를 선보인다면, 분명 지지자(팬)가 급증할 거야. 게다가, 팀워크 연습으로도 좋은 경험이 되겠지."

마사치카가 타산으로 가득 찬 발언을 하자, 미간을 살짝 찌푸린 아리사는 타케시와 히카루를 잠깐 쳐다봤다. 그리고 테이블 아래편으로 마사치카의 왼손을 톡톡 두드리더니, 그의 손바닥에 글자를 플릭 입력했다.

『그런 말을 해도 돼?』

얼마 전에 익힌 손바닥 플릭을 쓰는 점, 그리고 열심히 글자를 입력하는 아리사의 모습을 보며 훈훈한 느낌을 받은 마사치카는 일부러 소리 내서 말했다.

"혹시나 해서 말해두겠는데, 타케시와 히카루를 괜히 신경 쓸 필요는 없어. 저 두 사람도 그걸 알고 있거든. 이건 클래스메이트에게의 무상 협력이 아니라, 서로에게 메리트가 있는 거래야."

마사치카가 그렇게 말하자, 아리사는 고개를 살짝 돌리며 생각에 잠겼다. 그렇게 십여 초 동안 묵묵히 생각한 후, 타케시와 히카루를 돌아봤다.

"알았어. 나라도 괜찮다면, 협력할게."

"오, 오오! 정말임까! 이야, 아…… 쿠죠 양이 맡아준다면, 대환영임다!"

"야, 타케시. 아직 아랴의 노래도 안 들어봤는데, 환영하면 어떻게 해."

“어, 아, 하지만…… 쿠죠 양이라면, 웬만한 건 다 잘할 것 같거든. 하하하…….”

타케시가 아리사의 얼굴을 똑바로 바라보지 못하며 머리를 긁적이자, 마사치카와 히카루는 그를 향해 뜨뜻미지근한 시선을 보냈다.

“뭐, 나도 쿠죠 양이 보컬을 맡아준다면 불만은 없지만…… 실력은 확인하고 싶어. 물론 우리 실력도 보여줘야 할 거야.”

“그래. 서로의 합 맞춰보기……라고 하나? 일단 세션을 해 본 후에 정식으로 판단을 내리자. 아랴도 그걸로 괜찮지?”

“응.”

“그럼…… 어떻게 할까? 노래방에라도 갈래?”

“아냐. 우리는 교복 차림이고, 노래방에서는 너희 실력을 선보일 수 없잖아.”

“애초에 우리 악기는 학교에 있는걸. 세션이라면 역시 학교에서 하는 게 어때?”

“그, 그래. 맞아. 으음…… 최악의 상황에는 스튜디오를 빌린다는 방법도 있긴 한데…… 다음 연습 날이 언제야?”

한편, 친구들과 함께 앞으로의 일정을 짜고 있는 마사치카의 왼손은 아리사에게 여전히 잡혀 있었다. 그런 그의 왼 손바닥에, 아리사가 또 글자를 입력하기 시작했다.

(어? 뭐야……?)

대화 중일지라도 손바닥 플릭을 파악하는 것 정도는 마

사치카에게 아무 일도 아니었다. 의식의 절반을 대화에 기울이고, 남은 절반을 왼 손바닥으로 돌렸다. 그러자…….

(좀, 봐…… 『나 좀 봐』?)

그 내용에 따라, 마사치카는 아리사를 돌아보았다. 하지만 돌아온 것은 미심쩍은 시선이었다.

"……왜 그래?"

"어, 아니……."

「네가 불렀잖아」 하고 마음속으로 생각하면서도, 마사치카는 뭐가 어떻게 된 건지 몰라 한순간 당혹스러워했다. 혹시 내용을 잘못 파악한 건가 싶어, 기억을 되짚어 봤지만…….

"어? 마사치카?"

"뭐야, 왜 그래? 갑자기 쿠죠 양의 얼굴을 쳐다보고 말이야. 반하기라도 했어?"

맞은편에서 놀림 섞인 목소리가 들려오자, 마사치카는 퍼뜩 놀라며 정면을 다시 쳐다보았다. 그의 귀에, 아리사의 웃음기 섞인 목소리가 스며들어 왔다.

"어머, 그런 거야?"

도발적인 웃음을 흘린 아리사는 보란 듯이 머리카락을 쓸어 넘겼다. 그런 그녀의 눈이 웃고 있다는 것을 눈치챈 순간, 마사치카의 볼에 희미하게 경련이 일어났다.

(이, 게……!)

마음속으로 자기를 함정에 빠뜨린 아리사를 향해 독설을

날린 마사치카는 태연한 척 대답했다.

"별거 아냐. 아랴가 무슨 말을 한 것 같아서, 좀 돌아봤을 뿐이거든?"

"어머, 그래?"

아리사는 순순히 물러났지만, 그녀의 눈 깊숙한 곳에는 여전히 장난기가 어려 있었다. 그것을 증명하듯, 아리사의 손가락은 또 마사치카의 왼손을 훑기 시작했다.

『당황한 거야? 귀엽다니깐.』

"그러고 보니, 이렇게 되면 일단 쿠죠 양이 경음악부에 들어와 줘야 할 것 같지 않아?"

"응? 아…… 글쎄. 뭐, 그게 가장 무난하긴 할 텐데……."

"하지만 문화제는 얼추 한 달 뒤잖아? 그 후에 바로 퇴부하는 것도 좀 그렇지 않을까……."

"그건 그래."

『이번에는 진짜니까, 나 좀 봐줄래?』

"으~음, 그 부분은 일단 부장과 상의해 봐야겠네……. 딱히 경음악부가 아니면 라이브에 참가 못 하는 건 아니지만, 학생회 임원이 외부인인 채로 참가하면 좀 문제가 될 것 같긴 해."

"뭐, 그렇겠지……. 그 점에 대해선 내가 연락을 넣어볼게."

『왜 그래? 삐친 거야?』

"잠깐만. 그건 쿠죠 양의 참가가 정식으로 결정된 후에 해도 되지 않아?"

"그게 나을 거야. 다음 연습은 개학식 이틀 전이지? 그때 정식으로 결정하고, 입부를 하게 된다면 2학기부터 입부하는 걸로……."

『어린애 같아 귀엽네.』

(인마, 내가 가르쳐준 손바닥 플릭을 악용하지 말라고오오오오—!!)

마사치카는 타케시, 히카루와 이야기를 나누면서 마음속으로 절규했다.

최대한 반응을 보이지 않으려 하면서도, 어쩌면 은밀히 전할 말이 진짜로 있을지도 모른단 생각에 아리사의 손가락 놀림에 집중했지만…… 완~~~벽한 장난이었다. 일부러 아무 반응을 보이지 않는 마사치카를 놀리는 것이다.

이렇게 되면, 이제 손바닥 플릭을 파악하지 말자. 그렇게 정한 마사치카는 대화에 집중했다. 하지만…….

(으…… 왠지, 이건 이것대로…….)

손가락의 움직임을 파악하는 것을 관둔 결과, 손가락의 감촉에 더 의식이 쏠리고 말았다. 손바닥을 간지럽히는 아리사의 매끄러운 손가락. 손가락을 노크할 때마다 살며시 포개지는 손과 손.

(트, 틀렸어……. 얼마 전에 개발 당한 바람에, 너무 간질간질해!)

오싹오싹한 감각이 등골을 타고 스멀스멀 기어 올라오자, 마사치카는 위기감을 느꼈다. 하지만 지금 손을 떨쳐내는 건 무례하단 느낌이 드는 데다, 왠지 지는 것 같았다. 그렇다고 한창 대화를 나누는 도중에 자리에서 일어날 구실도 생각나지 않았다.

(아니, 으음, 저기…… 진짜로 위험해. 테이블 아래에서 손을 꼬물거리고 있으니, 왠지 나쁜 짓을 하는 느낌이 들어……!)

몸 깊은 곳에서 열기를 머금는 것을 자각한 마사치카는 아무튼 빨리 대화를 끝내자고 생각했다. 하지만, 좀처럼 그럴 수가 없었다. 주로 타케시가 문득 든 생각에 따라 화제를 이리저리 돌리는 탓에, 좀처럼 이야기에 마침표를 찍을 수 없었다. 그래도 어찌어찌 이성을 총동원하면서, 태연한 태도를 관철했다.

"그럼 실제로 라이브에서 노래할 곡의 음원과 가사는 미리 전달하는 편이 좋겠는걸."

"응. 맞아. 그런데……."

"응?"

"마사치카, 얼굴이 좀 벌게진 것 아냐?"

"뭐?"

히카루가 그렇게 말하자, 마사치카는 그대로 굳어버렸다.

"정말이네. 좀 빨갛잖아. 괜찮은 거야?"

이어서 타케시가 배려하듯 그렇게 말했다. 친구 두 명이 순수한 눈동자로 자신을 쳐다보자…… 마사치카는 확 이 자리에서 사라지고 싶어졌다.

마사치카의 가슴속에서는 친구 앞에서 불장난을 한 것으로 모자라 괜히 걱정까지 끼친 듯한 그런 꺼림칙함이 마구 샘솟았다. 게다가 아리사의 장난에 얼굴을 붉힌 데서 비롯된 굴욕과 수치심과 자기혐오가 더해졌다.

(끄아아아아~~!! 사라지고 싶어, 죽고 싶어, 차라리 죽여줘!! 지금 바로 나를 죽여달라고오오~~!!)

변명할 여유마저 없는 마사치카로서는 그저 어깨를 움츠릴 수밖에 없었다. 그런 그의 귀에, 아리사의 목소리가 스며들었다.

"어머, 왜 그래? 열이라도 나는 거야?"

마사치카는 그 뻔뻔한 말을 듣더니, 아리사를 곁눈질로 날카롭게 노려봤다. 하지만 아리사는 개의치 않았다. 오히려 만족한 듯이 입가를 일그러뜨리더니, 마사치카의 손바닥을 자신의 손가락으로 훑었다.

『오늘은 이쯤에서 봐주겠어.』

그 말을 끝으로 손을 뗀 아리사는 멜론 소다 플로트를 쥐었다. 그리고 진심으로 즐거운 듯이 웃으면서, 승리의 미주(주스)에 취했다.

огда Аля внезапно кокетничает по-русски

第 5 화 러시아어 애교, 줄여서 노출애어(露出愛語)

"그래. 결국 무리였구나……."

『그래……. 뭐, 어쩔 수 없지.』

아리사에게 보컬을 제안한 다음 날, 마사치카는 자기 방에서 타케시와 스마트폰으로 이야기를 나눴다. 화제는 루미너즈의 베이스 담당인 류이치, 그리고 키보드 담당인 리호에 관해서였다.

『두 사람 다, 밴드 활동은 한동안 쉬고 싶대……. 언제까지일지는 모르겠지만, 문화제 때 무대에 서는 건 무리일 거야.』

평소와 다른 타케시의 그 패기 없는 목소리에서, 밴드 멤버 두 사람과 대화를 나누며 그가 얼마나 지쳤는지를 짐작할 수 있었다.

"하긴……. 마음에 응어리가 남은 상태에서 밴드를 해봤자 호흡을 맞출 수는 없을 테니 말이야."

『맞아……. 그건 그렇고, 설마 리호까지 히카루를 좋아할 줄이야…….』

"……뭐?"

타케시가 그렇게 중얼거리자, 마사치카는 의아한 표정을 지었다.

"……그런 이야기였어?"

『응? 리호도 뛰쳐나가기 전에 「실은 나도……」 하고 중얼거렸다고. 그건 리호도 히카루를 좋아한다는 의미잖아? 그래서 히카루도 그런 상태가 된 거야.』

"……으음~?"

확실히 흐름상으로 보면 그런 의미로 들리기는 한다. 하지만 마사치카는 위화감을 느꼈다. ……아니, 위화감은 그 이전부터 느끼고 있었다.

그 세 사람과는 친구의 친구라는 형태로, 타케시와 히카루를 통해 꽤 교류해왔다. 그래서, 세 사람의 사람 됨됨이를 어느 정도 파악하고 있다. 그런 마사치카가 볼 때, 이번에 타케시가 말한 전말에서는 위화감반이 느껴졌다. 당사자인 타케시와 히카루는 충격이 너무 커서 눈치채지 못한 것 같지만 말이다. 아니, 이 정도면 위화감을 넘어서—.

『하아……. 하지만, 이렇게 되면 베이스와 키보드는 어떻게 하지……. 모처럼 아랴 공주가 협력해주기로 했는데…….』

타케시는 의기소침한 목소리로 한숨을 섞어가며 투덜거렸다. 마사치카는 그 말을 듣고 생각을 중단했다. 동시에 타케시의 마음속에 「관둔다」는 선택지가 없다는 것을 눈치챘지만, 그래도 다시 확인해 봤다.

"이걸로 멤버가 절반 이상 빠진 건데…… 아직도 문화제에서 연주할 생각이야?"

『응? 뭐, 그래……. 카나우와 약속을 하기도 했고, 게다가…….』

"게다가?"

『이대로 중단해봐. 히카루가…… 이번 일을, 질질 끌 것 같지 않아?』

타케시는 절친에 대한 배려를 입에 담았다. 그리고 곧, 얼버무리듯 이어서 말했다.

『그리고 말이야! 아랴 공주와 컬래버 할 기회를 놓칠 수는 없다고!』

"……하하, 그것도 그러네."

입으로는 그렇게 말했지만, 그게 주된 목적이 아닌 것이 명백했다. 이러쿵저러쿵하면서도, 결국 여자에 대한 흑심보다는 남자 간의 우정을 우선한다. 그것이 마루야마 타케시란 남자애다.

"좋아. 그럼 베이스와 키보드는 나한테 맡겨."

『어, 혹시 짚이는 사람이 있는 거야? 키보드는 몰라도, 베이스를 칠 줄 아는 사람은 경음악부 부원 말고는 거의 없을 것 같은데…….』

"뭐, 있긴 해……. 그리고 여차하면 내가 연주하겠어."

『어, 정말? 너, 베이스 칠 줄 알아?』

“쳐본 적은 없지만, 바이올린은 연주할 줄 알거든. 같은 현악기니까, 그렇게 다르진 않을 거 아냐.”

『완전 다르거든?! 그리고 바이올린을 연주할 줄 안다는 것도 처음 듣거든?!』

“그래? 뭐, 자랑할 만큼 잘하는 것도 아니거든……. 겨우 『차르다시』를 2배속으로 연주하는 정도야.”

『완전 괴물이네!』

그 후, 스마트폰 너머로 잡담을 나누면서 타케시의 상태가 평소 수준으로 돌아왔을 때 통화를 끝냈다. 그리고 마사치카는 메시지 애플리케이션을 켜더니, 타케시에게 말한 『짚이는 사람』에게 메시지를 보냈다.

◇

“……무슨 이야기인지는 알겠어요.”

다음 날, 마사치카는 자기가 부른 상대…… 중등부 시절 학생회 동료였던 타니야마 사야카와 어느 카페에서 만났다. 주문한 메뉴가 나올 때까지 기다리는 사이, 묵묵히 마사치카의 이야기를 듣던 사야카는 그가 자초지종을 설명한 후에 조용히 입을 열었다.

“그래서요? 저한테 그 이야기를 한 의도는 뭐죠?”

상대방에게 다가서려 하는 의지가 전혀 느껴지지 않는,

냉철한 목소리와 시선이었다. 사야카는 기본적으로 극히 일부의 인간을 제외하고는 누구 앞에서도 쿨하지만, 마사치카와는 한때 처절한 선거 배틀을 벌인 적이 있어서 그런지 태도가 더 매몰찬 느낌이 들었다.

마치 부하를 갈구는 엄격한 여자 상사 같았다. 그 눈동자에는 그 어떤 거짓말도 용납하지 않겠다는 듯한 형형한 빛이 어려 있었다. 그렇기에, 마사치카도 거짓말을 하거나 괜히 얼버무리지 않으며, 솔직하게 대답했다.

"단도직입적으로 말하겠어. 새로운 베이스 담당으로서, 타케시와 히카루의 밴드에 들어와 주지 않겠어?"

"어째서죠? 저는 베이스 같은 건……."

"칠 줄 알지?"

마사치카는 사야카의 말을 끊으면서 그녀의 눈을 응시했다. 사야카 또한, 마사치카의 진의를 간파하려는 듯이 그를 응시했다.

그리고 마사치카의 시선이 테이블 위에 놓여 있는 사야카의 두 손으로 향하자, 그녀는 한숨을 내쉬면서 의자 등받이에 몸을 맡겼다.

"설령 칠 줄 알더라도, 제가 이 제안을 받아들여서 어떤 메리트를 얻을 수 있죠?"

담담한 목소리로 그렇게 말하는 사야카의 안경이 빛을 받아 반짝였고, 그녀의 입가에는 옅은 미소가 어렸다.

"설마 제가 쿠죠 양의 인기 상승에 조건 없이 협력할 거라고—."

"오래 기다리셨습니다~. 『나크샤의 힐링 샌드위치』와 『MP 포션』 나왔습니다~."

"우, 우와, 끝내줘!"

"자기 분위기 유지에 힘 좀 더 쓰라고."

사야카가 점원이 가져온 요리를 보고 진지한 분위기를 싹 지워버리자, 마사치카는 도끼눈을 뜨며 태클을 날렸다.

그렇다. 사실 이 가게는 평범한 카페가 아니라 컬래버 카페다.

가게 안은 용병과 모험가가 모이는 술집을 이미지한 인테리어이며, 메뉴 또한 애니메이션에 등장한 요리와 각 캐릭터를 표현한 음료 등이 준비되어 있었다. 여러모로 꽤나 신경을 쓴 가게였다.

"그리고 『게르가의 드래곤 햄버그』와 『드워프의 화주』 나왔습니다."

"아, 고마워요."

사야카에 이어, 마사치카의 앞에도 요리가 놓였다. 당연하다면 당연한 거겠지만 드래곤 햄버그라고 해도 실제로는 쇠고기와 돼지고기를 섞은 다짐육으로 만든 것이며, 화주라고 해도 알코올은 들어가 있지 않다. 어디까지나 작품 안에서 등장한 요리와 음료를 비슷하게 재현했을 뿐이다.

(그래도, 잘 만들었네……. 유키도 여기 데려오면 즐거워하겠어.)

사실 이 컬래버 카페는 원래 유키와 함께 오려고 예약해 둔 곳이다. 하지만 유키가 다른 일이 생겨서 못 오게 됐기에, 사야카에게 이야기를 꺼내 본 것이다.

하다못해 유키에게 사진이라도 보내줄까 해서, 마사치카는 스마트폰을 들었다. 맞은편에서는 사야카도 스마트폰으로 사진을 찍고 있었다. 두 사람은 그렇게 한동안 촬영타임을 가졌다. 자리를 바꿔서 상대방의 요리를 촬영하는 것도 잊지 않았다.

그렇게 사진을 촬영하고, 음료 밑의 컵 받침을 바라본 후, 사야카는 천천히 표정을 바꿨다.

"그래서요? 설마 제가 쿠죠 양의 인기 상승에 조건 없이 협력할 거라고 생각했나요?"

"무리야, 무리. 지금의 너한테 시리어스 모드가 가능하다고 생각하는 건 아니겠지?"

담담한 어조로 태클을 날린 마사치카는 포크를 손에 쥐었다.

"자, 시간제한도 있으니까 일단 먹자."

그렇게 권하자, 사야카 또한 미간을 살짝 찌푸리면서도 샌드위치를 향해 손을 뻗었다. 그리고 20분가량 걸려 식사를 마친 후, 마사치카는 이야기를 시작했다.

"그럼, 밴드 건 말인데…… 너도 구미가 당기는 이야기이지 않아? 멤버가 부족해진 밴드가 문화제에 참가한다는 건, 마치 케이후유 같잖아."

마사치카가 그렇게 말하자, 사야카의 눈썹이 희미하게 움직였다. 케이후유(정식 명칭: 경음악부에 겨울은 오지 않는다)란, 멤버가 전학을 가면서 인원이 모자라게 되어 폐부 예고를 받은 경음악부가 폐부를 피하기 위해 문화제에서 라이브를 성공하려고 노력하는 애니메이션이다. 『겨울은 오지 않는다』란 타이틀에는 「이대로는 겨울을 맞이할 수 없다」는 위기감과 「겨울을(폐부) 받아들이지 않겠다」라는 결의 표명이라고 하는 이중적인 의미가 담겨 있다. 3년 전에 크게 유행하면서, 수많은 오타쿠를 경음악의 길로 끌어들였다고 하는 일화를 지녔다.

그리고 마사치카가 볼 때, 사야카도 그런 오타쿠 중 한 명이다. 놀이동산에서 유키의 티셔츠에 과잉 반응을 한 것과 손가락에 희미하게 남아 있는 굳은살이 그 근거다.

"……뭐, 이해가 안 되는 건 아니군요. 베이스인 카나밍도 나중에 참가한 멤버니까요."

천천히 고개를 끄덕인 사야카는 안경을 올려 쓰면서, 자신의 눈동자를 감췄다.

"이해가 안 되는 건 아니거든요? 보컬인 루나도 은발이었고, 동생에게 활약하는 모습을 보여주고 싶다는 동기는 히카리의 동생 사랑과 일맥상통하는 부분이 있으며, 애초에 히카리란 이름은 키요미야 씨의 이름과 비슷한 데다—."

"응. 생각했던 것보다 더 공감해줘서 다행이네."

사야카가 안경을 고쳐 쓰며 빠른 어조로 말을 늘어놓자, 마사치카는 뜨뜻미지근한 눈길을 보냈다. 그대로 3분 동안 사야카의 뜨거운 케이후유 열변이 이어졌다. 그리고 퍼뜩 정신을 차린 사야카는 가볍게 헛기침을 한 후에 쿨한 표정을 지었다.

"뭐, 그렇긴 하지만…… 그렇다고 해서, 제가 쿠죠 양에게 협력할 수는……."

"아니, 무리라니까 그러네. 지금의 너한테 시리어스 모드는 무리야."

마음속으로「용케 이제까지 잘 숨겨왔네」하고 감탄과 어처구니없음이 섞인 감상을 품으며, 마사치카는 의자 아래로 손을 뻗었다.

"뭐, 공짜로 부탁하겠다는 건 아냐."

그렇게 말한 마사치카가 테이블 위에 꺼내놓은 물건을 본 순간…… 사야카의 눈빛이 확 바뀌었다.

"앗, 이, 이건……?!"

의자를 걷어찰 듯한 기세로 벌떡 일어난 사야카가 얼굴을 쑥 내밀어서 **그것을** 쳐다봤다. 그리고 틀림없다는 것을 눈치채자마자 희미하게 떨리는 목소리로 말했다.

"애니메이션 공식 라디오의 편지 코너에서 엽서 선정자에게만 줬다고 하는, 성우 직필 사인 오리지널 선불카드…… 그것도, 최종회의……?"

"역시 알아보네. 이건 매회마다 그림이 달라서 끝내주거든~. 그중에서도 이 최종회의 전원 집합 일러스트는 완전 신작 작화로 만든 특별 사양이야. 이 세상에 딱 다섯 장만 있는, 이제까지 중고로 판매된 적도 없는 완벽한 프리미엄 굿즈라고."

마사치카의 프로모션을 들은 사야카가 마른침을 꿀꺽 삼켰다. 그 반응을 본 마사치카는 씨익 웃더니, 두 장의 아크릴판 사이에 들어 있는 그것을 테이블 위에 뒀다.

"이 이야기를 승낙한다면, 이걸 넘겨주겠어."

노골적인 매수 행위였기에, 사야카는 눈을 가늘게 떴다. 그렇게 표정이 냉철해진 사야카는 의자에 앉더니, 비아냥거리듯 한숨을 내쉬었다.

"저를 뭐로 보고…… 이런 물건으로 낚으려고 하는 거죠?"

"그런 소리는 손이나 떼고 해."

사야카의 손은 테이블 위에 놓인 선불카드를 꼭 쥐고 있었다. 그대로 마사치카가 카드를 들어 올리자, 사야카의 손도 덩달아 들렸다. 무사히, 베이스 확보.

◇

다음 날, 마사치카는 이어서 키보드를 맡아줄 사람을 만났다.

"그래서? 나보고 키보드를 맡으라는 거야?"

그렇게 대놓고 물은 이는 포니테일 스타일로 묶은 금발이 눈부시게 빛나고 있는 미야마에 노노아였다. 마사치카는 그 질문을 듣더니, 조용히 웃었다.

"어떻게 하고 싶어?"

"뭐?"

마사치카가 거꾸로 질문을 던지자, 노노아는 도끼눈을 뜨며 입을 살짝 벌렸다. 마사치카는 그 반응을 보고 더욱 깊은 미소를 머금더니, 시치미 떼는 표정으로 제안했다.

"미야마에가 굳이 하고 싶다면, 키보드 담당으로서 환영할게."

그렇다. 제안이다. 부탁이 아니다. 마사치카가 부탁을 했다간, 대가를 치러야 한다. 노노아를 만족시킬 대가는 좀처럼 생각나지 않고, 그녀에게 빚을 지는 것 또한 무시무시하기 그지없다.

그렇기에, 마사치카는 부탁하지 않았다. 사야카를 끌어들였다고 하는 사실을 통해, 그저 제안했다. 함께 밴드를 하고 싶다면, 시켜줄 수도 있다고 말이다.

"……아~하. 나와 사얏찌에게 다른 날에 이 이야기를 꺼낸 의도가 이거~구나."

그런 마사치카의 의도를, 총명한 머리로 즉시 이해한 노노아는 의자 등받이에 몸을 맡겼다.

"참고로, 내가 거절하면 어쩔 거야?"

"그때는 내가 할 거야. 너에 비하면 비주얼적으로 별로겠지만 말이지."

"흐~음?"

마사치카가 태연한 표정으로 어깨를 으쓱하자, 노노아는 의미심장한 눈길을 머금었다. 하지만 곧 흥미를 잃은 것처럼 눈을 가늘게 뜨더니, 손을 가볍게 저었다.

"뭐, 좋~아. 순순히 당해줄게. 왠지 쪼~끔 석연치 않지만~."

"그래. 고마워."

그리하여, 다섯 명의 밴드 멤버가 갖춰졌다.

◇

"자, 멤버 다섯 명이 갖춰졌어."

『잠깐만…….』

『여자…… 또 여자…….』

타케시와 히카루에게 그룹 통화를 걸어서 신규 멤버가

누구인지 알려주자, 두 사람은 이런 반응을 보였다.

『아무리 학생회 관련으로 인연이 있다고 해도…… 그 두 사람을 끌어들이다니…….』

"내가 짚이는 사람이 있다고 말했을 때, 미야마에를 말하는 거라는 건 예상하지 않았어? 걔가 피아노를 잘 친다는 건 유명하잖아."

세이레이 학원 중등부에서는 매년 합창 콩쿠르가 열린다. 그리고 거기서는 매번, 반에서 피아노를 가장 잘 치는 사람이 반주를 맡는 것이 관례다. 부유층 자녀가 많이 다니는 이 학교에서는 어릴 적부터 피아노를 배운 학생도 많고, 그 안에서 반주로 뽑힌 학생은 피아노 실력이 상당하다. 그리고 노노아는 3년 연속으로 반주를 맡았으며, 학교에서도 피아노 왕자인 유쇼에 이어 두 번째로 뛰어난 피아니스트로 알려져 있었다. 그것은 타케시도 알고 있을 것이다. 하지만…….

『아니, 너무 유명하니까 걔한테 말해 볼 거라고는 생각도 못 했달까…….』

노노아는 뛰어난 피아니스트로 알려졌지만, 음악 관련 부활동에 흥미가 전혀 없는 것으로 알려져 있다(아니, 모든 부활동에 흥미가 없다). 그런 노노아를 영입하는 데 간단히 성공했으니, 타케시로서도 머리를 감싸 쥐고 싶어질 만했다.

『그러고 보니 피아노와 키보드는 비슷해 보이지만 전혀

다른데…… 괜찮은 거야?』

"어, 그렇게 달라? ……뭐, 본인이 칠 수 있다고 했으니 괜찮지 않을까?"

『완전 대충대충이네……. 게다가 타니야마 양? 그 사람이 베이스를 칠 줄 아는구나……. 솔직히 말해, 이미지가 안 맞지 않아?』

"응, 내가 보기에도 그런 이미지가 없긴 해."

『뭐? 그럼 어떻게 베이스를 칠 줄 안다는 건 안 건데?』

"……뭐, 이런저런 일이 있었거든."

말끝을 흐린 마사치카는 즉시 화제를 돌렸다.

"그건 그렇고, 타케시는 이 멤버에 불만 있어?"

『아, 나는 없는데…… 멤버가 너무 호화로워서 위축된달까, 완전히 삼켜지지나 않을지 걱정되는데…….』

"안심해. 걔들은 아무거나 다 주워 먹는 타입이 아니거든."

『그런 의미가 아냐! 그런 의미로는 제발 잡아먹어줬으면 하거든?!』

"안심해. 그런 기회는 절대 안 와."

『왜! 타니야마 양은 몰라도, 미야마에 양이라면 감사히 나를 잡아먹어줄 수—.』

"만에 하나 그런 기회가 찾아오더라도, 걔만은 관둬. 진심으로 하는 소리야."

마사치카는 진지한 톤으로 충고를 해준 후, 히카루에게

말을 걸었다.

“그러니 히카루도 안심하라고. 그 세 사람이 너한테 반할 일은 절대 없어.”

『……정말?』

“그래. 만일 연애 관련 트러블이 발생할 것 같으면, 내가 매니저로서 대처하겠어.”

『어, 매니저?』

마사치카가 태연히 그런 단어를 입에 담자, 타케시는 얼빠진 목소리로 그렇게 말했다. 그러자 마사치카는 뜻밖이라는 투로 대꾸했다.

“……애초부터, 나는 그럴 작정이었거든? 내가 신규 멤버 영입을 한 만큼, 사후 관리도 당연히 내가 맡아야 하지 않겠어?”

『뭐…… 그런, 가?』

“그래. 게다가 내가 중간에 끼지 않으면 너희와 저 세 사람은 친해지기 어려울 거야.”

『아, 확실히 그건…… 그래.』

타케시가 납득하자, 마사치카는 다시 히카루를 설득하기 시작했다.

“뭐, 그렇게 됐으니까…… 나를 믿고 다 같이 힘내보지 않겠어?”

『…….』

잠시 침묵이 흐른 끝에, 히카루가 작게 한숨을 내쉬는 소리가 들려왔다.

『……알았어. 마사치카가 데려온 사람들이잖아. 나도 불평을 할 생각은 없어. 애초에, 예전 멤버들이 다 떠나간 건 바로 나 때문인걸…….』

"아니, 그건 네가 신경 쓸 일이 아니잖아."

『응. 히카루는 아무 잘못 없어. 그러니 책임 느낄 필요 없다고~.』

『……고마워.』

마사치카와 타케시의 대답을 듣고 작게 웃음을 흘린 히카루도 그 세 사람의 밴드 영입을 승낙했다. 그리고 이틀 후, 다섯 명의 멤버는 제1음악실에서 처음으로 얼굴을 마주했다. 하지만…….

""""…….""""

뭐~ 분위기는 무거웠다. 아니, 무겁다고 느끼는 건 남성들뿐일지도 모르지만…….

일찌감치 와서, 쭈~욱 스마트폰을 만지작거리고 있는 노노아. 묵묵히 베이스를 튜닝하고 있는 사야카. 눈부신 여자애들 앞에서 퓨어함을 발휘하고 있는 타케시. 벌써부터 어둑어둑한 분위기가 흐르는 히카루. 아예 커뮤니케이션 장애를 앓고 있는 아리사. 누구 한 명~ 입을 열지 않았다. 전원이 모이고 2분 이상 흘렀지만, 처음으로 얼굴을 마주한 자리인데도 불구하고 이야기를 시작할 기색이 전혀 없었다.

(아~ 생각했던 것보다 심각하네……. 이렇게 되면, 내가 진두지휘해야 하나?)

그렇게 생각하며 마사치카가 일단 자기소개라도 하려던 순간, 지금까지 아무 말 없이 베이스를 만지작거리던 사야카가 천천히 「자!」 하고 입을 열었다.

"다들 모인 것 같으니, 바로 시작할까요. 시간도 그다지 없으니까요."

"오케이~."

"아, 응……."

사야카의 말에 따라 노노아가 키보드를 세팅하기 시작했고, 타케시와 히카루도 허둥지둥 준비에 착수했다. 사야카가 별다른 대화도 없이 바로 세션을 시작하려 하자, 마사치카가 즉시 입을 열었다.

"기다려, 타니야마. 하다못해 가볍게 자기소개 정도는 하는 편이 낫지 않아?"

"서로가 전혀 모르는 사이도 아니고, 정보는 이미 공유했으니까요. 이제 와서 그럴 필요 없어요. 게다가—."

차분한 어조로 그렇게 말한 사야카는 베이스에 손가락을 얹으며 훗, 하고 웃었다.

"백 마디 말보다 소리를 한번 맞춰보는 편이, 상대에 대해 더 알 수 있을 테고요."

"대뜸 멋진 소리 늘어놓네. 어, 너는 그런 캐릭터였어?"

마사치카가 무심코 그런 태클을 날렸지만, 사야카는 자기 자신에게 도취된 듯한 반응을 보이셨다.

(그것보다, 저 베이스 기타는…….)

왠지 눈에 익은 베이스였다. 구체적으로는, 3년쯤 전에 애니메이션에서 본 듯한…….

(……어엿한 진성 오타쿠였나.)

황홀경에 빠진 듯한 눈동자로 베이스를 쓰다듬는 사야카에게서 눈을 뗀 마사치카는 노노아를 쳐다봤다.

"미야마에는 키보드를 가지고 있었구나."

마사치카가 자기 키보드를 세팅하고 있는 노노아를 향해 별생각 없이 그렇게 말하자, 그녀는 고개를 들며 대답했다.

"응? 산 건데?"

"어, 설마 이번 무대를 위해 산 거야?! 일부러?!"

"응."

"아아……. 고맙달까, 미안하달까……. 일단 경음악부의 부실에 대여 가능한 키보드가 있긴 한데 말이야."

"기왕이면 자기 키보드로 연주하고 싶거든. 그리고~ 피아노처럼 가격이 어마어마하지도 않으니까 괜찮아."

"아, 그래……."

노노아가 담담한 어조로 그렇게 말하며 어깨를 으쓱하

자, 마사치카도 어중간하게 고개를 끄덕였다. 바로 그때, 기타를 목에 건 타케시가 마사치카에게 다가와서 귓속말로 이렇게 말했다.

"(별거 아니라는 투로 말하지만, 저 키보드는 본체만으로도 10만 가까이하는 녀석이거든~? 주위에 있는 기기도 합치면, 아마 13만 정도는 할걸?)"

"(진짜?!)"

그 정도 금액이 별거 아니라니, 금전 감각의 차원이 달랐다. 역시 여고생 모델이라고 해야 할까.

조용히 전율하고 있는 마사치카의 귀에, 아리사가 중얼거리는 목소리가 흘러들어왔다. 목이라도 푸나 싶어서, 별 생각 없이 그 목소리에 귀를 기울여 보니—.

【신경 써줘~, 신경 써~, 신경~.】

"읏?! 푸웁!"

"왜, 왜 그래?"

"아…… 아무것도 아냐."

반사적으로 얼버무린 마사치카는 다른 의미에서 전율했다.

(이, 이건…… 전에 들었던, 신경 써줘 노래?!)

정식 명칭 『닿지 않는 마음(작사, 작곡: 쿠죠 아리사)』이다. 시치미 떼는 표정을 지은 아리사가 러시아어로 그렇게 중얼거리자, 마사치카는 「대체 머릿속이 어떻게 된 거야」란 의미의 눈길로 그녀를 쳐다봤다. 그리고 작게 한숨을 내쉰 후에 아리사를 향해 고개를 돌렸다.

"컨디션은 어때? 닿지 않는 마음."

"누가 닿지 않는 마음이란 거야?"

"그렇게 날카로운 태클을 날릴 수 있는 걸 보면, 괜찮은 것 같네~."

대충 대꾸하는 마사치카를 도끼눈으로 쳐다본 아리사는 손에 쥔 스마트폰을 쳐다보았다.

"일단 받은 음원을 들으면서 가사를 안 보고도 부를 수 있을 만큼 연습하긴 했는데…… 실제 밴드 연주에 맞춰 노래하는 건 처음이니까, 해보기 전엔 아무 말도 못 할 것 같아."

"그렇구나. 뭐, 그렇긴 하겠지."

"잠깐만…… 너는 매니저잖아? 조언은 안 해주는 거야?"

"아, 무리야. 나, 밴드는 해본 적 없거든."

"영 믿음직하지 못하네……."

아리사가 미간을 찌푸리며 그렇게 투덜대자, 마사치카는 어깨를 으쓱했다.

"뭐, 굳이 조언해주자면…… 괜히 남을 배려하거나 주위에 맞추려고 하지 말고, 열심히 목소리를 내라는 거야."

"뭐? 그래도 되는 거야?"

"그래도 되냐니, 이게 가능한 사람은 의외로 적을걸?"

"슬슬 시작해도 돼~?"

타케시가 그렇게 말하자, 마사치카는 아리사를 손으로

재촉했다.

"그럼, 힘내."

"응."

전원이 맡은 자리에 서자, 아리사가 선두에 섰다. 그렇게, 다섯 명의 첫 세션이 시작됐다.

"오오……!"

처음에는 연주가 약간 어색했다. 하지만 아리사의 노래가 시작된 순간, 분위기가 확 달라졌다.

평온하면서 투명감이 있는, 그러면서 강한 힘이 느껴지는 미성이었다. 그 목소리에 인도되듯, 네 명의 연주가 서서히 어우러졌다. 게다가 클라이맥스에 가까워지면서 아리사가 목소리에 더욱 힘을 주자, 거기에 이끌리듯 다른 네 사람의 연주도 더 열기를 띠었다. 그리고 클라이맥스에 들어서자, 바로 분위기가 폭발했다. 그 기세 그대로 마지막까지 치닫더니, 최종적으로 기타의 여운을 남기면서 연주가 종료됐다.

"오오~!"

한순간의 정적 후, 마사치카는 진심에서 우러난 박수를 보냈다. 아직 어설픈 부분이 있기는 하지만, 그래도 이 멤버의 가능성이 충분히 느껴지는 연주였다. 그걸 느낀 사람은 마사치카만이 아닌지, 타케시가 흥분한 어조로 외쳤다.

"우와, 대단하네! 쿠죠 양, 노래 정말 잘하잖아! 타니야마 양과 미야마에 양도 최고였어!"

"맞아. 설마 처음부터 이렇게 기분 좋게 연주할 수 있을 줄은 몰랐어."

즐거워하는 남성들과 달리, 여성들은 쿨했다.

"으음~ 역시 혼자 할 때와는 영 다르네~."

"도입부에서 좀 허둥대긴 했어요. 쿠죠 양 덕분에 살았어요."

"……뭐, 다들 처음에는 이렇지 않을까?"

그런 차가운 반응을 본 타케시와 히카루는 살짝 쓴웃음을 머금었다. 마사치카가 보기에, 아리사의 반응에는 멋쩍은 기색이 진하게 섞여 있는 것 같지만 말이다.

"그럼 몇 부분을 골라서 연습해 볼까요. 그 후에 다시 처음부터 끝까지 연주해 보기로 해요."

"으, 응, 좋습다."

사야카가 그렇게 말하자, 다시 연습이 시작됐다. 그리고 40분간 쉬지 않고 연습한 후…….

"클라이맥스의 3소절부터 약간 흔들리네요. 그 부분을 몇 번 더 해볼까요."

"아, 옙."

"응."

"오케이~."

"알았어."

정신을 차리고 보니, 자연스레 사야카를 중심으로 연습이 진행됐다.

(역시 타니야마야……. 시야가 넓고, 남을 잘 살펴.)

마사치카가 볼 때, 사야카는 타고 난 지휘관 타입이다. 집단을 이끄는 것에 있어, 그녀만큼 뛰어난 재능을 지닌 사람은 거의 없을 거란 느낌이다.

아리사는 자기 혼자 하는 편이 더 나은 결과를 낼 수 있다고 생각하는 타입이지만, 사야카는 정반대다. 자기가 중심이 되어 남을 이끄는 편이, 가장 효율적이면서 능숙하게 일이 풀릴 거라 확신하고 있다. 그리고, 실제로도 그러하다. 그 성과가 실적이 되면서, 주위의 인간은 어느새「타니야마의 말대로 움직이면 괜찮다」라고 생각하게 되고, 그 화합을 해치는 자를 좋지 않게 생각한다.

정에 호소하거나 카리스마에 의지하지 않고, 확실한 성과라는 철저한 실리로 주위의 인간을 움직인다. 그것이 태어날 때부터 지배하는 측의 인간이었던 사야카가 지닌, 천성의 재능이었다.

(하아~. 얘가 같은 편이라니 믿음직스러우면서도 골치 아프네. ……아랴, 알고 있어? 이대로 가면 설령 네가 학생회장이 되더라도, 실무의 중심은 타니야마가 맡게 될지도 몰라.)

아까 전의「목소리를 내라」라는 조언에는 그런 의미도 담겨 있지만…… 아리사는 눈치챈 기색이 없었다.

(뭐, 처음부터 잘되진 않겠지. 앞으로 성장해 나가면 돼.)

마사치카가 그렇게 생각하는 가운데, 흥이 난 다섯 명의 연습은 계속 이어졌다.

◇

"좋아~, 끝낼 시간이 다 됐으니까 뒷정리와 미팅을 시작하자~."

음악실 예약 시간이 15분 남았을 때, 마사치카는 손뼉을 치며 그렇게 말했다.

"오늘은 가볍게 인사만 나눌 생각이었는데, 바로 연습을 시작해버렸는걸……. 일단, 이 멤버로 문화제 무대에 서는 것이 이의는 없지?"

"응! 이의 같은 건 전혀 없어! 최고의 멤버라고!"

"응. 세 사람 다 잘 부탁해."

"네, 잘 부탁해요."

"잘 부탁~."

"잘 부탁해."

그렇게 정식으로 다섯 명이 모여 멤버를 결성하는 게 결정됐고, 다음 연습은 새 학기에 하기로 했다. 그때까지 각자 밴드명을 생각하기로 했다. 그리고, 오늘은 일단 해산

하기로 했는데…….

“앗, 아랴. 잠깐 나 좀 봐. 모레 개학식 관련으로 할 이야기가 있는데…….”

왼손으로 머리를 긁적이면서 아리사에게 그렇게 말한 마사치카는 다른 네 사람을 쳐다봤다.

“아, 그래. 그럼 먼저 돌아갈게. 다음에 봐.”

“두 사람 다 다음에 보자.”

“그럼 새 학기 때 봐요.”

“바이바이~.”

“응, 그래.”

“잘 가.”

음악실을 나서는 네 사람을 배웅한 후, 아리사는 마사치카를 향해 미심쩍은 표정을 지었다.

“그런데, 개학식 때 할 이야기가 뭐야? 내일 학생회에서 준비하기로 하지 않았어?”

“아, 그건 구실이거든? 그것보다…… 신호를 눈치채지 못한 거야?”

“뭐?”

“그러니까, 왼손으로 머리카락을 만지는 건…….”

“아…….”

아리사는 그제야 마사치카와 함께 정했던 「왼손으로 머리카락을 만지면서 한 말은 거짓말」이란 이야기를 떠올린 것 같았다. 약간 멋쩍은 듯이 어깨를 으쓱한 아리사는 고개를 돌렸다.

"……미안해. 깜빡했어."

"뭐, 괜찮아……. 그것보다, 안뜰로 가자."

음악실을 이용하는 다음 팀과 마주치는 것도 귀찮으니, 일단 안뜰로 장소를 옮기기로 했다. 평소에는 안뜰에 인접한 복도가 사람들로 붐비지만, 여름 방학이라 그런지 오늘은 인적이 없었다.

"자……. 연습은 좀 어땠어?"

나무 그늘의 벤치에 나란히 앉자마자, 마사치카가 바로 입을 열었다. 그러자 아리사도 딱히 망설이지 않으며 대답했다.

"그게…… 솔직히 말해, 생각했던 것보다 즐거웠어. 누군가와 함께 음악을 자아내는 게, 이렇게 즐거운 줄 몰랐다니깐."

"그렇구나. 그거 다행이네."

아리사가 솔직한 감상을 입에 담자, 마사치카는 진심으로 그렇게 말했다. 아리사가 누군가와 함께 작업하는 것을 즐겁게 생각했다면, 그것은 하나의 진척이라 할 수 있는 것이다.

【너와 함께 했다면, 더 즐거웠을지도 몰라.】

(대뜸 노출(러시아)애어 쓰지 말라고~.)

살짝 감상에 젖어 있는 타이밍에 러시아어 애교가 날아와 꽂히자, 마사치카는 대미지를 입었다. 그리고, 헛기침을 한 후에 본론에 들어갔다.

"그건, 그렇고…… 다음 연습에서 밴드명을 정하기로 했잖아."

"응? 뭐, 그래."

"보통은 그대로 밴드 리더까지 같이 정하게 될 거야."

"뭐?"

거기까지는 예상하지 못한 건지, 아리사는 허를 찔린 듯한 목소리를 내면서 고개를 살짝 갸웃거렸다.

"……마루야마가 리더 아냐?"

"원래는 그래. 하지만 밴드 멤버가 절반 이상 바뀌었잖아. 아마 리더도 다시 정하게 될걸?"

그렇게 말한 마사치카는 의도적으로 딱딱한 태도를 보이면서, 옆에 앉은 아리사를 똑바로 바라봤다.

"그렇게 될 경우…… 리더는 누가 될 것 같아?"

마사치카가 그렇게 묻자, 아리사는 한순간 눈을 치켜뜬 후…… 머뭇거리며 말을 이었다.

"으음…… 타니야마 양, 아닐까?"

"그래. 오늘 연습에서 리더십을 발휘한 건 타니야마니까 말이지."

마사치카가 단호하게 딱 잘라 말하자, 그제야 마사치카

가 하고 싶은 말을 눈치챈 아리사는 입술을 깨물었다. 하지만, 마사치카는 그녀를 더욱 궁지에 몰았다.

"즉, 너는 오늘 연습에서 리더의 자질이란 측면으로 타니야마에게 완패했다는 걸 인정한 거야. 분명 타케시와 히카루도 같은 생각을 하고 있겠지. 이대로 가면, 밴드 리더는 타니야마로 결정돼."

"……그렇, 구나."

전혀 반론을 할 수 없는 건지, 아리사는 분한 듯한 표정을 지으면서 마사치카의 말에 동의했다. 하지만 마사치카는 어깨를 으쓱하더니, 곧 느긋한 목소리로 말했다.

"실은 그렇지 않아~."

"뭐?"

"방금 그렇게 말하긴 했지만, 실은 다음 연습에서 리더는 정하지 않아."

"무슨 소리야?"

아리사가 의아해하며 쳐다보자, 마사치카는 태연한 어조로 대답했다.

"미리 다른 네 사람에게 부탁해뒀거든. 밴드 리더는 무대에 서는 당일…… 정확하게는, 마지막 리허설 때 정하자고 말이야."

"뭐?"

아리사는 영문을 모르겠다는 듯이 미간을 찌푸렸다. 그러자, 마사치카는 다시 진지한 표정을 지으며 솔직하게 고했다.

"아랴, 한 달 후의 문화제 날까지, 그 네 사람이 너야말로 리더에 걸맞다고 인정하게 만들어. 그걸 못 해낸다면, 학생회장이 되는 건 그야말로 꿈 같은 일이야."

"……!"

"타니야마는 이 학교에서도 손꼽힐 정도로 뛰어난 리더십을 지닌 애야. 걔한테 배울 수 있는 건 배우면서, 너답게 그 애를 뛰어넘어."

마사치카의 말을 들은 아리사가 몇 초 동안 고개를 숙이더니, 곧 하늘을 올려다보았다. 그리고 한동안 침묵한 후, 결의에 찬 목소리로 짤막하게 대답했다.

"알았어."

"……응."

그 망설임 없는 얼굴을 보며 동경과 함께 만족감을 느낀 마사치카는 자신도 하늘을 올려다보며, 평소 말투로 옆에 있는 이에게 말을 건넸다.

"뭐, 나도 평소처럼 서포트해줄게."

"응…… 잘 부탁해."

그리고, 누가 먼저랄 것 없이 서로의 손을 잡았다. 서로를 향한 신뢰를, 전하려는 듯이…….

여름 하늘을 향한 두 사람의 선서는, 서로의 가슴에 똑똑히 새겨졌으며…… 그리고, 새 학기가 시작됐다.

제 6 화 이번만큼은 내가 무죄라고 생각한다

"우와~ 엄청나네~."

9월 1일, 여름 방학 직후의 2학기 첫날. 개학식과 조례가 끝난 후, 마사치카는 교실 창문을 통해 교정을 내려다보며 남 일처럼 그렇게 말했다. 그의 시선이 향한 곳에는 체육관 입구에서 밖을 향해 이어져 있는 기나긴 줄이 있었다. 그리고 그 줄에 합류하기 위해 교정을 뛰어가는 수많은 학생이 보였다. 연예인이라도 온 것처럼 혼잡했지만, 물론 그렇지는 않다. 현재 저곳에서는 교복이 판매되고 있다. 그렇다. 켄자키 토우야 학생회장의 노력으로 리뉴얼된, 새로운 여름 교복이 판매되고 있는 것이다.

하지만 새로운 여름 교복이 생겼다고 해서, 일제히 교체하지는 않는다. 새로운 여름 교복은 매점에서 판매하며, 그것을 살지 말지는 각자의 자유다. 적어도 앞으로 3년 동안은 어느 여름 교복을 입어도 괜찮다. 하지만 혼잡이 예상된 오늘은 체육관에 가설 판매소를 만들어 대응……하기로 직원회의에서 결정됐는데, 그 판단은 틀리지 않았던 것 같다.

만약 매점에서만 판매했다간, 매점에 줄을 선 학생과 귀가하는 학생이 뒤얽혀서 복도가 혼돈의 극치에 이르렀을 것이다.

"다들, 긴소매 블레이저 교복을 질색했나 보네……."

아리사는 복도로 뛰쳐나가는 클래스메이트를 약간 복잡한 표정으로 쳐다보면서 그렇게 중얼거렸다.

교복 변경에 관해서는 학생 사이에서도 반대 의견이 있었으며, 실제로 그 의견을 고려해 「한동안은 두 교복 중 어느 걸 입어도 오케이」라는 룰이 정해진 것인데……. 뚜껑을 열고 보니, 대부분의 학생이 새로운 교복으로 갈아입으려는 것처럼 보였다. 새 학기가 시작되고도 남아 있는 지긋지긋한 늦더위에 두 손 두 발 다 든 건지, 새 교복을 입으려는 학생이 많았다. 그래서 「어라? 이대로 가면 거꾸로 튀겠네?」라는 위기감을 느끼는 걸까.

이유는 확실치 않지만, 아무튼 토우야가 실현한 교복 리뉴얼은, 많은 학생에게 받아들여지고 있는 것 같았다.

"이렇게 되면, 결국 모든 학생이 새 교복으로 갈아입는 거 아냐? 실제로 오늘도 덥잖아."

그렇게 말한 타케시는 얼굴을 향해 손부채질을 했다. 그러자 히카루도 고개를 끄덕이면서 감회에 젖은 목소리로 말했다.

"그래도 내일부터 이 블레이저에서 해방될 수 있다고 생각하니, 정말 기뻐……. 등하교 때는 의무적으로 교복을 입어야 하잖아."

"기뻐하고 있는데 이런 소리를 해서 미안하지만, 실은 새 와이셔츠도 좀 덥나 봐."

"뭐? 왜?"

「제정신이냐?」라고 말하는 듯한 표정을 짓고 있는 타케시와 히카루에게, 마사치카는 어깨를 으쓱하며 말했다.

"그 대신, 웬만해서는 안이 비쳐 보이지 않는 재질인가 보더라고. 천하의 세이레이 학원 학생이 만에 하나라도 공공장소에서 꼴사나운 모습을 보이면 안 되기 때문에 그렇게 했나 봐."

"아니, 잠깐만 있어 봐……. 그, 말은……."

아연실색한 표정으로 그렇게 말한 타케시는 아리사를 힐끔 쳐다본 후, 그녀에게 들키지 않도록 작은 목소리로 마사치카에게 물었다.

"(여자애의 속옷이 비쳐 보이는 이벤트 같은 건, 발생하지 않는다는 거야……?)"

타케시가 어이없을 정도로 심각한 표정으로 그렇게 묻자, 마사치카 또한 무거운 목소리로 고개를 끄덕였다.

"(……그런 거야.)"

"(맙, 소사…….)"

타케시는 비틀거리며 창틀에 기대섰다. 그리고 창밖을

쳐다보며 안타까운 미소를 머금었다.

"이럴 수가……. 이 세상에는, 꿈도 희망도 없는 건가……."

"평화로운 이곳에서 무슨 소리를 하는 거야."

"오늘도, 새 학기가 시작됐는데 약혼자를 자처하는 미소녀 전학생이 나타나지 않았어……."

"그런 이벤트가 현실에서 일어날 것 같냐. 그리고 요즘에는 전학생하면, 평범한 생활을 동경하는 전직 특수부대원이나 전직 영웅이 트렌드야."

"걔들은 주인공이잖아. 나는 조연이 되어버린다고!"

"……아, 응."

"방금 그 반응은 뭐야?"

"아니, 그게……."

타케시가 추궁하자, 마사치카는 슬며시 고개를 돌렸다. 히카루와 아리사도 미묘한 표정을 지으며 침묵했다.

기묘한 침묵이 몇 초 동안 이어진 후, 히카루가 분위기를 바꾸려는 듯이 약간 밝은 목소리로 화제를 돌렸다.

"그래도 대단하네. 이렇게 전통을 타파하는 시도는 내광회(來光會)의 찬동을 얻을 수 없으니 실현할 수 없다고 생각했거든."

내광회는 세이레이 학원 고등부의 역대 학생회장과 부회장으로 구성된 모임의 정식 명칭이다.

이 학교는 사립 명문 학교지만, 실은 학비가 그렇게 비싸지 않다. 시설이나 각종 제도의 충실함을 고려하면 오히려 싼 편에 속한다.

그 이유는 바로 졸업생이 학교에 거액의 기부를 하고 있기 때문이다.

그중에서도 내광회 측의 기부금은 자릿수가 다르며, 그에 비례해서 학교 측에 대한 영향력도 막강하다.

물론 이번 교복 리뉴얼에 있어서도 적지 않은 기부금이 쓰이는 만큼, 내광회의 찬동을 얻지 못한다면 실현이 불가능한 시책이었다.

"뭐, 실제로 반대 의견을 내놓은 건 비교적 젊은 멤버였던 것 같지만 말이야."

마사치카가 그렇게 말하며 어깨를 으쓱하자, 타케시는 진심으로 의외라는 듯이 눈을 치켜떴다.

"어, 그래? 이런 건 보통 머리가 딱딱하게 굳은 영감들이 반대할 것 같은데 말이야."

"내광회의 영감들은 의외로 정재계의 거물들이잖아……. 그런 사소한 일은 신경 안 쓰는 거 아닐까?"

"……뭐, 니이쿠라 씨가 모교의 교복에 트집을 잡는 모습도 그다지 상상이 안 되긴 해."

"그렇지?"

"뭐? 니이쿠라 씨?"

아리사가 의아한 표정을 짓자, 마사치카는 「어라, 몰랐나?」하고 생각하며 보충 설명을 했다.

"총리대신인 니이쿠라 수상 말이야."

"어?! 뭐?!"

"쿠죠 양, 몰랐습니까?"

아리사가 진심으로 놀라자, 타케시도 이상한 존댓말로 그렇게 물었다. 같은 밴드의 멤버지만, 아직 서먹서먹했다.

"뭐, 내광회는 그렇게 뚜렷한 활동을 하는 단체가 아니잖아. 관계자한테 못 듣는다면 알 리가 없긴 해."

세이레이 학원의 학생 사이에서는 꽤 유명한 일이지만 입소문이 되어 퍼져 나가고 있는 것도 아니니, 교우관계가 좁은 아리사가 모르는 것도 무리는 아니다……인 걸로 하며, 마사치카는 그녀를 감싸주는 발언을 했다.

참고로 이 일이 왜 입소문이 되지 않는 것이냐면,「딱히 드문 일이 아니니까」다. 현존하는 내광회 멤버 중에서 총리대신 경험자는 니이쿠라 수상을 비롯해 네 명이나 된다. 이 세상을 떠난 사람을 포함하면, 그 몇 배나 되는 것이다. 평범한 학교라면「우리 학교 졸업생 중에 ○○ 전 총리가 있습니다!」하고 선전하겠지만, 세이레이 학원은「뭐? 총리대신? 아~ 조사해 봐야겠지만, 아마 우리 학교 출신 아냐?」라는 레벨이기에, 다들 일일이 신경 쓰지 않는다.

"참고로 유명한 사람을 꼽자면, 오오누마 재무대신이나 나나세 도쿄 도지사도 내광회 소속이야. 그리고 타니야마의 아버지인 타니야마 중공의 사장, 지르크스의 사장, 에이메이 은행의 총재와 크라리케의 회장…… 꼽기 시작하면 한도 끝도 없네.”

손가락을 접으며 세다 보니, 도중에 귀찮아져서 관뒀다. 그러자 히카루는 별일 아닌 투로 덧붙여 말했다.

“그리고 스오우 양의 할아버지도 포함될 거야. 전 주미 대사였지?”

“……응, 그래.”

목소리 톤이 낮아지는 것을 스스로도 느낀 마사치카는 속으로「아차」하고 생각했다. 타케시는 딱히 신경 쓰지 않는 것 같지만, 아리사와 히카루는 약간 의아한 눈길을 보내고 있다는 것을 눈치챈 마사치카는 마음속으로 자신의 부주의함에 혀를 찼다.

“수고~.”

하지만 그 타이밍에 마침 기다리던 사람이 나타났기에, 마사치카는 태연한 표정으로 목소리가 들려온 방향을 향해 고개를 돌렸다.

“아, 수고, 했…….”

교실에 들어온 이는 머리카락을 포니테일 스타일로 묶은 노노아였다. 하지만 그녀의 복장을 본 마사치카 일행은 그대로 굳어버렸다. 왜냐하면, 노노아가 입고 있는 것이 바로 현재 체육관에서 판매하고 있는 새 여름 교복이었기 때문이다. 선행 판매? 그런 것은 하지 않았다. 학생회 임원인 마사치카도 알지 못하는 만큼, 틀림없다.

"……너, 왜 벌써 새 여름 교복을 입고 있는 거야?"

마사치카가 대표로 그 질문을 던지자, 노노아는 눈을 반쯤 뜬 채 고개를 갸웃거렸다.

"으음…… 뭐, 어쩌다 보니?"

"……어쩌다 보니, 냐."

노노아가 그렇게 말하자, 마사치카는 더는 추궁할 수 없었다. 십중팔구 설명하기 귀찮은 거겠지만, 자세하게 캐물어봤자 좋을 게 없겠다는 느낌이 들었다. 노노아가 어쩌다 보니, 라고 말했으니 그런 걸로 여기며 넘어가자.

"으음……. 그러고 보니 오늘은 스마트폰 안 보네, 미야마에."

이야기를 돌릴 겸 근처의 자리에 멋대로 앉아서 멍하니 있는 노노아에게 그렇게 말하자, 그녀는「응~」하고 말하며 어깨를 으쓱했다.

"스마트폰 너무 본다고 엄마한테 혼났거든. 그래서 자제하는 중이야."

"아, 그렇구나……."

노노아의 입에서「부모님에게 혼났다」는 뜻밖의 발언이 나오자, 마사치카는 솔직히 말해 당황했다. 의외라고 여긴 사람은 마사치카만이 아닌지, 타케시가 약간 머뭇머뭇 입을 열었다.

"미야마에 양은…… 부모님 말을 잘 듣는 편인가 보네요."

"응? 잘 듣거든? 뭐, 교사 말은 안 듣지만 말이야~."

나른한 표정을 지은 노노아가 진심인지 농담인지 분간이 안 되는 표정으로 그렇게 말했다. 타케시와 히카루도 어떤 반응을 보이면 좋을지 모르겠다는 듯이, 어설픈 미소만 머금고 있었다.

(으~음, 벌써부터 앞날이 걱정되네.)

타케시는 저래 봬도 여자애 상대로 움츠러드는 타입이며, 히카루는 여자를 아예 거북하게 여긴다. 아리사는 친구를 만드는 능력이 형편없다.

한편 노노아는 굉장히 자기 방식대로 행동하며, 사야카는 타인의 감정에 딱히 관심이 없다. 솔직히 말해 자기가 모으긴 했지만, 이 멤버가 화기애애하게 밴드를 하는 미래를 상상할 수가 없었다.

(그런 만큼, 내가 중간에서 다리 역할을 해야 해.)

그렇게 결의를 다지고 있을 때, 사야카가 도착했다. 그리고 인사를 적당히 나눈 후에 바로 지휘하기 시작했다.

"자. 그럼 우선 밴드명부터 정하도록 할까요. 의견 있는 사람 있나요?"

여섯 명 말고는 아무도 없는 교실에서, 사야카는 교사처럼 교단에 서서 다른 다섯 명을 둘러봤다. 그러자 잠시 뜸을 들인 후, 히카루가 「저기」 하며 손을 들었다.

"네, 키요미야 씨."

"으음…… 『컬러풀』은 어떨까? 보아하니, 우리는 십인십색이란 느낌이니까…… 심플해서 괜찮지 않을까 싶어."

"그래요. 나쁘지 않군요."

그렇게 말한 사야카는 칠판에 『컬러풀』이라고 적었다. 그리고 「다른 의견은 없나요?」 하고 말하자, 이어서 타케시가 손을 들었다.

"네, 마루야마 씨."

사야카가 지명하자, 타케시는 훗, 하며 자신만만한 미소를 머금었다. 그리고 입가에 자신감을 머금으며 느긋하게 말했다.

"『Sunrise of paddy』……는 어떻습니까?"

당사자는 꽤 자신만만해 보이지만, 다른 다섯 명의 반응을 별로였다. 사야카는 미간을 살짝 찌푸리더니, 안경을 올려 쓰며 말했다.

"직역하면…… 『논의 일출』? 어떤 의미죠?"

사야카가 지당한 질문을 던지자, 타케시는 검지를 세웠다.

"이런 팀명을 정할 때의 기본인, 멤버 전원의 이름에서 앞 글자를 따 봤어요……. 타, 히, 아, 사, 노잖아요. 그리고 그걸 조합하며 『논의 일출』[#2]이 됐죠! 즉, 『Sunrise of paddy』! 어떤

#2 논의 일출 일본어 발음으로 「타노아사히」.

가, 요?!"

"촌스러워."

노노아의 인정사정없는 감상이 타케시를 꿰뚫었다! 타케시는 쓰러지고 말았다!

"……방금 그건, 후보에서 제외하도록 할까요."

그리고 선도위원 또한 인정사정없었다. 사야카는 가볍게 헛기침을 하더니, 타케시를 골로 보낸 노노아를 쳐다봤다.

"노노아는 의견이 있나요?"

"어~?"

머리카락을 만지작거리면서 시선을 이리저리 돌리던 노노아를 본 마사치카는 마음속으로「어차피 날라리 느낌 물씬 나는 이름일 테니 안 물어봐도 될 것 같은데」하고 생각했다.

(『진짜』나 『대박』이나 『헐』? 분명 쓸데없이 이상한 이름일 거야.)

그렇게 예상하는 마사치카가 지켜보는 가운데, 노노아는「아」하고 소리를 냈다.

"그럼 『완자 신령님』으로 할래."

"그게 뭐야?"

"응~? 괜찮은 것 같지 않아?"

"완자 안주가 맛있는 술집 이름처럼 들리거든?"

마사치카가 진지한 표정으로 태클을 날리자, 사야카도

표정을 굳히면서 노노아에게 물었다.

"참고로, 왜 그런 이름이 된 거죠?"

"응? 그냥?"

"……."

노노아가 바로 그렇게 답하자, 사야카는 아무 말 없이 이마를 짚었다. 그래도 일단 사야카가 『완자 신령님』을 칠판에 적고 있을 때, 노노아가 그녀의 등을 쳐다보며 물었다.

"참고로, 사얏찌의 아이디어는 뭐야?"

"제 의견 말인가요? 그럼—."

뒤를 돌아보며 눈을 살짝 치켜뜬 사야카가 칠판에 분필로 글씨를 썼다. 『칠흑—.

"잠깐만, 타니야마."

"왜 그러죠?"

"아, 이쪽으로 좀~ 와줄래?"

첫 글자가 적힌 순간, 마사치카는 사야카를 복도로 불렀다. 하지만 사야카는 의아하다는 듯이 눈썹을 찌푸렸다.

"……이걸 쓰고 나서 가면 안 될까요?"

"으~음, 사얏찌~? 나도 쿠젯찌 말대로 하는 편이 좋을 것 같아~."

"노노아……."

소꿉친구가 그렇게 말하자, 사야카는 아쉬워하면서 분필을 내려놓은 후에 마사치카와 함께 복도로 나갔다. 그리고 문을 닫자마자, 마사치카는 사야카를 벽으로 몰아붙였다.

"너, 아까 뭐라고 쓸 생각이었어?"

"아니, 그게…… 하아."

사야카는 그런 걸 묻고 싶었던 거냐는 듯이 한숨을 내쉰 후, 안경을 올려 쓰면서 담담히 말했다.

"칠흑 밤의 파티…… 그렇게 쓸 생각이었어요."

"오호~, 내가 생각한 대로 무시무시한 이름이네. 하마터면 나까지 대미지를 입을 뻔했어."

"무슨 소리를 하는 거죠……?"

"그쪽이야말로 무슨 소리를 늘어놓고 있는 거지요? 참고로, 그걸 어떻게 읽는데?"

"아, 역시 날카롭군요……. 『나이트메어』라고 읽어요."

"너, 완전 장난 아니네~. 중2병이냐? 철 지난 중2병이냐?"

마사치카의 지적은 옳았다. 실은 사야카의 오타쿠 경력은 그렇게 길지 않았다.

사야카가 오타쿠가 된 것은 중학교 2학년 6월의 일이다. 그렇다. 중등부 학생회장 선거에서 유키와 마사치카에게 지고 난 후의 일이었다.

그때까지의 사야카는 부모가 기대한 대로 결과를 내고, 부모가 기대한 대로 사는 것에 아무런 의문도 품지 않는 아이였다. 부모가 기대한 대로 모범적인 생활을 했으며, 부모가 기대한 대로 명문 학교에 다녔다. 그런 사야카에게, 선거전에서의 패배는 부모의 기대를 배반한 첫 사건이었다.

대체 어떤 질책을 받을지…… 전전긍긍하며 돌아온 사야카를 기다리고 있었던 것은, 부모님의 상냥한 위로였다. 부모님에게 위로를 받은 사야카는 맥 빠지는 것과 동시에……『부모가 기대하는 자신』을 자신에게 강요한 이가 다름 아닌 자기 자신이라는 사실을 눈치챘다. 그리하여, 「조금만 더 내 마음대로 살아보는 것도 좋지 않을까?」라고 생각하게 됐다. 그 결과…… 사야카는 어엿한 오타쿠가 됐고, 그로부터 2년하고 약간의 시간이 흐른 바로 지금! 사야카는 중2병 발병 시기를 맞이한 것이다!

"너를 위해서 하는 말이니까 잘 들어. 그건 절대로 쓰지 마. 즉시 오타쿠인 게 들통나고 말아."

"윽! 그건, 곤란해요……."

사야카에게는 이 말이 제대로 먹힌 것 같았다. 잠시 생각을 한 후에 교실로 돌아간 그녀는 아무 일도 없었다는 듯이 칠판에 적힌『칠흑』이라는 글자를 지운 후, 아리사를 돌아보았다.

"그럼 쿠죠 양. 좋은 의견이 있나요?"

"어, 나……?"

갑자기 자기 차례가 되자, 아리사는 당황했다. 한편, 타케시와 히카루는 별말 하지 않았다. 아무래도, 두 사람 다

어렴풋이 눈치챈 것 같았다.

(저러면서 용케 이제까지 오타쿠인 걸 안 들켰구나…….)

마사치카가 마음속으로 감탄과 어이없음이 뒤섞인 감상을 늘어놓고 있을 때, 아리사는 약간 머뭇거리며 말했다.

"저기, 『Fortitude』는…… 어떨까?"

"포르티튜드? 포르티시모의 친척이야? 그런 음악 기호가 있었어?"

타케시가 대놓고 바보티를 내자, 사야카는 안경으로 눈동자를 감추며 조용히 대답했다.

"인내력, 이란 의미군요."

"어, 그, 그런가요."

"인내력이라고 해도, 틀리지 않지만…… 굳이 따지자면, 불굴이란 의미야."

"불굴……."

그 말을 작게 중얼거리는 히카루에게, 아리사는 말했다.

"일본인은 겸허한 정신을 미덕으로 여기지만…… 러시아에서는, 불굴의 정신을 미덕으로 여기는 편이야. 그 어떤 역경에 처해도, 굴하지 않고 버텨내는 정신을…… 혹독한 환경인 러시아 특유의 가치관일지도 모르겠네."

"역경……."

그제야 히카루도, 그리고 타케루도, 아리사가 하려는 말이 뭔지 눈치챈 것 같았다. 그리고 히카루는 부드러운 미소를 머금으면서, 아리사를 향해 고개를 끄덕였다.

"좋네. 나도 마음에 들었어."

"나도 그래! 단어 자체의 울림도 멋지잖아!"

두 사람이 동의하자, 아리사의 의견을 채용하자는 분위기가 형성됐다. 사야카와 노노아도 서로를 쳐다보더니, 시선으로 의사소통을 했다.

"그럼 쿠죠 양의 의견을 채용하죠. 다른 의견 있는 분 계신가요?"

사야카가 그렇게 말하자, 전원이 침묵으로 찬성의 뜻을 표했다. 그 와중에 타케시가 약간 머뭇거리며 입을 열었다.

"으음, 반대 의견은 아닌데…… 저기, 그 불굴을 러시아어로 뭐라고 함까?"

"응? Несгибаемые."

"네스기바……? 으, 으음…… 포르티튜드가 낫겠어."

그 결과, 밴드명 『Fortitude』로 결정됐다.

◇

"그럼 이어서 문화제 무대에서 연주할 노래 말인데…… 연주 시간은 한 팀당 15분. 자기소개를 포함하면 세 곡이 적당하겠죠. 일전에 받은 악보에는 카피가 세 곡, 오리지널이 한 곡이던데…… 어떻게 하죠?"

사야카가 그렇게 묻자, 타케시와 히카루가 서로를 쳐다봤다. 그리고 타케시가 약간 우물쭈물하며 말했다.

"아~ 보내놓고 이런 말을 하는 건 좀 그런데, 그 오리지널곡은 예전 밴드에서 만든 거니까…… 우리가 연주하는 건 좀 아니다 싶달까……."

"그런가요……. 그럼 순조롭게 카피곡으로 갈까요."

"응. 연습 시간도 생각하면, 그게 좋을 것 같아."

히카루는 그렇게 말했지만, 그의 말투에서는 약간 납득이 안 되는 듯한 분위기가 흘러나왔다. 분명, 본심으로는 오리지널곡을 하고 싶은 것이다.

"오리지널곡을 하고 싶으면 해도 되지 않아? 아직 한 달이나 남았잖아."

"한 달이나 있다고 해도…… 나와 타케시는 작사라면 몰라도 작곡은 영……."

마사치카가 그렇게 말했지만, 히카루는 「하자」고 말하지 않았다. 타케시도 뭔가 할 말이 있는 듯한 표정을 지었지만, 입을 다물고 있었다. 아마 타케시와 히카루는 자신들의 밴드 활동을 도와주는 게스트인 세 명의 여성에게 부담을 주고 싶지 않을 것이다.

하지만 바로 그때, 뜻밖의 인물이 입을 열었다.

"오리지널곡이 하고 싶다면, 하면 된다고 봐. 나도 기왕 협력하기로 했으니, 이 자리에 있는 전원이 납득할 수 있는 라이브를 하고 싶어."

아리사가 그렇게 말하자, 타케시와 히카루는 눈을 치켜떴다. 마사치카 또한, 파트너가 선보인 뜻밖의 적극성에 약간 놀랐다. 게다가…….

(내가, 가 아니라 전원이, 라…….)

자기 혼자만의 이상을 추구하는 것이 아니다. 전원이 공통되는 목표를 가지고, 다 함께 그것을 향하려 하는 그 말을 듣고, 마사치카는 약간 감동했다.

"아, 쿠죠 양의 마음은 기쁘지만…… 아까도 말했다시피, 곡이……."

"그럼 사얏찌의 오리지널곡을 쓰는 건 어때?"

히카루가 사양하는 말을 노노아가 인정사정없는 한마디로 확 끊어버리자, 이번에는 노노아와 사야카에게 시선이 몰렸다.

"사얏찌, 오리지널곡 몇 곡 만든 적 있지?"

"아, 그렇긴 한데…… 기타용 악보만 있어요."

"어, 타니야마…… 너, 기타도 칠 줄 알아?"

"평범한 수준이지만 말이에요."

사야카는 태연한 어조로 그렇게 말했다. 그러자 노노아는 평소처럼 의욕 없는 눈길로 히카루를 쳐다봤다.

"자, 곡이라면 있거든? 그리고 예의 카피곡 선정도 예전 밴드에서 한 거지? 솔직히~ 아릿사의 목소리에 안 맞는 곡도 있으니까, 그것보다 다시 고르는 편이 좋지 않겠어?"

"아…… 응."

"그것도, 그러네."

"그럴 거면 전부 처음부터 다시 하는 편이 낫겠네. 그러면 카피를 하든 오리지널을 하든, 드는 수고는 별반 다르지 않잖아."

여성 측에서 이렇게 적극적으로 나오자, 타케시와 히카루도 서로의 눈을 쳐다보며 고개를 끄덕였다.

"응. 좋아…… 알았어! 하자!"

"그래! 아, 타니야마 양. 음원 있어요? 그 오리지널곡을 들어보고 싶은데요."

"연습용으로 쓰려고, 스마트폰으로 찍어둔 영상이라면…… 있어요."

"오, 정말임까! 들려줘요, 들려줘!"

단숨에 의욕이 샘솟은 타케시와 히카루는 그대로 사야카에게 다가갔다. 그리고, 다 같이 몇 곡 듣더니―.

『뭐랄까…… 왠지 전부 애니송 느낌이 나는 건 기분 탓일까?』

『아니, 애초에 타이틀부터…….』

『더는 말하지 마.』

남자들은 부자연스럽게 굳은 얼굴로, 눈짓을 통해 의사소통을 했다.

“어떤가요? 제가 생각해도 상당한 완성도라고 자부하는데 말이죠.”

한편, 사야카는 묘하게 자신만만했다.

“대~박.”

노노아는 모호한 형용사로 대답을 회피했다.

“타니야마 양의 독자적인 세계관이 확연히 드러나는, 좋은 곡이라고 생각해.”

한편, 아리사는 순수했다. 아리사에 대한 다섯 명의 호감도가 급상승했다.

“나는 두 번째 곡이 특히 좋았던 것 같아.”

“그렇군요……. 차분한 느낌을 좋아하나 보군요.”

“아, 나도 그게 그나마 낫…… 가장 좋았다고 생각해!”

“응, 전체적으로 가라앉은 느낌이 좋았어!”

“대~박.”

아리사가 선택한 가장 무난한 곡을, 다들 괜찮다고 평가했다. 이리하여, 무사히 연주곡도 결정됐다.

“그럼 오리지널곡은 타니야마 양이 만든, 이 『몽환』으로 하자.”

“아, 그건 『팬텀』이라고 읽어요.”

“팬……? 아, 그렇구나.”

약 한 명, 존엄성이라는 측면에서 무사하지 않은 이가 있는 것 같지만…… 본인이 눈치 못 챘으니 됐나 싶었다.

◇

(큰일, 났어…….)

다음 날, 마사치카는 맹렬한 위기감을 느끼며 복도를 걷고 있었다.

(빨리…… 빨리, 어떻게 해야 해…….)

그 발걸음은 불안정했으며, 시야 또한 안개가 끼어 있었다. 하지만 그는 필사적으로 발걸음을 내디디고 있었다.

잠시라도 멈춰 섰다간 끝이다. 그 순간, 분명…….

(이대로 있다간, 진짜 선 채로 잠들어버릴 거야!!)

……농담으로 들릴지도 모르지만, 진짜다.

실은 학생회 임원이 된 후, 마사치카는 파트너인 아리사에게 자신이 마이너스가 되지 않도록 하루하루의 생활 태도를 고치고 있다. 조금씩 밤에 잠을 자는 시간을 늘리고, 학교에서 조는 일이 없도록 수면 채무 정리를 위해 힘쓰고 있다.

하지만 여름 방학에 늦게 자고 늦게 일어나기 및 낮잠 포함 생활이 일상화되었던 결과, 꽤 개선됐던 수면 페이스가 다시 무너지고 말았다. 결과적으로 2학기가 시작되자마자 마사치카는 대낮에 어마어마한 졸음에 시달리고 있었다.

그런데도, 오전 수업 동안에는 어찌어찌 버텼다…… 아

니, 거짓말이다. 솔직히 4교시 끝머리 무렵에는 기억이 애매했다. 하지만 아리사에게 꾸중을 안 들었으니 됐다. 약간 미심쩍어하는 눈길을 받은 것 같기는 하지만…… 그 시선에서 도망치듯, 마사치카는 열심히 학생회실로 향하고 있었다.

(거기서라면…… 아무에게도 들키지 않고 낮잠 잘 수 있어.)

그리하여, 어찌어찌 잠들지 않고 학생회실에 도착했다. 하지만, 이 시점에서 마사치카의 뇌는 30퍼센트 정도 잠들어 있었다.

(맞다. 알람을 걸어둬야지…….)

문을 열고 안에 들어간 마사치카는 호주머니에서 스마트폰을 꺼내며 소파로 향했다. 그리고 적당한 시간에 맞춰 알람을 걸어둔 후, 실내화를 내던지듯 벗으며 소파에 쓰러졌다. 그와 동시에 알람을 설정한 스마트폰을 소파 앞의 테이블에 두더니…… 마사치카는 그대로 완전히 곯아떨어지고 말았다.

◇

점심 식사를 마친 마리야는 새 여름 교복이 들어 있는 종이봉투를 손에 들고, 학생회실로 향하고 있었다.

어제 줄이 너무 길어서 「뭐, 내일 사면 돼」 하고 판단한 마리야는 오늘도 구식 여름 교복을 입고 등교했지만……
오늘은 9월치고 너무나도 더운 날이었다. 게다가 마리야는 가장 더운 창가 자리다. 게다가 주위의 학생들은 시원시원한 반소매 교복을 입었다. 그에 반해 자신은 와이셔츠에 점퍼스커트에 블레이저라고 하는, 「지구 온난화를 얕보지 마」 하고 태클을 날리고 싶은 복장이었다. 아무리 마리야라도, 오전 만에 한계에 도달하고 말았다.

그래서, 오전 쉬는 시간에 매점에서 새 교복을 샀고, 점심시간을 이용해 갈아입기로 했다. 하지만, 문제는 옷을 갈아입을 장소였다. 탈의실을 개인적인 이유로 이용하는 건 마음에 걸렸고, 화장실은 학생회 임원으로서도 마리야의 미적 감각으로도 무리다. 그런 상황에서 가장 먼저 후보로 떠오른 것은 역시, 다른 학생의 출입이 적고 문도 잠글 수 있는 학생회실이었다.

"실례합니다~."

아무도 없을 거라고 생각하면서도, 혹시 몰라 그렇게 말하며 문을 열었다. 그러자 눈에 들어온 것은 바닥에 굴러다니는 실내화와 소파 밖으로 툭 삐져나와 있는 다리였다.

"우와, 깜짝 놀랐네……."

마리야는 흠칫하며 놀랐지만, 소파에 누운 그 누군가는 꿈쩍도 하지 않았다.

"……."

마리야는 조금 경계하면서 신중히 소파로 다가갔다. 그리고 슬쩍 소파 등받이 너머를 쳐다보더니…… 굳어 있던 표정이 환하게 바뀌었다.

"아앙~, 귀여워~."

경계심을 완전히 날려버리며 마사치카의 곁으로 다가간 마리야가 몸을 웅크렸다. 그리고 무방비하게 잠든 그의 얼굴을 들여다보며 양손을 자기 볼에 대더니, 「꺄아~」 하고 작게 새된 비명을 질렀다.

"후후후♡ 사아는 잠꾸러기♪"

어린 자식을 응시하는 어머니 같은 얼굴로, 마리야는 행복한 미소를 흘렸다.

마리야는 태어날 때부터 모성과 애정이 남들보다 강했다. 좋아하는 사람을 돌봐주고 어리광을 받아주며 귀여워해주고 싶다는 욕구를 항상 품고 있다. 이제까지 그 욕구는 주로 동생인 아리사를 향했지만…… 당사자인 아리사는 언니 이상으로 똑 부러지는 애라 언니에게 어리광을 부리지 않았다. 그래서 마리야는 항상, 넘쳐나는 모성과 애정을 주체할 수가 없는 상태였다.

그런 상황에서 나타난 이가 바로, 지칠 대로 지친 상태의 사랑하는(마사치카) 이인 것이다. 남이 돌봐주기를 바라고 있는 듯한 그 모습(마리야 시점)을 보자, 그녀는 폭주 상태에 빠지고 말았다. 마사치카가 누워 있는 곳이 소파가 아니라

침대나 바닥이었다면, 동침 혹은 무릎베개 코스다.

"후흐흐~흥, 귀여워~♡"

마사치카와 아리사의 사이를 방해할 마음은 눈곱만큼도 없고, 마사치카에게 아리사를 우선해달라고 말한 것도 진심에서 우러난 말이었다. 하지만 그것은 그것, 이것은 이것이다. 눈앞에 사랑하는 이가 돌봐주기를 바라는 상태로 있다면, 돌봐주는 게 당연했다. 이 자리에 아리사가 없는 게 나쁘다.

(아랴도 참, 이렇게 힘들어하는 쿠제를 도와주지 않다니…….)

그렇게 생각하던 마리야는 마사치카가 그것을 바라지 않았다는 것을 눈치챘다. 아리사에게 약한 모습을 보여주고 싶지 않으니, 마사치카는 여기서 쉬고 있는 게 아닐까…… 거기까지 생각이 미치자, 마리야의 내면에서 애정과 보호 욕구가 부풀어 올랐다.

(정말, 쿠제는 남자애라니깐……. 그럼 아랴 몫까지, 내가 쿠제의 어리광을 받아줘야지!)

아리사 대신이라고 하는 대의명분을 손에 넣은 마리야가 일단 마사치카의 볼을 톡톡 두드렸다.

"후후후~♪ 톡~톡, 간질간질간질~."

마사치카의 볼을 손가락 끝으로 간지럽힌 바람에 눈썹이 꿈틀거리자, 마리야는 고개를 좌우로 저으며 즐거워했다.

그녀의 머릿속에서는 하트 마크가 휘몰아치고 있었다.

(헉! 귀엽게 잠든 모습을 사진에 담아둬야 해!)

그렇게 생각한 마리야는 카메라 소리에 마사치카가 깨지 않도록, 조용히 동영상 촬영을 개시했다. 그리고 몰래카메라를 찍는 카메라맨처럼, 마사치카의 얼굴에 포커스를 맞추며 확대했다.

"(꺄아~, 너무 좋아~♡)"

행복에 겨운 목소리로 작게 중얼거린 마리야는 다시 마사치카의 볼을 톡톡 두드렸다. 그리고 남자 고등학생치고는 매끈하고 부드러운 감촉을 마음껏 즐겼다.

(으응~, 이제부터 어떻게 하지~?)

그리고, 어떻게 마사치카를 돌봐줄지 생각했다. 그가 누워 있는 곳이 소파라는 게 문제다. 동침이나 무릎베개가 불가능한 만큼, 머리를 쓰다듬거나 자장가를 불러주는 것 밖에…….

(어, 어머? 벌써 둘 다 했네?)

무의식적으로 자장가를 작게 읊조리면서 마사치카의 머리를 쓰다듬었다는 것을 눈치챈 마리야는 눈을 껌뻑였다. 하지만 마사치카가 평온한 얼굴로 잠든 것 같기에, 환한 미소를 머금었다. 기본적으로 마리야는 마음의 전환이 빠르며, 세세한 일은 신경 쓰지 않는다. 마사치카의 얼굴이 평온해진 것은 어디 사는 누구 씨가 볼 콕콕을 하지 않아서라는 느낌도 들지만, 사소한 건 신경 쓰지 말자!

"(좋아~, 좋아~. 잘 자렴~?)"

자장가가 일단락되자, 마리야는 상냥한 목소리로 그렇게 말했다. 그리고 곧 미소의 종류를 바꾸더니 차분한 목소리로 마사치카에게 말했다.

"쿠제는…… 나를, 자기희생적인 착한 애라고 생각하지?"

당연히 대답은 없었다. 하지만 마리야는 개의치 않으며 「그렇지 않거든?」 하며 작게 웃었다.

"왜냐하면, 나는……."

거기까지 말하고 입을 다문 마리야는 몰래 속삭였다.

【Я думаю, у вас с Алей-тян не ладится.】

그리고, 안타까움과 자애가 어린 눈빛을 머금은 마리야가 마사치카의 머리를 쓰다듬었다.

【Вот увидишь, ты терпеть не сможешь быть рядом с Алей-тян.】

작디작은 목소리로 그렇게 말한 마리야는 입술을 살짝 내밀면서 마사치카의 귀를 간지럽혔다.

"그러니까…… 나는 하나도 상냥하지 않아. 이제, 알았지?"

이번에는 어린애 같은 어조로 그렇게 말한 마리야는 다시 상냥한 표정을 지으며 마사치카의 머리를 쓰다듬었다. 그리고, 문뜩 생각난 것처럼 마사치카의 앞머리를 쓸어 올리더니, 좋아 죽겠다는 듯한 표정을 지었다.

“꺄아~. 이마도 귀여워~♡”

……마리야는 마음의 전환이 빠르며, 감성이 약간 독특했다. 또 느슨해진 표정으로, 마사치카의 얼굴을 응시했다. 그러고 있으니, 마리야는 왠지 엄청 키스가 하고 싶어졌다.

(이 귀여운 이마에, 키스해주고 싶어……. 아, 볼도 괜찮을지 몰라.)

바로 그때, 아리사의 얼굴이 뇌리를 스쳤다.

(아, 아니거든? 아랴. 이건 그렇고 그런 게 아니라, 어린 아이에게 잘 자라는 키스를 해주는 느낌이랄까, 친애의 키스이지, 연애의 키스가 아니랄까…….)

머릿속에 떠오른 여동생에게 변명했지만, 마사치카의 얼굴을 쳐다보는 사이에 그런 생각 자체가 머릿속에서 사라졌다. 결국 마리야는 작게 숨을 삼키더니, 스마트폰을 바닥에 내려놓은 후에 천천히 마사치카를 향해 얼굴을 내밀었다.

“(이건 전부, 이 자리에 없는 아랴 잘못이야…….)”

그리고, 서로의 숨결이 느껴질 만큼 얼굴이 가까워진 순간…….

똑똑똑.

“앗?!”

학생회실에, 노크 소리가 울려 퍼졌다.

◇

"……어? 뭐 하는 거야?"

종이봉투를 손에 들고 학생회실을 찾은 아리사는 형식적으로 노크를 한 후에 문을 열었다. 그리고 어마어마한 기세로 몸을 벌떡 일으킨 듯한 마리야를 보더니, 고개를 갸웃거렸다.

"아, 아랴? 저기, 쿠제가 자고 있어서, 좀 쳐다봤을 뿐이야."

"……뭐?"

문을 연 아리사는 평소와 다르게 허둥대고 있는 언니를 쳐다보며 미간을 찌푸렸다. 그리고 소파 쪽을 쳐다보니, 마사치카의 다리가 쑥 삐져나와 있었다.

"아랴도, 혹시 옷 갈아입으러 온 거야?"

"응? 그렇긴 한데……."

당황할 대로 당황한 언니를 본 아리사는 미간을 찌푸리며 마리야의 얼굴을 쳐다봤다. 그러자 마리야는 그 시선에서 도망치듯 얼굴을 돌리더니, 허둥대며 헛웃음을 흘렸다.

"그럼 빨리 옷을 갈아입어야겠네. 나도 옷 갈아입으려고……."

"아니, 마사치카가 있으니 무리잖아."

뭔가를 감추기 위해 당치도 않는 소리를 늘어놓는 언니

에게, 아리사는「안 속아」하고 말하듯 도끼눈을 뜨며 태클을 날렸다. 하지만 그 말을 들은 마리야가 보인 반응은 상상을 초월했다.

"어? 왜?"

"뭐?"

얼버무리는 것도, 궁지에 몰려서 한 말도 아닌, 순수한 의문이었다. 적어도 아리사는 그렇게 느꼈다.

"쿠제는 깊이 잠들었으니까, 문을 잠그고 빨리 갈아입으면 되지 않아?"

"아니, 무슨 소리를 하는 거야!"

"아랴, 쉿~."

"아—."

무심코 큰 소리를 내고만 아리사는 허둥지둥 자기 입을 막았다. 그러면서 마사치카 쪽을 보니, 그는 딱히 몸을 꿈틀거리지도 않으며 계속 잠을 자고 있었다.

"……봤지? 이대로면 좀처럼 깨지 않을 거라고 생각해."

"아니, 하지만—."

"그럼 여기 말고 옷 갈아입을 만한 장소 있어?"

마리야가 그렇게 묻자, 아리사는 말문이 막혔다. 애초부터 마리야와 아리사는 고민 끝에 학생회실에서 옷을 갈아입기로 한 것이다. 다른 유력 후보는 좀처럼 생각나지 않았다.

“괜찮아~, 괜찮아~. 빨리 갈아입고 몰래 나가면 돼.”

그러는 사이에 마리야는 안에서 문을 잠그고 혹시 몰라 창문에 커튼을 치더니, 종이봉투를 테이블 위에 두면서 옷을 갈아입기 시작했다.

“자, 잠깐만—.”

“아랴도 빨리 안 갈아입으면, 점심시간이 끝날 거야~.”

마리야의 말을 듣고 시간을 확인한 아리사는 점심시간이 10분 정도밖에 남지 않았다는 것을 눈치채고 인상을 찡그렸다. 확실히 이제부터 다른 장소로 이동해서 옷을 갈아입었다간, 시간 안에 교실로 돌아가지 못할 수도 있다.

(하지만…….)

만약 옷을 갈아입는 와중에 마사치카가 깨어난다면……. 그런 생각을 하는 것만으로도, 아리사는 온몸이 불덩어리가 된 것처럼 뜨거워졌다.

(역시, 안 갈아입을래…….)

아리사는 그러기로 마음을 먹었지만, 문뜩 이런 생각이 들었다.

여기서 옷을 갈아입은 후, 마사치카를 깨운다. 그리고 복장이 바뀌었다는 것을 눈치챈 마사치카에게 「방금, 여기서 갈아입었어」 하고 말해주는 것이다. 그때, 마사치카는 대체 어떤 표정을 지을까…… 상상해 보니, 아리사의 가슴 속에서 장난기가 샘솟았다.

항상 장난스러운 태도로 건들거리던 마사치카가 자기 언동에 허둥지둥하는 모습을 본다고 생각하니, 아리사로서는 참 즐거웠다. 때때로 퍼뜩 놀랄 만큼 믿음직한 모습을 보이는 마사치카가 어린애처럼 우왕좌왕하며 얼굴을 붉힌다면, 너무 귀여워서 놀려주고 싶어질 것이다. 자신의 『여성스러움』을 최대한 활용해서라도, 그를 왕창 놀려주고 싶어졌다.

(내가 『지금 여기서 옷 갈아입었다』고 말하면…… 마사치카는 어떤 반응을 보일까? 화들짝 놀랄까? 아니면 『그, 그래~』 하며 필사적으로 태연한 척을 할까?)

만약 태연한 척을 한다면, 벗은 교복을 보여주자. 그 교복을 만지게 해주면서 「어때? 아직 온기가 남아 있지?」 하고 말해주는 것도 재미있을지 모른다. 상상하는 것만으로도 수치심에 몸이 달아올랐지만, 그 이상으로 미소를 참을 수가 없었다. 자신에게 농락당하는 마사치카의 모습을 상상하자, 등골이 오싹거렸다.

(맞아, 그때도 귀여웠어…….)

며칠 전, 패밀리 레스토랑에서 아리사가 손을 간지럽혔을 때 마사치카가 보인, 그 귀여운 모습……. 그때는 장소가 장소라 적당한 선에서 끝냈지만, 오늘은 더욱 공격적으로—.

"아, 아랴……?"

"앗!"

바로 그때, 블레이저를 벗던 마리야가 약간 미심쩍은 표정으로 자신을 쳐다보고 있다는 것을 눈치챈 아리사는 퍼뜩 놀라며 표정을 굳혔다. 그리고 거꾸로 마리야를 날카롭게 노려보더니, 무슨 말을 하기도 전에 서둘러 옷을 갈아입기 시작했다.

소리를 내지 않기 위해 신중하게, 그러면서 재빨리 옷을 갈아입었다. 그리고 리본을 풀고, 와이셔츠를 벗은 후, 새 교복을 손에 쥔, 바로 그 순간…….

『Let's go! 플라이 하이이이이이이야~!』

갑자기 격렬한 샤우팅 보이스가 들려오자, 아리사는 화들짝 놀라며 손에 쥐고 있던 교복을 놓쳤다.

◇

"어!"

귀에 익은 알람용 애니송이 들려오자, 마사치카는 순식간에 벌떡 일어나면서 척수 반사적으로 이 소리의 발생원을 향해 손을 뻗었다.

"어, 으, 윽."

그리고 실수로 소파에서 미끄러져 떨어지더니, 작은 신음을 흘렸다.

"어, 앗, 안 돼!"

갑자기 비명이 들려오자, 마사치카는 소리가 들려온 곳을 부리나케 돌아봤다. 그리고 도원향을 목격하고 말았다.

그곳에는, 양말과 속옷만 걸친 미인 자매가 있었다. 아리사의 큼지막하게 잘 익은, 동그랗고 탄력적인 가슴과 엉덩이. 그에 비해 너무나도 연약해 보일 만큼, 가늘고 잘록한 허리. 한편, 앳된 얼굴에 어울리지 않을 만큼 흉악한, 여성스러움으로 가득 찬 마리야의 몸. 도저히 열다섯 살로는 보이지 않을 만큼 완성된 몸매를 자랑하는 아리사와, 도저히 열여섯 살로 보이지 않을 만큼 풍만한 보디라인을 자랑하는 마리야. 이 두 사람의 몸이, 거의 숨김없이 시야에 똑똑히 들어왔다. 그녀들의 몸을 감싸고 있는 속옷조차도, 그 아름답기 그지없는 나신을 꾸며주는 장식품에 지나지 않아 보였다.

"……어??"

아직 반각성 상태인 마사치카는 그 광경이 꿈인지 현실인지 구분하지 못한 채, 입을 쩍 벌린 채 쳐다보고 말았다. 그 모습은 작동 직후에 대량의 데이터가 입력된 탓에 멈춰버린 컴퓨터 같았다.

"잠깐만, 이쪽 쳐다보지 마!"

"저, 저기, 너무 쳐다보는 건 좀……."

하지만 볼을 붉힌 두 사람의 그 말을 들은 순간, 마사치카의 뇌는 다시 작동되기 시작했다. 그래도 이 방대한 정보를 처리하지 못한 탓에 뇌가 버벅거리고 있는 건지, 마사치카는 얼이 나간 채로 헛웃음을 흘리며 엄지를 치켜들었다.

"괜찮아! 수영복과 별반 차이 없잖아!"

그리고 마사치카의 입에서 튀어나온 위로 아닌 위로의 말에, 눈매가 하늘 높이 치솟은 아리사는 의자에 걸쳐뒀던 와이셔츠를 손에 쥐고 힘껏 던졌다. 마사치카는 피할 새도 없이 머리에 가벼운 충격을 받더니, 동시에 시야가 가려지고 말았다.

얼굴을 덮은 와이셔츠에서 느껴지는 아리사의 체온, 코를 자극하는 여자애의 땀 냄새와 체취……. 온갖 정보가 뒤섞이면서 고장 난 마사치카의 뇌는 이 타이밍에 솔직한 감상을 내놓고 말았다.

"아, 냄새 좋네."

그 직후, 와이셔츠 너머에서 정체불명의 충격이 안면에 가해지자, 마사치카의 의식은 강제로 셧다운됐다.

제 7 화 죄송하지만 이건 유죄예요

"좋아, 그럼 시작하자!"

방과 후, 모인 멤버들을 차례차례 둘러본 문화제 실행위원장이 제1회 회합의 개최를 선언했다.

멤버는 학생회 임원, 전임 회장과 부회장, 각 반의 대표 두 명, 각 부활동의 부장. 그리고 선도위원회, 미화위원회, 보건위원회의 각 위원장이다. 선도위원회는 문화제 당일과 준비 기간의 순찰, 미화위원회는 문화제 전체의 장식, 보건위원회는 당일 부상자와 급환 대응을 맡는다. 각 위원회는 협력을 위해 위원장이 회합에 참가한다. 그리고 각 반에서도 가게 혹은 무대를 준비하기 때문에, 당일에 문화제 실행위원회로서 활동하는 중심 멤버는 이 세 위원회와 학생회 정도다. 각 반의 실행위원은 한 사람이 자기 반에서 준비하는 것을 관리하고, 다른 한 사람은 실행위원회를 돕는다. 물론 당일에는 모든 위원에게 휴식 시간이 있기에, 인원이 상당한데도 불구하고 여유는 없다.

"올해도 문화제는 이틀간 개최하지. 첫날은 관계자만을 초대하며, 둘째 날은 일반 개방해서 외부 손님도 불러. 매년 둘째 날에 긴장이 풀려서 문제를 일으키는 이가 나왔으니, 다들 조심해."

역시 전년도 학생회장이라 그런지 실행위원장의 진행은 매우 수월했으며, 이 자리에 모인 멤버들도 신뢰에 찬 표정으로 그 말에 귀를 기울이고 있었다.

"둘째 날에 경품이 호화로워지는 정도라면 몰라도, 예전에는 둘째 날에 여자애의 노출도가 20퍼센트 상승한 카페 기획도 있었거든……. 그런 쪽을 철저하게 단속해줘."

"위원장님! 남자의 노출도가 상승하는 건 괜찮나요?!"

"으~음, 꼴 보기 싫은 정도만 아니면 좋아."

"괜찮은 건가요?!"

"그래. 토우야 정도로 봐줄 만하다면 말이지."

"저 말인가요?!"

"음. 자, 보라고……. 근육이 끝내주지 않아?"

전 회장이 현 회장을 놀리자, 다들 웃음을 터뜨렸다. 마사치카를 비롯한 학생회 임원도 토우야가 후배 취급을 당하는 이 진기한 광경을 보고, 자연스럽게 웃음을 흘렸다.

……한 명을 제외하고 말이다.

"잠깐만요! 제가 기른 토우야의 근육을, 구경거리로 삼는 건 용납 못 해요!"

"그, 그래. 진정해, 사라시나."

"그래도 정 하겠다면…… 저를 쓰러뜨린 후에 하세요!"

"무리야, 무리."

"토우야는 사랑받고 있네~."

"놀리지 마세요, 부회장…… 부위원장님."

그런 식으로 회합은 시종일관 훈훈하게 진행됐다. 오늘 하는 건 실행위원의 가벼운 자기소개와 각종 연락 사항, 위원으로서의 역할 배정이다. 이 역할 또한 학생회 임원은 각자의 역할에 따라 자동적으로 정해지기에, 마사치카 일행은 딱히 할 일이 없었다.

"올해도 예년과 마찬가지로 입장권은 보호자용과 초대용, 이렇게 두 장씩 나눠줄 거야. 다른 의견 있어?"

"어제오늘 일이 아니긴 하지만, 요즘 같은 시대에 종이 입장권인가요……. 전자 티켓으로 안 바꾸나요?"

"그런 걸 준비할 여유는 없어!"

"하하. 뭐, 그렇겠죠……. 하지만 이런 건 얼마든지 간단히 복사할 수 있을 텐데요……."

"일부러 그런 짓까지 해서 친구를 잔뜩 초대하고 싶어 하는 학생은 없을 거야. 초대권이 부족한 사람은 남는 사람한테서 얻거든."

"그것도 그러네요."

실행위원장의 이야기를 건성으로 듣고 있을 때, 옆에 있는 마리야가 입장권 견본을 넘겨줬다.

"(받아, 쿠제.)"

“(아, 감사해요.)”

작은 목소리로 그렇게 말하며 마리야의 얼굴을 쳐다보니 그녀의 표정은 평소와 다름없었으며, 딱히 낮에 있었던 일을 신경 쓰는 것 같지는 않았다. 그리고…… 여름 방학 때의 일도 말이다.

(진짜로 변함없네.)

여름 방학 때 공원에서 재회한 후, 마리야는 자기가 말한 것처럼 평소와 다름없는 태도로 일관하고 있었다. 그것은 마사치카로서도 바라던 바지만…… 이렇게 평소와 다름없으니, 그 고백이 현실이었던 건지 불안해졌다.

“(어? 왜 그래?)”

“(아, 아뇨…….)”

“(앗, 혹시…….)”

마리야는 퍼뜩 뭔가가 생각난 표정을 지으며 입가에 손을 대더니, 마사치카의 귓가로 입을 가져갔다.

“(점심때 일, 떠올린 거야?)”

“윽?!”

“(정말, 밝힌다니깐.)”

귓가에서 부끄러움 섞인 웃음소리가 들려오자, 마사치카의 등골이 오싹거렸다.

(어라? 마샤 씨가 소악마? 소악마샤 씨인 거야?!)

머릿속에서 미니 천사 마샤 씨가 미니 악마 마샤 씨로

변하자, 마사치카는 혼란에 빠졌다.

“(앞으로 피곤할 때는 나한테 말해. 내가 돌봐줄게.)”

(어라? 역시 천사? 아니, 이건 인간을 타락시키는 악마? 헉! 이건 천사의 탈을 쓴 악마라는 건가?!)

마리야의 속삭임에 뇌가 달콤하게 마비된 마사치카는 바보 같은 생각에 빠져들었다. 바로 그때, 반대편에 있는 이에게 옆구리를 찔린 덕분에 마사치카는 정신을 차렸다.

고개를 돌려 보니, 아리사가 곁눈질로 노려보고 있었다. 그 모습을 본 마리야는 미소를 머금으며 마사치카에게서 떨어졌다.

(아~ 왠지 오랜만에 고드름이 몸에 박힌 느낌이 들어.)

바로 옆에서 차가운 시선이 마구 날아와서 꽂히자, 마사치카는 약~간 공허한 눈빛을 머금었다.

아리사의 시선이 차가운 것은 방금 마리야와 몸을 밀착시켰기 때문일까, 아니면 점심때 일 때문일까. 아마, 양쪽 다일 것이다.

참고로 그 일 후, 마사치카는 5교시가 다 끝나갈 무렵에 보건실에서 정신을 차렸다. 침대에 뻗은 게 아리사가 날린 정체불명의 일격 탓인지, 단순히 수면 부족 탓인지는 판단이 서지 않았다.

(입장권, 이라……. 나는 남는 게 문제가 아니라, 한 장도 쓴 적이 없잖아. 보호자용도 쓸 일 없고, 초대권은…… 올

해도 타케시한테 넘겨줄까.)

아리사를 쳐다보지 않기 위해 현실도피를 하듯 그런 생각을 하면서, 견본을 아리사에게 넘겨줬다. 바로 그때, 마사치카는 하늘의 계시를 받았다.

(잠깐만? 이걸 쓰면…… 개를 불러낼 수 있지 않을까?)

이 며칠 동안 골머리를 썩인 문제를 해결할 실마리를 발견하자, 마사치카는 자기 생각에 빠져들었다.

"어?"

갑자기 자신의 파트너가 표정을 굳히며 생각에 잠기자, 아리사는 고개를 갸웃거렸다. 하지만 마사치카는 마음이 다른 곳에 가 있는 것처럼 아리사의 반응을 눈치채지 못했다. 그러는 사이, 회합은 종반에 이르렀다.

"아, 맞다. 예년과 마찬가지로 이틀째 오후에는 내광회의 높으신 분들이 올 테니까…… 토우야와 사라시나는 그 대응에 신경을 써."

"네."

"아, 네."

"그럼 이 정도면 됐나? 마지막으로 할 말 있는 사람…… 없지? 그럼~ 다음 회합까지 기획서의 제출과 문화제 테마를 생각해 오도록! 이상으로 해산! 수고 많았습니다!"

그 말에 맞춰 다들 인사를 하면서, 제1회 회합은 종료됐다.

(생각했던 것보다, 화기애애한 분위기네.)

솔직히 말해, 좀 더 긴장감 넘치는 회합일 거라 예상했던 아리사는 우르르 몰려 나가는 각 반 대표와 각 부 부장의 등을 쳐다보며 어깨에 들어간 힘을 뺐다.

"이야, 쿠제 씨, 스오우 양. 오랜만이군요."

"아, 카…… 카지 선배. 오랜만……이려나요?"

"후훗, 때때로 얼굴을 보기는 했지만 이렇게 이야기를 나누는 건 오랜만이려나요."

옆에서는 마사치카와 유키가 안경을 쓴 부드러운 인상의 남학생과 친밀하게 이야기를 나누고 있었다. 중등부 학생회장 및 부회장 출신인 만큼, 이런 자리에서 아는 사람이 많은 것 같았다.

"아, 소개할게요. 제 새로운 파트너인 키미시마예요."

"아, 그럼 저도…… 새로운 파트너인 쿠죠입니다."

"잘 부탁드립니다."

"잘 부탁드려요……."

"선도위원장인 카지입니다. 저야말로 잘 부탁드려요. ……알고는 있었지만, 이렇게 소개를 받으니 좀 신기하군요. 아, 물론 나쁜 의미는 아니지만 말이에요."

"하하하. 뭐, 그럴 거예요~."

선도위원장의 시선이 아리사를 향한 것은 한순간에 지나지 않았다. 곧 마사치카와 유키를 향해 시선을 돌리더니, 다시 셋이서 이야기를 나누기 시작했다. 거기에 끼어들 정도의 커뮤니케이션 능력을 지니지는 못한 아리사는 묵묵히 그 광경을 지켜볼 수밖에 없었다.

회합이 시작되기 전부터, 쭉 이런 느낌이었다. 모르는 사람들과 친근하게 이야기를 나누는 마사치카를, 아리사는 그저 지켜보고 있을 수밖에 없었다. 그러는 사이, 아리사의 몸속에서 거무튀튀한 열기를 머금은 감정이 솟아 나오며 소용돌이치기 시작했다.

(아, 이러면…… 안 돼.)

가슴속에서 소용돌이치고 있는 이 응어리진 감정에, 아리사는 표정을 살짝 찡그렸다. 이 익숙하지 않은 감정이 뭔지, 아리사도 어렴풋이 눈치챘다.

이것은, 독점욕이다. 타인과 친하게 지내지 말아줬으면 한다. 나를 누구보다 신경 써줬으면 한다. **나는 너를 최우선으로 여기니까**, 너도 나를 최우선으로 여겨줬으면 한다.

그런 독선적이고 제멋대로인 감정이다. 스스로도 어처구니없는 감정이라는 것을 알고 있다. 마사치카와 아리사는 그저 친구에 지나지 않는 것이다. 아리사가 품은 감정이 지나치게 과한 것이며, 마사치카의 감정이야말로 친구를 향한 감정으로는 정상적이리라…….

(하지만! 좀 더 나를 특별히 여겨줘도 되지 않아?! 데, 데이트도 했고, 키, 키, 키스까지, 해줬는걸!! 게다가, 아까는 내 속옷 차림까지 봤으면서!! 이렇게 되면 결혼할 수

밖에 없는 거잖아!!)

그렇게 생각하면서도, 이러고 있으면 좋든 싫든 현실을 직시하게 된다. 마사치카에게 있어 자신은 여러 친구 중 한 명에 지나지 않는 것이다. 선거전 파트너라고는 해도, 마사치카에게 있어 그것은 아리사만큼 특별하지 않다. 그리고…… 수많은 사람에게 있어, 마사치카와 유키의 관계는 역시 특별해 보일 것이다.

"윽!"

거기까지 생각이 미친 아리사는 아랫입술을 깨물었다. 이제까지 마사치카와 유키에게 말을 건 사람은 다들 두 사람이 페어가 아니라는 사실을 의아하게 생각했다. 그 정도로 이 두 사람은 특별하며, 이상적인 페어라 여기고 있다. 예전에 사야카가, 눈물을 흘리며 그렇게 외쳤던 것처럼…….

(나는…….)

이제까지 많은 사람은 아리사와 마사치카가 페어를 짰다는 말을 듣고 「왜 쿠제와?」, 「쿠죠 양에게 걸맞지 않아」 하고 말해줬다. 하지만 실은 아리사도 알고 있었다. 그리고, 이 자리에 있는 사람들도 알고 있는 것이다.

실은, 마사치카가 아리사에게 걸맞지 않은 게 아니다. 아리사가, 마사치카에게 걸맞지 않은 것이다.

(나, 는…….)

무력감과 초조함이, 아리사의 온몸을 감쌌다. 그와 동시에, 지지 않겠다는 투지가 고개를 치켜들었다.

(결심했어.)

이대로는 안 된다. 이대로 마사치카에게 업혀 있기만 한 건, 자존심이 용납하지 않는다.

(인정하게 만들 거야……!)

이 자리에 있는 이들 전원이, 자신이야말로 마사치카에게 걸맞은 파트너라고…….

그리하여, 아리사는 새로운 맹세 하나를 몰래 품었다.

◇

"어머."

이틀 후, 교무실에서 볼일을 마치고 학생회실로 돌아온 아리사는 학생회실 앞에서 한 여학생과 마주쳤다.

"쿠죠 아리사 양, 이죠? 이야기를 나누는 건 처음이던가요?"

벌꿀 빛깔의 세로롤 헤어를 휘날리며 말을 걸어온 선배를 보자, 아리사는 이틀 전 회합 때를 떠올렸다.

"안녕하세요……. 여자 검도부 부장이신……."

"어머, 저도 참. 이름을 밝히지 않았군요……. 만나서 반가워요. 저는 키류인 스미레라고 한답니다."

"아!"

그 이름은 귀에 익었다. 몇 달 전, 마사치카에게 들었던…….

"중등부 시절, 부회장 후보 중 한 명……?"

"어머, 쿠제 씨에게 들었나 보죠?"

"네."

"그럼 괜한 설명을 할 필요는 없겠군요. 네. 저는 한때 스오우 양과 쿠제 씨와 선거전에서 다퉜던 사이랍니다."

세로롤 헤어를 쓸어 넘긴 스미레는 당당히 가슴을 폈다. 그 모습에 약간 압도당하면서, 아리사는 마사치카가 한 말을 떠올렸다.

키류인 페어. 스미레와 유쇼, 한 살 차이의 사촌 사이인 이색적인 페어다. 유쇼가 키류인 그룹 회장의 아들이고 스미레가 부회장의 딸인 것이 영향을 끼친 건지, 회장 후보는 유쇼 쪽이었다. 그리고 스미레는 한 학년 위인데도 그의 파트너로서 선거전에 참가했다. 그리고 그 두 사람은 한때 교내에서 여성 인기 1위를 자랑했던 후보였다. 하지만…….

"타니야마 양과의 토론회에서 지고 선거전에서 탈락했다고 들었어요."

"네, 그랬답니다. 그래서 그 타니야마 양을 토론회에서 이긴 당신에게, 저는 매우 흥미가 있답니다."

스미레는 옅은 미소를 머금더니, 관찰하듯 아리사를 살펴봤다. 아리사 또한 당당히 그녀와 시선을 마주했다.

그렇게 몇 초가 흐른 후, 스미레는 작게 웃으면서 시선을 슬며시 돌렸다.

“하지만 서로가 바쁜 몸이니까요. 오늘은 일이나 하기로 할까요.”

그렇게 말하며 손에 쥔 기획서를 가리킨 스미레는 학생회실의 문에 노크한 후, 안으로 들어갔다.

“실례하겠어요.”

그러자 우연히 홀로 남아 있던 마사치카가 고개를 들면서 「어라」 하고 말하는 듯한 표정을 지었다.

“바이올렛 선배가 웬일이에요?”

“스미레거든요?!”

스미레는 마사치카의 말을 듣자마자 바로 부정했다. 아까까지의 자신만만한 태도와는 정반대되는 모습이었기에, 아리사는 얼이 나간 것처럼 눈을 깜빡였다.

“당신이란 사람은 정말…… 저를 보자마자 한다는 소리가 그건가요……?”

아리사는 한숨을 내쉬며 불평을 늘어놓는 스미레의 옆을 지나치더니, 마사치카에게 귓속말을 했다.

“(저기, 바이올렛이 무슨 소리야……?)”

“응? 아, 저 선배의 본명은 바이올렛이야. 스미레라고 쓰고 바이올렛이라고 읽어.”

“그거, 참…….”

엄청난 이름이다. 부모님 중 한 사람이 외국인인 귀국 자녀라고 들었지만, 그래도 어마어마하다고 아리사는 생각했다. 하지만…….

"(상대가 싫어하는 이름으로 놀리는 건, 좋지 않다고 생각해.)"

"아아…… 그건, 그래."

아리사의 속삭임을 들은 마사치카가 미묘한 표정을 짓더니, 스미레를 시선으로 가리켰다. 아리사가 그 시선에 따라 스미레 쪽을 쳐다보니…….

"그렇게, 친근하게 부르면…… 마치 절친한 사이, 같잖아요……."

그러자, 불평을 늘어놓으면서도 수줍어하고 있는 스미레 선배의 모습이 눈에 들어왔다. 그 뜻밖의 반응을 본 아리사는 입을 작게 벌렸다.

"본인은 의외로 그 이름을 마음에 들어 하거든."

"그, 렇구나."

"응. 그러니 아랴도 개의치 말고 그렇게 불러드리라고. 좋아할 거야."

"좋아하지 않거든요?!"

스미레는 딱 잘라 부정하더니, 날카로운 표정을 지으며 머리카락을 쓸어 넘겼다.

"잘 들으세요. 저를 그 이름으로 불러도 되는 건, 제가 진심으로 마음을 허락한 상대뿐이랍니다. 아무나 함부로 입에 올려도 되는 이름이 아니에요!"

"그렇군요. 실례했어요, 바이오 선배."

"진화 전 같은 호칭으로 부르지 말아주세요!"

"바이오는 진화하면 바이올렛이 되는 거구나……."

약간 독특한 항의를 하며 마사치카를 노려본 스미레에게서는 아까 같은 박력이 느껴지지 않았다.

"정말, 당신의 그런 점은 변함없군요……."

전혀 동요하지 않는 마사치카를 보고 체념의 한숨을 내쉰 스미레는 그의 앞에 기획서를 뒀다.

"여자 검도부의 기획이랍니다."

"아, 감사합니다……. 어, 이건……."

마사치카의 말문이 막히자, 아리사도 그 기획서를 쳐다봤다.

"연극……? 흐음."

검도부답지 않은 기획이기에, 아리사는 눈을 살짝 치켜떴다. 하지만 자세한 내용을 살펴보더니, 마사치카와 마찬가지로 말문이 막혔다.

연극 자체는 흔히 검극이라 불리는 것이다. 남장을 한 여자 검도부원이 무대 위에서 화려한 칼싸움을 벌인다고 한다. 거기까지는 좋다. 안전 면에서 조심할 부분이 있기는 하지만, 괜찮다. 문제는…….

"우리 여자 검도부에는 선도위원도 많으니까요. 딱 맞는 기획이죠?"

"뭐…… 그렇긴 하군요."

스미레는 자신만만하게 가슴을 폈다. 기획서에는 기획의 선전을 겸해, 선도위원으로서의 순찰을 무대 의상 차림으로 하겠다는 내용이 적혀 있었다.

"……엄청난 광경이 되겠네."

"응……. 뭐, 당일에는 코스프레를 하는 사람도 꽤 있을 테니, 일단 이건 맡아두겠어요. 이 기획에 대한 판단은 다음 회합에서 내리죠."

"네, 부탁드리겠어요. 그럼 이만 실례하죠."

문 앞에서 우아하게 인사를 한 스미레는 아리사를 힐끔 쳐다본 후에 학생회실을 나섰다. 그런 그녀를 배웅한 마사치카는 작게 한숨을 내쉬었다.

"하아…… 연달아서 개성적인 기획이 들어왔는걸."

"연달아서? 무슨 일 일었어?"

"응. 이건 너한테도 물어봐야 하는 기획이긴 한데……."

마사치카가 그렇게 말하며 어느 기획서를 내밀자, 아리사는 그것을 읽어보고 미간을 찌푸렸다.

"……어? 퀴즈 대결?"

그것은 퀴즈 연구부의 기획서이며, 그 내용은 운동장에 설치될 무대를 이용해서 아리사와 유키의 퀴즈 대결을 진행하자는 것이었다.

"퀴즈 연구부의 부장 말로는 과거의 전통적인 퀴즈 방송에 선거전의 요소를 접목한 획기적인 기획……이라더라고. 자세한 내용은 나도 몰라."

"뭐? 이렇게 막연한 기획서가 통과될 리 없잖아."

"아니, 그게…… 자세한 내용을 이야기하면 스포일러가 된다더라고. 미리 대책을 짜는 것을 막기 위해, 자세한 내용은 회장과 실행위원장, 부위원장에게만 알려준다네."

"……회장님은 뭐래?"

"일단 기획상의 문제는 없고, 개인적으로는 꽤 재미있을 것 같다고 했어."

그렇게 말하며 어깨를 으쓱한 마사치카는 아리사를 올려다봤다.

"하지만, 기획의 당사자가 받아들이지 않으면 그걸로 끝이야. 아랴, 너는 어쩌고 싶어?"

"나는 문제없어."

아리사가 딱 잘라 그렇게 말하자, 마사치카는 놀란 것처럼 눈을 치켜떴다.

"……괜찮겠어? 개인적으로는 이렇게 이레귤러적인 형태로 두 사람의 승패가 갈리는 건 좀 본의가 아닌데……."

"어머, 내가 질 거라고 생각하는 거야?"

"아니, 그런 건 아니지만……."

마사치카는 말끝을 흐리더니, 눈을 살짝 내리깔면서 생각을 정리한 후에 천천히 입을 열었다.

"……이전에도 선거전에서 이런 일이 일어난 적이 있어. 특정 후보를 지지하는 개인 혹은 단체가, 대립 후보를 무너뜨리려는 의도로 승부의 무대를 준비하는 거야."

예를 들자면 축구부가 체육 수업 때 더티 플레이를 마구 걸어대서 클래스메이트가 보는 앞에서 추태를 보이게 하거나, 꽃꽂이부가 꽃꽂이 체험을 빙자해 초보자에게 꽃을 꽂게 한 후, 그것을 눈에 띄는 자리에 둬서 체면을 구기게 만드는 것이다.

"악랄하네……."

"뭐, 그런 건 꽤 노골적이고 악질적인 편이거든? 하지만…… 이번 기획도, 그런 게 아니란 보장이 없어."

그렇게 말한 마사치카는 퀴즈 연구부의 기획서를 흔들어 보였다.

"어쩌면 유키를 지지하는 퀴즈 연구부가 미리 문제의 해답을 유키에게 알려줄지도 몰라."

"에이, 설마……."

"말도 안 되는 이야기는 아냐. 혹은 다른 후보가 유키와 아랴를 한꺼번에 무너뜨리려고 꾸민 기획이며, 뚜껑을 열고 보니 초고난이도 문제만 나와서 진흙탕 싸움이 될 수도 있어."

"……."

아리사는 마사치카의 말을 듣고 잠시 생각에 잠기더니…… 그런 가능성도 고려한 끝에, 받아들였다.

"하지만, 자세한 내용을 확인한 회장은 문제없다고 판단했다며?"

"뭐, 그렇긴 한데……."

"그럼 됐어. 설령 숨겨진 의도가 있더라도, 그것까지 깨부수면 되잖아."

아리사가 평소보다 강한 태도로 나오자, 마사치카는 눈을 깜빡거렸다. 마사치카로서는 기묘한 일일지도 모르지만, 아리사에게 이 기획은 더할 나위 없는 기회였다.

어떤 형태이든 간에, 유키와 직접 대결할 기회가 생겼다. 그것도 수많은 학생이 보게 되는 문화제란 무대에서의 대결이다.

(이번에 마사치카의 힘을 빌리지 않고 승리한다면…… 분명, 다들 나를 인정해줄 거야.)

그렇지 않더라도, 분명 자신감이 생길 것이다. 그거면 된다. 그 자신감만 있다면—.

(나는, 당당히 가슴을 펴고, 마사치카의 옆에 설 수 있어.)

아리사는 맹세를 품으며 투지를 불태웠다. 그 모습을 본 마사치카는 시선을 살짝 숙이며 기획서를 다시 쳐다봤다.

◇

“대체 무슨 속셈인 거야?”

“인사 한번 되게 끝내주네, 오빠~.”

귀가한 마사치카가 당연한 듯이 거실에서 늘어져 있는 여동생에게 따지듯 묻자, 유키는 쓴웃음을 머금으며 마사치카를 쳐다봤다.

“나야말로 오빠가 뭔가 꾸미고 있는 게 아닌가 싶거든~?”

“…….”

말없이 서로를 쳐다봤지만, 아무리 서로에 대한 이해도가 높은 이 남매라도 진심으로 포커페이스를 취하면 각자의 진의를 간파하기 어렵다. 이윽고 유키는 한숨을 내쉬더니, 가방을 뒤져서 뭔가를 꺼냈다.

“알았다고, 알았어. 나도 공짜로 알려달라는 건 아냐.”

그렇게 말한 유키가 테이블 위에 찰싹 소리가 나게 내려둔 것은 바로 USB였다.

“……이게 뭔데?”

“이거? 훗, 나는 이걸 X파일이라고 불러…….”

“잘은 모르겠지만 이런 건 지금 바로 파기하라고.”

“파기……? 괜찮겠어? 여기에 든 건 바로, 아랴 양에 관한 중요한 데이터거든?”

한쪽 눈을 치켜뜨고 입을 초승달 모양으로 벌린 유키는

그야말로 악역다운 미소를 머금었다. 그 모습을 본 마사치카는 냉랭한 목소리로 말했다.

“어차피 수영복 사진 데이터일 거 아냐.”

“어떻게 안 거야?”

“진짜로 그런 거냐!! 어차피 그거지?! 『사진은 본인에게만 넘기겠다고 했지, 원본 데이터를 넘기지 않겠다고는 말 안 했다』 같은 소리를 늘어놓는 그거잖아!!”

“크, 통찰력이 엄청나네……. 졌어. 이 USB는 네 거야.”

“필요 없다고.”

“뭐? 이것만으로는 부족하다는 거야? 훗, 이 욕심쟁이……. 어쩔 수 없군. 마샤 씨 것도 얹어주도록 하지.”

“뭘 얹어주는 거야. 주인공의 『뭐어?!』에 대해 『역시 너무 헐값이었습니까……』 하고 대꾸하는 상인이라도 된 거냐.”

“태클이 너무 기네. 뭐, 이해는 해.”

그렇게 대꾸한 유키는 다시 악역 같은 미소를 머금었다.

“자, 어떻게 할래? 솔직히 이야기해준다면, 이 두 USB를 넘겨주겠어.”

“그런 걸 USB에 넣어서 가지고 다니지 마.”

“안심해. 만일에 대비해 패스워드를 걸어놨어. 힌트는 내 생일이야.”

“힌트의 뜻이 뭘까?”

“자, 조금만 솔직해져. 쪼끔~만 솔직해지면, 이 두 사람의 탱글탱글한, 말랑말랑한, 흔들흔들한 수영복 사진을 손에 넣을 수 있거든?"

"표현이 너무 후지거든?"

"그럼 쭉쭉빵빵하고 출렁출렁하며 매끈매끈~."

"너무 음란해!"

"불끈불끈?"

"안 했거든?!"

유키가 진지한 표정으로 오빠의 하반신을 뚫어지게 쳐다보자, 마사치카는 즉시 고함을 질렀다. 그리고 한숨을 내쉰 후, USB 두 개를 유키 쪽으로 밀어냈다.

"그리고 말이야. 아랴는 그렇다 치더라도, 남친이 있는 마샤 씨의 수영복 사진까지 거래 재료로 삼지 말라고."

"……남친, 이라."

마사치카의 말을 들은 유키가 의미심장한 목소리를 흘렸다.

"……왜 그래?"

"아니…… 마샤 씨 말인데, 진짜로 남친이 있을까?"

한순간 가슴이 철렁하긴 했지만, 그 말을 예상했던 마사치카는 시치미를 떼며 한쪽 눈을 치켜떴다.

"응? 무슨 소리야?"

"아니, 나는 교우관계가 꽤 넓잖아? 마샤 씨의 친구와도 꽤 이야기를 나눈 적이 있는데…… 마샤 씨의 남친 얼굴을 아는 사람이 한 명도 없더라니깐~. 만난 적은 물론이고, 사진을 본 적도 없대."

"흐~음."

"러시아인인 것 같다는 소문이 도는 것도, 이름이 러시아인 같다는 이유에서인 것 같거든? 왠~지, 뭐 하나 확실치 않달까…… 그래서, 진짜로 남친이 존재하는 건지 의문이야."

"오호라? 뭐, 남자들이 들러붙지 않게 하려고 남친이 있다고 말하는 것일 가능성도 있긴 하겠네. 하지만 어느 쪽이든 간에 우리와는 상관없잖아…… 아니, 설령 마샤 씨한테 남친이 없더라도, 그 사람의 수영복 사진을 함부로 남한테 주면 안 된다고. 아랴도 마찬가지야!"

"쳇, 안 속아 넘어가네."

유키가 투덜대면서 USB를 호주머니에 넣자, 마사치카는 보란 듯이 노골적으로 한숨을 내쉬었다.

"……뭐, 됐어. 설령 너한테 꿍꿍이가 있더라도, 그걸 깨부수면서 역이용하면 될 뿐이거든."

"그건 내가 할 말이야……. 그럼 일단, 오빠는 이 기획에 전혀 관여하지 않은 걸로 알면 될까?"

"그래. 신용할지 말지는 너한테 달렸지만 말이야."

"흐음…… 뭐, 나도 한마디 하자면 이번에는 나도 괜한 수작을 부릴 생각이 없어. 학력 시험이라면 몰라도, 퀴즈라면 아랴 양에게 질 것 같지 않거든. 정정당당하게 싸워서, 정정당당하게 이길 거야."

"그게 네 본심이길 빌겠어……. 아랴도, 당연한 듯이 너와 정정당당히 싸워 이길 생각인 것 같거든."

평소보다 더 의욕에 찬 파트너를 떠올린 마사치카는 가볍게 어깨를 으쓱했다.

"어? 왜 그래? 마이 브라더여~."

"아니……."

말끝을 흐린 마사치카는 숨길 일이 아니라는 생각이 들었기에, 자신의 조그마한 고민을 털어놨다.

"이유는 모르겠지만, 아랴가 요즘 초조해하는 것 같달까…… 어깨에 들어간 힘 좀 빼면 좋을 것 같거든."

확실히 리더십을 익히라고 부추긴 사람은 마사치카다. 하지만 아리사가 요즘 들어 너무 기를 쓰는 것 같은, 왠지 마음에 여유가 너무 없는 듯한 느낌이 들었다. 그리고…… 어째선지, 약간 거리감이 느껴졌다.

(어째선지, 나를 멀리하는 듯한 느낌이 들어…….)

석연치 않은 느낌을 받으면서도, 「걔는 너무 성실하거든」 하고 덧붙여 말한 마사치카는 머리를 긁적였다. 그 모습을 쳐다본 유키는 천천히 턱을 쓰다듬었다.

"오라비…… 그건 그거 아냐? 가진 자의 오만 말이야."

"응? 뭐가?"

느닷없이 그런 영문 모를 지적을 받은 마사치카는 미간을 살짝 찌푸렸다. 그러자 유키는 훗 하고 웃으며 표정을 누그러뜨리더니, 먼 곳을 응시하며 상냥한 어조로 말했다.

"오빠…… 마샤 씨는 욕실에서 몸을 씻을 때, 찌찌를 들어 올리거든?"

"뭐?"

이것도 참 영문 모를 소리였기에, 마사치카는 얼이 나간 것처럼 입을 반쯤 벌렸다. 하지만 유키는 딱히 개의치 않으면서, 우수 어린 표정으로 말을 이었다.

"찌찌가 너무 커서, 찌찌의 아랫부분이 가슴 위에 얹히다 보니…… 접히는 부분에 땀이 차서 화끈거리나 봐."

안타까운 어조로 그렇게 말한 유키는…… 갑자기 눈을 한껏 치켜뜨더니, 테이블을 쾅 소리가 나게 내려쳤다. 그리고 뭔가를 참듯 고개를 숙인 채, 힘껏 고함을 질렀다.

"그따아아아안— 거 없다고!! 찌찌가 가슴에 얹혀? 무슨 소리야. 무슨 재치 있는 한 마디인가요? 『그럼 저도 해볼 테니 우선 저를 글래머로 만들어주세요』라고 대꾸하면 되나요오오오~? 푸딩을 접시에 얹혀놔도 그림자는 안 생긴다고~! 찹쌀떡이면 생길지도 모르지만 말이야!!"

목청껏 그렇게 외친 후, 유키는 달성감으로 가득 찬 표정을 지으며 고개를 들었다.

"이와 같이, 가진 자는 무의식적으로 가지지 못한 자를 상처 입히며 궁지에 모는 거야……."

"방금 그 발언, 꼭 필요했던 거야? 너, 요즘 에로 조크 너무 많이 하는 거 아냐?"

"에로 조크를 해도 괜찮아. 사춘기인걸."

"명언의 명사만 바꿔서 먹칠 좀 하지 마. 그리고 너는 푸딩이 아니라 젤리 수준이거든?"

"누가 명절 때나 보는 얄팍하지만 되게 비싼 젤리라는 거야?"

"유키 님, 저는 젤리도 좋아합니다."

"시끄러워. 푸딩은 입 다물고 있어. 확 주물러버린다."

"어?! ……그러시죠."

"우효~."

즉시 아야노의 가슴에 뛰어든 유키는 양손과 얼굴로 그 감촉을 즐겼다. 그 백합백합한 광경을 보며, 마사치카는 생각했다.

(아야노 너, 있었냐.)

현관에 신발은 있었지만, 이제까지 그녀의 존재를 의식하지 않았다. 스텔스 성능이 더욱 좋아진 종자를 보며 몰래 전율하고 있을 때, 그녀의 가슴에 얼굴을 묻은 유키가 마사치카를 힐끔 쳐다보았다.

"뭐, 그러니까…… 오빠는 자기도 모르는 사이에, 아랴 양을 궁지에 몰아넣었을지도 모른단 거야."

"뭐……?"

마사치카는 유키의 말을 듣고, 어처구니없다고 생각하며 잠시 생각에 잠겼다.

(내가 아랴를 궁지에 몰아……? 밴드가 부담이 된 걸까? 아니, 그런 이야기는 아닐 거야.)

그런 게 아니라, 마사치카의 무언가가 아리사를 초조하게 만들었다는 것이리라. 하지만, 그렇게 생각해도 역시 짚이는 구석이 없었다. 애초에 아리사가 가지지 못했는데 자신이 가지고 있는 것 자체가 딱히 생각나지 않았다.

(뭐, 쓸데없이 재능을 타고나긴 했지만…… 그리고 커뮤니케이션 능력? 하지만 그건 유키도 마찬가지인데…… 오히려, 학교에서 커뮤니케이션 능력을 발휘하고 있는 건 나보다 유키 아냐?)

대립 후보인 유키 때문에 속을 태운다면 이해가 되지만, 자기 때문에 속을 태운다는 게 이해가 안 됐다. 유키와 아야노가 돌아간 후에도 계속 생각해 봤지만, 답을 찾지 못했다.

"어?"

목욕이라도 할까 해서 별생각 없이 반바지의 호주머니에 손을 넣어봤다. 그 안에 무언가가 들어 있다는 것을 눈치챈 마사치카는 그것을 꺼내 봤다. 그리고—.

"걔는 정말……."

그게 아리사의 수영복 사진 데이터가 들어 있다는 USB라는 것을 안 마사치카는 인상을 한껏 구겼다.

"가지고 가랬는데……."

어느새 호주머니에 넣은 걸까…… 하고 생각해 봤지만, 기회가 너무 많아서 단념했다. 한숨을 내쉰 마사치카는 그것을 손에 들고 방으로 돌아갔다. 그리고 자기 책상 위에 USB를 뒀다.

"정말…… 나는 왜 태연하게 컴퓨터를 켜고 있는 거지?"

당연한 듯이 의자에 앉아서 노트북 컴퓨터를 켜는 자기 자신을 향해 정색하며 태클을 날렸다. 하지만, 그 와중에도 손을 계속 움직이고 있었다.

"뭐, 뭐 하는 거야. 왜 자연스럽게 USB를 꽂는 거냐고, 마이 핸드."

아무렇지 않게 USB를 노트북에 꽂으려 하는 오른손을, 왼손으로 움켜잡았다. 하지만 주로 쓰는 오른손이 더 힘이 좋은 것은 자명한 이치였다. 서서히, 서서히 USB가 컴퓨터의 포트에 다가갔다.

(멈춰! 냉정해져! 여기 들어 있는 건, 아랴가 남에게 보여주고 싶지 않다고 했던 사진이거든?! 그걸 허락 없이 보는 건, 인간으로서 최악의 행위잖아!!)

마사치카의 내면에서 이성이 고함을 지르자, 왼손에 힘이 들어갔다.

"으, 그그극."

USB를 쥔 오른손을, 마사치카는 이를 악물며 밀어내려 했다. 바로 그때, 이번에는 마사치카의 욕망이 입을 열었다.

(아니, 애초에 여기 들어 있는 사진을 찍을 때, 나도 근처에 있었잖아. 내가 목격했을 가능성이 있는 장면을 나중에 다시 보는 게, 무슨 잘못인데?)

그 욕망의 목소리를 듣자, 왼손에서 힘이 살짝 빠졌다.

(하지만! 보여주고 싶지 않다고 본인이 말했으니, 그 의지를 존중해야 마땅하다고!)

(그건 회장한테 한 말 아냐? 나한테는 보여주고 싶지 않단 말은 아닐 수도 있거든? 애초에, 얼마 전에 속옷 차림까지 봤잖아. 새삼스레 뭘 점잔 빼고 그래.)

(그래도 이건 아냐.)

(뭐가 아니란 거냐고.)

마사치카의 욕망과 이성은 격렬하게 맞부딪쳤다. 그 끝에, 하나의 타협점을 찾아냈다.

((일단, USB를 꽂은 후에 생각하자.))

유키의 말에 따르면, 내용물에는 패스워드가 걸려 있다고 한다. 그러니 USB를 꽂는다고 해서 바로 수영복 사진을 볼 수 있는 건 아니다. 그렇다면 일단 꽂은 후에 생각해 보자. 손도 슬슬 지쳤으니 말이다. 우리는 그러기로 했다.

그리하여, 마사치카는 일단 USB를 꽂았다. 그러자—.

"아니?!"

컴퓨터가 USB를 인식한 순간, 예상했던 패스워드 입력 화면 대신에 바로 내용물이 표시됐다. 폴더 안에 사진 파일이 줄지어 있었다. 갑작스러운 사태인 탓에, 마사치카는 눈을 돌리지 못하며—.

"……어어?"

의아한 소리를 냈다. 왜냐하면, 표시된 사진 파일은 전부 새하얬기 때문이다.

"이게 뭐야? 데이터가 망가진 거야?"

아까까지의 갈등이 전부 사라진 마사치카는 순수한 의문에 사로잡히며 폴더를 확인했다. 그리고, 그 새하얀 사진 파일 끝에 있는 텍스트 파일을 발견했다. 타이틀은 『욕망에 진 완전 조무래기 오빠에게♡』였다.

"……."

마사치카는 아무 말 없이 그 텍스트 파일을 열어봤다. 그러자, 거기에는…….

『이것들은 피부가 너무 새하얀 탓에 과노출된 아랴 양의 사진입니다.』

"사람 가지고 놀지 말라고!!"

격렬한 어조로 태클을 날린 마사치카는 노트북 컴퓨터를 쾅 소리 나게 닫았다. 그리고 그대로 침대로 향하더니, 머리부터 침대에 다이빙했다.

“아아아아아~~~~~!!”

완전히 농락당한 데서 비롯된 굴욕감. 그리고, 욕망에 질 뻔한 데서 비롯된 죄책감. 그것들이 한데 뒤섞이자, 마사치카는 몸부림을 치고 말았다.

그 후, 어찌어찌 40분 정도 걸려서 겨우 머리를 식히는 데 성공했지만…… 데워뒀던 목욕물도 완전히 식어버리고 말았다.

제 8 화 그러니까 남자가 얼굴 붉히는 걸(이하 생략)

"~~♪"

교실에서 상의하며 문화제 라이브의 세트리스트를 정한 후, 밴드 연습은 본격적으로 시작됐다. 오늘도 음악실을 빌려서, 다섯 명이 함께 세션을 했다.

(역시 아랴야. 벌써 이 정도 수준에 도달했구나.)

마사치카는 다섯 명의 연주를 들으면서, 노력가인 아리사에게 다시 한번 감탄했다.

노래를 선정하고 겨우 사흘밖에 지나지 않았다. 그리고 그 사흘 전까지만 해도 아리사는 이 노래를 들어본 적도 없다. 그런 그녀는 대체 얼마나 노래를 들었고, 얼마나 부른 걸까. 아리사의 노랫소리는 음정에서 벗어나는 일이 없었으며, 정감이 담긴 어레인지를 더하는 영역에 도달했다. 투명한 느낌이 감도는 아름다운 노랫소리이면서 때때로 박력마저 느껴지는 아리사의 노래에, 마사치카는 약간 압도당했다. 하지만, 한편으로…….

"아, 미안해! 실수했어!"

아리사의 완성도에 따라가지 못하는 멤버도 있었다. 타

케시가 연속으로 같은 부분에서 실수를 범하면서, 연주가 중단된 것이다.

"진짜 미안해……. 방금 그 부분, 다시 한번 해보지 않겠어?"

"그럼『이제까지~』부분부터 할까요."

사야카가 그렇게 제안하자, 연주가 재개됐다. 하지만…….

"아, 젠장! 진짜 미안해!"

또 타케시가 실수를 하면서, 연주가 중단됐다.

단순히 타케시의 연습이 부족하기도 했다. 하지만 타케시도 이 곡을 처음 연주해 보는 만큼, 그걸 가지고 비난하는 것은 잔혹했다. 게다가, 원인은 그것만이 아니었다.

아직 그렇게 친분이 깊지 않은 멤버와 연주하는 데다, 아리사와 노노아는 이 학교에서도 손꼽히는 미소녀이며, 사야카는 여러모로 다가서기 힘든 부분이 있다. 그것만으로도 충분히 주눅이 드는데, 거기에 한술 더 떠…….

(아아……. 아랴, 짜증 났네…….)

밴드의 선두에 선 아리사가 무언의 압력을 뿜고 있었다. 아리사의 심정도 이해가 되지 않는 건 아니다. 밴드 초보자인 아리사가 이렇게 연습을 해왔는데, 밴드 경험자이자 도움을 요청한 사람인 타케시가 이 상태인 것이다. 완벽주의자인 아리사가 아니라도, 짜증이 날 만했다.

(하지만, 이래서는 타케시가 더 위축될 텐데…… 뭐, 대

놓고 말하지 않는 것만 해도 다행인가. 어쩔 수 없지.)

이 상황에서는 매니저인 자신이 도움을 줘야겠다……고 마사치카가 생각한 바로 그때였다.

"마루야마, 실수를 개의치 말고 끝까지 해보는 편이 낫지 않을까? 오늘 처음으로 손발을 맞춰보는 거잖아. 오늘은 어디서 자주 미스를 하는지 파악해둔다는 느낌으로 하자."

아리사의 입에서 뜻밖의 말이 나오자, 마사치카는 눈을 치켜떴다. 타케시도 한순간 무슨 말을 들은 건지 모르겠다는 듯이 눈을 껌뻑이더니, 허둥지둥 입을 열었다.

"고, 고마워. 정말 면목이 없네. 좀 더 연습해올 걸 그랬어."

"그래. 그럼 다음번까지는 완벽하게 연습해 오는 거다?"

"으, 응. 힘내겠습다……."

"농담이야."

그렇게 말한 아리사는 작게 웃었다. 그 미소를 보고 얼이 나간 것처럼 입을 살짝 벌린 타케시는 볼을 찰싹 때리며 기합을 넣었다.

"좋아! 다시 한번 처음부터 부탁드립다!"

"……그럼 처음부터 해볼까요."

그렇게 말한 사야카가 히카루에게 시선을 보내자, 그는 양손에 쥔 드럼 스틱을 탁탁 소리가 나게 허공에서 두드렸다.

그리고, 연주가 재개됐다. 또 미세한 실수가 있었지만, 타케시의…… 그리고 히카루의 어깨에 들어가 있던 지나친 힘이 빠진 것을 알 수 있었다. 타케시가 몇 번이나 실수한 부분도, 이번에는 간단히 클리어하면서 그대로 끝까지 연주했다. 아리사의 노래와 타케시의 기타가 최후의 여운을 남기며 곡이 끝나자, 정적 속에서 마사치카의 박수가 울려 퍼졌다.

"오~ 괜찮네. 무심코 몸이 리듬을 탔다고."

마사치카가 순수하게 찬사를 보내자, 이어서 아리사도 미소를 머금었다.

"응……. 아직 개선할 여지가 있지만, 방금은 기분 좋게 노래했어."

그 말에, 타케시와 히카루도 동시에 미소를 지었다.

"오오! 방금은 나도 기분 좋았다고! 그런데 역시 내가 가장 많이 실수하네! 진짜 미안해!"

"하하, 나도 남 탓할 자격은 없어……. 그건 그렇고, 타니야마 양과 미야마에 양은 안정적이네? 경음악부인 우리보다 훨씬 능숙해."

"뭐, 이 곡은 전에 연주해 본 적이 있으니까요……."

"아~ 이 노래는 키보드가 그렇게 어렵지 않거든. 솔로도 없고~."

서로가 연주에 관해 이야기를 나눈 후, 타케시는 아리사를 쳐다봤다.

"이야~, 그건 그렇고 쿠죠 양은 진짜 대단해. 노래 정말 잘하잖아! 얼간이 기타라 죄송함다!"

"……뭐, 나는 악기를 연주하지 않으니까 너희가 얼마나 힘든지 모르지만…… 그래도 고생이 많다는 건 이해하거든? 그러니 너무 신경 쓰지 마."

아리사가 그렇게 말하자, 타케시는 완전히 긴장이 풀린 것처럼 멋쩍은 표정을 지으며 머리를 긁적였다. 그리고, 한층 더 기합이 들어간 모습으로 연습을 이어갔다.

그 광경을 보면서, 마사치카는 내심 감탄했다.

(아랴…… 대단해. 내 도움 같은 건 필요가 없구나.)

설마 아리사가 타케시를 감싸줄 뿐만 아니라, 농담까지 하며 분위기를 환기시킬 줄은 몰랐다. 대체 어떤 심경의 변화가 발생한 것일까. 예전의 팀플레이를 질색하던 아리사라면 생각도 못 했던 일이었다.

(학생회 활동을 통해…… 아랴도 성장한 걸까.)

마사치카로서는 문화제 실행위원회의 업무가 본격화되기 전에, 이 밴드 활동을 통해 아리사에게 팀플레이에 익숙해지게 할 생각이었다. 그리고 가능하면 리더십도 어느 정도 익혔으면 좋겠다고 생각했는데…… 이것은 기쁜 일이었다.

(이대로 가면, 문화제 실행위원회에서도 잘 해낼 수 있을 거야.)

타케시는 완전히 평소 느낌으로 기분 좋게 기타를 치고

있었으며, 히카루는 쓴웃음을 머금으며 차분하게 이야기를 하고 있었다. 그리고 노노아는 왠지 평소보다 의욕이 오른 것 같았으며, 사야카 또한 연주에 취한 것 같았다. 그리고, 아리사는 온화한 표정으로 즐거운 듯이 노래하고 있었다.

그것은 마사치카가 상상한 것보다 훨씬, 밴드다운 광경이었다. 하지만, 조금 신경 쓰이는 건…….

(아랴…… 나보다 타케시한테, 더 상냥한 거 아냐?)

……란 점이었다.

(어라~? 이상하네~? 나와 함께 있을 때보다 표정이 더 온화한 것 같은 느낌이 드는걸~?)

그것은 아마 기분 탓이 아니리라. 하지만, 그렇다면 왜 자신과 있을 때는 표정이 굳어지는 건지 생각해 보니…….

(……으음, 내 탓이겠지.)

자신의 언동을 떠올리며 그게 원인이 틀림없다고 생각한 마사치카는 입을 꾹 오므렸다.

(조금만 더…… 아랴를 상냥하게 대해줘야지.)

다섯 명의 연주자를 지켜보며, 마사치카는 마음속으로 몰래 반성했다.

◇

“시음?”

“응. 부탁하면 안 될까?”

다음 주 방과 후. 문화제 실행위원 활동 도중에 짬이 나자, 마사치카는 자기 반이 어쩌고 있는지 보러 왔다. 그러자 학급 반장 겸 실행위원이 문화제에서 판매할 음료의 시음을 마사치카에게 부탁했다.

마사치카의 반은 학생회 및 부활동 때문에 학급에서 준비하는 점포 및 무대에 참가 못 하는 학생이 많았고, 회의 결과 그다지 손이 많이 가지 않는 것을 하기로 했다.

이름하여『이세계 카페』. 고안자는 일단 마사치카다. 일전에 사야카와 갔던 컬래버 카페에서 아이디어를 얻은 기획이다. 콘셉트는 클래스메이트가 이세계 판타지 느낌의 복장을 하고, 포션이나 엘릭서 같은 이세계 판타지의 정석적인 음료를 서비스하는 것이다. 어디까지나 내놓는 것은 그럴듯한 느낌의 평범한 음료지만 말이다.

손이 많이 가는 음식은 없으며, 음료 또한 기성 제품을 조합해서 만들 뿐이다. 이 학교에서는 문화제 음료조차도 본격적인 홍차나 커피를 내놓는 게 보통이지만, 이렇게 하면 사전에 배합해서 대량으로 준비해둔 후에 종이컵에 따르기만 하면 된다. 코스프레 또한 교복 위에 마법사 느낌의 로브와 삼각모 같은 것을 써서 「마법학원의 학생이 마법약을 조제하고 있습니다」 하고 주장하면 얼추 오케이다. 좀 더 본격적인 코스프레를 하고 싶어 하는 이는 각자 자유롭게 하시길. 뭐, 그런 느낌으로 오늘은 이 가게의 핵심인 음료 제작에 착수했는데…….

"다들 배가 터지려고 해서…… 조금만 만들려고 해도, 이것저것 섞다 보니 자연스럽게 양이 많아지지 뭐야."

"뭐, 그렇겠지……."

책상 위에는 짓궂은 장난삼아 만든 듯한 양의 음료가 줄지어 놓여 있었다.

(뭐, 저건 장난삼아 만든 게 확실하네.)

정체불명의 빨간색 입자가 둥둥 떠 있는 폐수 같은 느낌의 음료를 본 마사치카는 입가에 경련이 일어났다. 만드는 건 좋지만, 제작자가 책임지고 소화하란 소리가 하고 싶어졌다.

"……저기, 음료만 조합해서 만들기로 하지 않았어? 이물질 같은 게 둥둥 떠 있는 것처럼 보이는데……."

"아, 아하~ 그게 말이지. 음료만으로는 참신하지 못한 것 같아서, 조미료도 좀 넣어 봤어."

"……예를 들자면?"

"으음…… 고추장이라든가, 하리사 정도?"

학급 반장을 시선을 피하더니, 말끝을 흐렸다. 주위에

있는 클래스메이트도 죄책감을 느끼는 것처럼 시선을 피했다.

"……뭐, 예산을 벗어나지만 않는다면 괜찮겠지만 말이야."

그렇게 말한 마사치카는 비교적 무난해 보이게 생긴 음료를 찾아본 후, 종이컵 하나를 손에 쥐었다.

"그럼 이걸 시음하겠어."

회갈색 색깔은 좀 그렇지만, 고형물은 떠 있지 않았다. 딱히 이상한 냄새도 나지 않는 것을 보면, 아마 파멸적인 맛은 아닐 것이다. 그렇게 생각했지만…….

"아……."

학급 반장이 무심코 신음을 흘리자, 마사치카는 고개를 들었다. 그러자 다른 클래스메이트도「아……」하고 신음을 흘리며 입을 반쯤 벌렸다.

"……왜 그래?"

"아, 아무것도 아냐……."

"그럼……."

"아……."

"아니, 대체 왜 그러는 거냐고."

음료를 마시려고 하자 또 다들「아, 그건……」하고 말하는 듯한 표정을 지었기에, 마사치카는 미간을 찌푸렸다. 하지만 역시 다들 아무 말도 안 했다. 마사치카는 다시 한 번 손에 쥔 액체를 뚫어지게 쳐다본 후, 딱 한 모금만 마셔

봤다.

(으, 음……? 이, 이게 뭐지?)

기본 베이스는 채소주스…… 같은데, 찻잎 풍미가 느껴졌으며, 카카오 향기도 감돌았다. 그 외에도 깊숙한 곳에 이것저것 섞여 있는 것 같지만, 자세한 건 모르겠다. 그리고 멀리서 희미하게 존재감을 주장하는 탄산이, 말로 형용할 수 없는 혼잡함을 연출하고 있었다.

(그렇게 맛이 없진 않은데…… 살짝 약 같기는 한가?)

한 모금 더 마셔본 마사치카는 미묘한 표정을 지으며 고개를 갸웃거렸다. 도저히 맛있다고 말할 음료는 아니지만, 그렇다고 「우왓, 맛없어!」 할 정도는 또 아니었다. 반응을 보이기 참 어려운 타입이었다.

(뭐, 일단 비우기로 할까.)

입을 대놓고 남기는 것도 좀 그랬기에, 마사치카는 남은 음료를 단숨에 들이켰다. 입 안에 퍼져 나가는 기묘한 맛에 인상을 찡그린 그는 종이컵에 우롱차를 따라서 입을 헹궜다.

"뭐, 무지막지하게 맛이 없는 건 아닌데…… 그렇다고 맛있는 것도 아닌걸."

"그, 그렇구나……."

"참고로 여기에 뭐가 들었어?"

"그건…… 기업 비밀?"

“나, 관계자(클래스메이트)거든?”

마사치카가 그렇게 말했지만, 학급 반장은 고개를 돌릴 뿐이었다. 다른 클래스메이트도 일제히 시선을 피했다.

“아니, 진짜로 뭘 넣은 거냐고…….”

마사치카도 이제 와서 불안이 밀려오기 시작했다. 바로 그때, 학급 반장이 머뭇머뭇 마사치카의 안색을 살피면서 입을 열었다.

“저기, 쿠제……. 몸은 괜찮아?”

“그건 무슨 의미야?!”

“아, 아냐. 괜찮으면 됐어. 괜찮으면…….”

“저기, 진짜로 뭘 넣은 거야?! 이제 무섭거든?!”

“아니, 괜찮아. 유해한 건 안 넣었, 지?”

“그 말은 딱 잘라서 해줬으면 하거든?!”

“하지만 무슨 일 생기면…… 즉시 병원에 가보는 편이 좋을 거야.”

“그 말은 딱 잘라서 하지 말아줬으면 좋겠거든?!”

“아마 두 시간 안에 증상이 나타나지 않는다면…… 괜찮을 거야.”

“증상은 또 뭔데?!”

그 후에도 계속 캐물었지만, 결국 더는 자세한 이야기를 듣지 못했고…… 결국 마사치카는 불안에 휩싸인 채 교실을 나섰다. 그리고 학생회실로 돌아가서 일을 시작하고

30분쯤 지났을 때였다.

(왠지 엄청 몸이 달아오르는 것 같아!)

……그 증상은, 예상 밖 그 자체였다.

(어, 어라? 이게 뭐야. ……아니, 이런 건 보통 여자애가 걸려야 하는 거 아냐? 쿨한 여자애가 익숙하지 않은 감각에 휩싸여 농락당하는 모습이야말로 맛깔난 건데……. 남자 자식이 발정이 나 봤자 누가 좋아하냐고!!)

머릿속으로 태클을 날렸지만, 상황은 변함없었다. 그렇다. 자칫하면 사타구니에 비상사태가 발생할 듯한 상황이다!

(젠장, 진짜로 뭐가 어떻게 된 거냐고……! 그 자식들, 장난삼아 정력제라도 넣은 거 아냐……?!)

마사치카는 서류 작업을 하면서도, 머릿속으로 클래스메이트를 향한 원망을 마구 쏟아냈다. 아니, 물론 자기가 골라 마셨다는 건 알지만 말이다.

"마사치카 님, 잠시 괜찮으십니까?"

"어, 그래. 뭐야?"

고개를 숙인 채 서류에 모든 신경을 집중시키고 있을 때, 옆에서 들려온 목소리에 고개를 들었다. 그러자 평소보다 3할은 더 매력적으로 보이는 아야노의 얼굴이 눈에 들어왔다.

(크윽! 죄책감이……!)

위가 조여드는 느낌이 들자, 마사치카는 몰래 어금니를

깨물었다. 이 순수하고 선량한 소꿉친구에게, 추잡한 욕망을 품으려 하는 자기 자신이 원망스러웠다. 그래도 실수로 가슴이나 엉덩이를 쳐다보지 않으려고, 온 힘을 다해 시선을 얼굴에 고정시켰다. 하지만 그 와중에도 저 연분홍빛 입술을 주시하고 말았기에, 엄청난 죄책감이 위를 옥죄었다.

"그렇게 됐습니다만—."

"으, 응. 만약 부족한 것 같으면, 중등부에서 빌려온다는 방법도 있어."

"하지만, 옮기는 게 큰일이지 않을까요?"

"그건 행정 담당자분에게 부탁하면, 경트럭으로 옮겨줄 거야. 뭐, 여러 번 옮겨달라고 부탁드리는 건 죄송하고 경트럭은 짐을 잔뜩 실을수록 운전이 안정된다니까 전부 정리한 후에 한 번에 옮기는 편이 좋겠지."

"어머, 그게 정말이야~?"

반대편에서 마리야가 그렇게 말하자, 마사치카는 한순간 입술을 깨물었다.

"……네. 중등부 시절에 고등부의 비품을 빌린 적이 있거든요."

"어머나, 그렇구나~. 그럼 점포용 짐을 옮기는 것을 부탁드려도 될까?"

"그건…… 모르겠네요. 상의가 필요하지 않을까요."

마사치카는 진지한 이야기를 나누면서도, 뇌의 절반은

다른 쪽에 쏠려 있었다.

(크윽, 마샤 씨……. 새 여름 교복을 입었더니, 임팩트가 더욱……!)

얼굴에 시선을 고정시키고 있지만, 증폭된 남자의 본능이 시야 구석에 비친 **그것**에 억지로 초점을 맞추려 했다.

블레이저 교복과 점퍼스커트를 입었을 때도 유감없이 존재감을 발휘했는데…… 그것들이 사라진 현재는 더욱 리얼하게 그 어마어마한 볼륨을 알 수 있다고나 할까…….

"흐음~! 역시 경험자가 있으니 믿음직하네!"

순진무구한 미소를 머금은 마리야가 양 손바닥을 맞대며 그렇게 말했다. 그러면서 특정 부위가 두 팔 사이에 끼이자, 가슴의 단추가 금방이라도 떨어질 것 같았다.

(크억.)

본격적으로 하반신에 피가 쏠리자, 마사치카는 등 뒤의 소파를 돌아보았다.

"아, 아랴는…… 혹시 신경 쓰이는 게 없어?"

"응? 뭐가?"

테이블 위에 놓인 회계 서류에서 눈을 뗀 아리사가 의아한 표정을 지으며 마사치카를 쳐다봤다.

(아, 틀렸어. 얘는 얼굴 자체가 너무 끝내줘.)

그 비현실적인 미모를 본 순간, 가슴 깊은 곳에서 뜨거운 열기가 치밀어 오른 마사치카는 황급히 눈을 돌렸다.

"아, 딱히 없으면 괜찮은데……."

"그래?"

(크윽! 젠장, 왜 이 학생회는 하나같이 여자애들의 외모가 뛰어난 거냐고!!) ※새삼스럽게.

회장과 부회장이 자리를 비웠기에, 지금은 좌우에도, 등 뒤에도 미~소녀. 남자에게 있어 꿈만 같은 상황이지만, 사나이가 될 위기에 처한 마사치카로서는 악몽에 지나지 않았다.

(이렇게 되면, 안전한 건 유키(앞)뿐이야……!)

"어머? 마사치카 씨? 왜 저를 노려보는 거죠?"

맞은편에 앉은 유키를 날카로운 눈길로 쳐다보자, 그녀는 진짜로 당황한 듯한 표정을 지었다. 느닷없이 오빠가 궁지에 몰린 야수 같은 눈길로 쳐다본 것이다. 그런 반응을 보이는 것도 무리는 아니었다.

(아, 으음. 다행이야. 진정됐어~.)

여동생을 보고도 욕망에 사로잡힌다면 죽을 수밖에 없다……고 생각했는데, 다행히 그런 일은 벌어지지 않았다. 외모만 본다면 아리사나 마리야에게도 밀리지 않을 정도지만, 색기라는 것이 전혀 느껴지지 않기에 전혀 문제없었다. 오히려, 가족이라는 점에서 비롯된 수수께끼의 안도감이, 욕망을 진정시켜준 느낌마저 들었다.

(좋아, 괜찮아……. 기본적으로 서류만 쳐다보고, 위험하

다 싶을 때 유키를 바라보면 어찌어찌 되겠어.)

정체불명의 주스가 자아낸 이 지옥을 극복할 작전을 짠 마사치카가 안도한 것은 잠시에 불과했다.

"아야노. 옛날 자료를 찾아야 하는데, 좀 도와주지 않을래?"

"알겠습니다."

아니나 다를까, 믿었던 동아줄이 멀어져가고 만 것이다.

(어어~~.)

얼이 나간 사이, 유키와 아야노가 밖으로 나갔다. 남은 이는 마사치카와 쿠죠 자매뿐이다. 학생회실에 이 세 사람만이 남게 되자, 자연스럽게 **그 사건**이 뇌리에 떠올랐다.

(윽! 큰일, 났다……!)

그때 목격했던 도원향이 머릿속에 떠오르자, 마사치카는 맹렬한 위기감에 사로잡혔다. 아무튼, 일단 이 자리를 벗어나야만 한다고 생각하며, 서둘러 자리에서 일어났다.

"으음…… 마실 것 좀 사 올게요."

다급히 짜낸 변명을 입에 담자, 등 뒤에서 뜻밖의 말이 들려왔다.

"그럼 내가 겸사겸사 사 올게. 마침 영수증에 문제가 있는 서류를 발견했거든."

"어, 아……."

"보리차면 돼?"

"아, 응."

무심코 고개를 끄덕인 마사치카는 속으로 아차, 했다.

"역시 나도 같이……."

"괜찮아. 애도 아닌걸."

마사치카는 동행을 제안했지만, 매몰하게 거절한 아리사는 바로 학생회실을 나섰다. 어중간하게 뻗은 마사치카의 손이 허공을 갈랐다.

"어……."

정신을 차리고 보니, 마리야와 단둘이 남겨졌다. 아까보다 상황이 좋아진 듯한 느낌도 들지만, 단둘이라는 상황 자체에 문제가 있는 듯한 느낌도 들었다.

"아랴, 왠지 요즘 열의가 넘치는 것 같네~."

한편, 그런 마사치카의 마음과 달리 마리야는 느긋했다. 아리사가 나간 분을 응시하며 한 손을 볼에 대더니, 고개를 갸웃거렸다.

"아, 그렇긴 해요……. 밴드 연습도 엄청 열심히 한다니까요. 평소보다 더 기합이 들어간 것 같아요."

실제로, 방금처럼 도움을 거절당하는 일이 몇 번이나 있었다. 마사치카가 보기에는 그녀가 무리하는 건 아닌지 걱정이 될 정도였다.

"그래? 하긴, 아랴는 집에서도 열심히 노래 연습을 한다니깐~."

마사치카가 그런 우려에 사로잡혀 있는 사이, 마리야는 고개를 끄덕이며 그렇게 말했다. 한편, 학생회실 밖으로 나갈 구실을 잃고 만 마사치카는 의자에 털썩 앉았다. 그런 그의 굳은 얼굴을 본 마리야는 표정에 걱정이 어렸다.

"쿠제…… 혹시, 아까부터 몸이 안 좋은 거야?"

"아뇨? 그렇지 않은데요?"

"그럼 왜 나를 쳐다보지 않는 거야?"

볼 수 없어서요. 지금 당신의 얼굴을 봤다간, 핑크빛 기억이 되살아나기 때문이라고요.

그렇게 솔직하게 말할 수도 없기에, 마사치카는 마리야의 손 언저리를 쳐다보며 그렇게 얼버무렸다. 마리야는 그런 마사치카의 볼을 양손으로 움켜잡았다.

"정말, 사아! 나를 보란 말이야!"

그리고, 마리야는 마사치카의 얼굴을 자기 쪽으로 돌렸다. 눈에 들어온 마리야의 얼굴에는 순수한 걱정, 그리고 거기서 비롯된 분노가 어려 있었다.

"자, 내 얼굴을 보며 말해봐. 진짜로, 괜찮은 거야?"

"아, 아뇨……."

이제부터 키스라도 할 듯한 자세에서, 마사치카는 말문이 막혔다. 볼에 닿은 손의 감촉이, 코앞에 있는 마리야의 얼굴이, 혼란에 빠진 뇌에 박차를 가했다. 바로 그때, 마리야의 표정이 풀리면서 배려심이 어렸다.

"저기, 쿠제. 내가 마아라는 것을 알고, 내 고백까지 들었으니…… 어쩌면 좋을지 모르겠단 심정인 것도 이해는 해. 쿠제를 곤란하게 만들어서, 정말 면목이 없어. 그래도 말이야? 그것 때문에 나를 피하진 말아줬으면 해."

"……."

"힘들 때는 의지해줬으면 하고, 괴로울 때는 어리광을 부려줬으면 해. 아랴에게 보여주고 싶지 않은 약한 쿠제를, 나에게 보여줬으면 해. 『괜한 기대를 품게 하는 건~~』 같은 생각은 안 해도 되거든? 내가 쿠제를 좋아하는 것과는 상관없이, 나는 쿠제의 소꿉친구이자…… 선배인걸."

"……."

왠지 엄청 좋은 말을 들은 듯한 느낌이 들었다. 하지만 매우 송구하게도…… 전혀 귀에 들어오지 않았다. 학생회실에 난둘이 있는 상황에서 마리야가 자신을 향해 얼굴을 내밀자, 마사치카의 뇌는 완전히 오버 히트되고 말았다.

(어리광…… 어리광을 부려도, 되는 걸까? 힘껏 끌어안아도, 괜찮은 거야?)

기묘한 열기 탓에 머릿속이 어질어질한 탓에, 생각이 위험한 방향으로 치닫기 시작했다. 금방이라도 이성을 내팽개치며, 마리야의 가슴에 뛰어들고 싶어졌다.

"다녀왔어~."

바로 그때, 학생회실이 문이 열린 바람에 마사치카는 퉁기듯 마리야의 손에서 벗어났다. 그리고 그대로 뒤를 돌아보니, 마침 학생회실로 돌아온 치사키의 모습이 눈에 들어왔다. 치사키는 문손잡이를 쥔 채, 미간을 찌푸리며 험악한 표정으로 실내를 둘러봤다.

"……뭐야? 수컷 냄새가 진동하잖아."

치사키는 오랜만에 남성 불신 센서가 발동한 것 같았다. 마사치카는 아무 말 없이 자리에서 일어나 문 쪽으로 걸어가더니, 투명하기 그지없는 표정으로 치사키에게 말을 건넸다.

"사라시나 선배."

"응?"

"한 방 먹여서 리셋 좀 시켜주세요."

"좋아, 나한테 맡겨."

그리하여 마사치카는, 이성과 욕망이 한꺼번에 깔끔히 리셋됐다.

제 9 화 이 자식들, 신경전 너무 치열한 거 아냐?

“꽤~나 다듬어진 것 같네~! 처음에는 기한 안에 완성할 수 있을지 불안했는데…….”

“맞아. 특히 몽, 아니, 팬텀, 은 각 파트의 악보를 만드는 것부터 해야 했잖아.”

“그래. 하지만 다 함께 연주해 보니 이 팬, 텀은 참 좋은 곡이란 느낌이 들어.”

“그냥『몽환』이라고 불러주세요…….”

“제작자가 항복하니 되게 웃기네.”

“미안해, 타니야마 양. 곡명에 불만이 있는 게 아니라…….”

어느새 친해진 다섯 명은 화기애애하게 이야기를 나누고 있었다. 조금 떨어진 곳에서 그 모습을 지켜보고 있던 마사치카는 고개를 살짝 갸웃거렸다.

(으음…… 나, 필요 없는 거 아냐?)

그것이 마사치카가 요즘 들어 절실하게 생각하는 바였다. 예상보다 잘 풀릴 것 같다고는 생각했지만, 너무 잘 풀린 바람에 마사치카가 참견할 여지가 없었다.

(다들 특색 있는 멤버니까, 뭉치기 어려울 거라고 생각

했는데…….)

적어도 지금은 다들 어깨에 들어간 힘이 빠졌다. 그리고 그 중심에 있는 이는 틀림없이 아리사다. 밴드 연습을 이끌어가고 있는 건 사야카지만, 멤버의 마음을 하나로 만든 건 아리사였다.

원래 사야카는 남을 움직이는 것에 능숙했지만, 스스로 팀 멤버의 마음에 다가서지는 않는다. 굳이 따지자면 「당신의 역량이라면 해낼 수 있어요. 멘탈 문제? 그건 제가 알 바 아니니, 친구와 상담하거나 연인의 품에 안겨 질질 짜면서 알아서 추스르세요. 그러지 못한다면 당신의 역할은 다른 사람에게 맡기겠어요」 하고 매몰찬 표정으로 말하는 타입이다. 사야카에게 모든 인간은 자신까지 포함해 전부 장기짝이다. 자신은 다른 장기짝을 움직이는 지휘관 장기짝이며, 다른 장기짝의 돌봐주는 것은 지휘관이 할 일이 아니다. 냉철하다 싶을 정도로 그렇게 생각하고 있었다.

(타니야마는 지휘관(커맨더)으로서는 초일류지만, 지도자(리더)감은 아니거든……. 이번에는 아랴가 우연히 돌보미 역할을 맡게 된 건가. 아니, 어쩌면…… 그것도 타니야마의 계산대로, 아닐까?)

아무튼 이대로 가면 마사치카의 도움 없이도 아리사는 자기 힘만으로 밴드 리더의 자리를 차지할지도 모른다. 그것 자체는 기뻐할 일이지만…… 이렇게 되니, 매니저인 자신의 존재 의의에 의문이 생겨났다. 아리사의 서포트도,

타케시와 히카루를 감싸줄 필요도 없어진 이 상황에서, 대체 무엇을 해야 할까…….

(……슬슬 휴식을 취할 테니, 목에 무리가 안 가는 음료라도 사 올까.)

왠지 운동부 매니저 같다고 마음속으로 자조한 마사치카는 조용히 음악실을 나섰다.

"으음……."

다섯 명의 음악을 들으며 복도로 나간 순간, 묘한 소외감을 느낀 마사치카는 무심코 푸념 같은 말을 늘어놨다. 그리고, 그런 자기 자신을 향해 쓴웃음을 흘렸다.

(쟤들이 잘하는 모습을 보고 불만을 느끼다니, 매니저 실격이네…….)

매니저를 필요로 하지 않을 만큼 잘하고 있다면, 그것은 기뻐할 일이다. 애초에 마사치카가 매니저가 된 것은 누군가에게 부탁을 받아서가 아니라, 스스로가 택한 것이다. 그러니 자기가 할 일이 사라졌다고 해서, 불만을 느낄 권리 같은 게 있을 리 없다. 그게 싫다면, 처음부터 노노아를 영입하지 말고 자기가 키보드로 참가하면 됐을 것이다.

(뭐, 무리지만 말이야~.)

그게 무리라는 것은 자기 자신이 잘 알고 있다. 마사치카는 이제 피아노를 칠 생각이 없다. 그것은 어머니에 대한 반항이었다. 하지만, 그 이상으로…….

(내 음악에는…… 다른 사람을 웃게 만드는 힘이 없거든.)

옛날부터 그랬다. 마사치카가 피아노를 치면, 다들 무표정해졌다. 방금까지 친구의 연주를 열심히 응원하던 아이들도, 연주하는 자식을 향해 미소와 박수를 보내던 보호자들도, 마사치카가 연주를 시작하면 하나같이 무표정해졌다. 그리고, 마사치카를 괴물이라도 여기듯 쳐다봤다.

(지금 생각해 보면, 다들 완전히 질려버렸던 거야~. 뭐, 내가 생각해도 그다지 어린애답지 않은 꼬맹이였긴 했고, 딱히 피아노 자체를 좋아하지도 않았어. 순수하게 기뻐해 준 사람은 유키 정도이고…… 아, 그러고 보니 경쟁심을 엄청나게 불태우며 노려보던 애도 있긴 했지.)

아무튼, 피아노 관련으로는 좋은 추억이 없다. 그런 인간이 밴드에 참가한들, 불협화음만 자아낼 뿐이다.

(애초에, 지금도 피아노 자체를 칠 수 있을지…….)

그런 생각을 하면서 멤버 전원의 음료를 사서 음악실로 돌아가 보니, 마침 다섯 명은 휴식을 취하고 있었다.

"수고했어~. 음료수를—."

마사치카는 겉보기에는 별일 없는 듯이 미소를 지으며 캔을 들어 보였다. 하지만 그 미소는 곧 굳어버렸다.

"이야, 그건 그렇고 아랴 양은 갈수록 노래가 더 능숙해지네. 뭐, 원래부터 잘 불렀지만 말이야."

타케시가 별생각 없이, 아리사의 애칭을 입에 담았다.

이제까지 이 학교의 남자 중에서는 마사치카만이 입에 담았던 호칭이다. 그것을 타케시가 쓰자, 마사치카는 거무튀튀한 불꽃이 자신의 내면을 휘감는 것을 느꼈다.

"어? 쿠젯찌, 마실 것 사 왔어~?"

"아, 응……. 그래."

노노아의 말을 듣고 어색하게 걸음을 내디딘 마사치카는 근처에 있는 책상에 음료를 뒀다. 그러는 사이에도, 다른 멤버의 대화가 좋든 싫든 계속 귀에 들어왔다.

"아랴 양은 노래를 배운 적이 있어?"

"딱히…… 어릴 적에 잠시 성가대였던 적이 있는 게 다야."

"어, 그럼 아랴 양은 그리스도교도임까?"

"딱히 그런 건 아냐. 그리고 요즘 러시아의 젊은이 대부분은 일본인과 마찬가지로 무교일걸?"

타케시만이 아니라 히카루도 아리사의 애칭을 입에 담았다. 마사치카는 동요와 강렬한 질투 탓에, 현기증이 났다.

"왜 그래, 쿠젯찌. 아니, 마삿찌."

"마삿……? 아, 그게……."

노노아의 질문에 어색한 미소로 답한 마사치카는 필사적으로 태연한 척을 하며 물었다.

"혹시, 멤버끼리 이름으로 부르기로 한 거야?"

"응? 그게~ 아릿사가 제안한 거야~."

"아, 그래……."

아리사가 제안했다. 즉, 아리사 본인이 자신을 애칭으로 불러달라고 했다…….

"으음……. 나, 우리 반의 준비 상황을 보고 올게."

더는 태연한 척을 할 자신이 없었던 마사치카는 그런 말을 남기며 다시 음악실을 나섰다.

"~~젠장!"

그리고 계단 앞에서 머리를 거칠게 긁적이며 거친 말을 내뱉더니, 거친 발걸음으로 교실을 향했다. 왠지 지금은 모든 게 다 마음에 들지 않았다.

자신 이외의 누군가에게 아무렇지 않게 애칭을 허락한 아리사도, 그리고 친근하게 애칭으로 그녀를 부르는 절친 두 사람도, 그리고…… 이런 일로 독점욕에 휘말리는, 자기 자신도 말이다.

"쳇."

마음속이 한껏 거칠어진 마사치카는 계단을 내려갔다. 그리고 층계참에 도착했을 때, 등 뒤에서 자신을 부르는 귀에 익은 목소리가 들려왔다.

◇

"어? 마사치카?"

돌아오자마자 나가는 마사치카를 본 아리사는 의아한 표

정을 지었다. 그 모습을 본 사야카는 가볍게 한숨을 내쉬더니, 무뚝뚝한 목소리로 말했다.

"쫓아가는 편이 좋지 않을까요?"

"뭐?"

"그를 챙기는 건 아리사 양이 할 일이잖아요. 괜히 더 어긋나기 전에, 이야기를 나누고 오세요."

"응……? 알았어."

아리사는 상황을 파악하지 못한 듯한 표정으로 마사치카를 쫓아갔다. 그 뒷모습을 쳐다보던 사야카는 다시 한숨을 내쉬었다.

"사얏찌는 참 상냥하네~?"

"네?"

그 타이밍에 노노아가 씨익 웃으며 그렇게 말하자, 사야카는 미간을 살짝 모았다. 그리고, 고개를 돌린 채 안경을 올려 썼다.

"저는 팀 전원이 만전의 상태를 유지할 수 있도록, 사람을 움직였을 뿐이에요."

"흐~음?"

"……그 눈빛은 뭐죠?"

노노아가 의미심장한 눈길로 쳐다보며 미소 짓자, 사야카는 불쾌하다는 듯이 고개를 돌렸다. 바로 그때, 히카루도 쓴웃음을 머금으며 말을 건넸다.

"우리도, 고마워. 나도 좀 신경이 쓰였는데…… 그 점에 대해선 쿠, 아랴 양이 나서는 게 최선이라고 생각하거든."

"어? 뭐가? 무슨 소리야?"

진짜로 아무것도 모르는 타케시를 보고 맥이 풀린 사야카는 약간 멋쩍은 느낌을 받으며 자기 가방 쪽으로 향했다. 그리고 안경집 안에서 안경 닦이를 꺼내더니, 그것으로 안경의 렌즈를 닦기 시작했다.

"어? 왜 그러죠?"

"아, 그게…… 사야카 양, 은 안경을 벗으면 분위기가 달라지네요."

"……아, 눈매가 험악하다는 건 알고 있어요."

"아니, 그게 아니라…… 뭐랄까, 쿨한 느낌? 으음, 괜찮아 보여요."

"네?"

왠지 동요한 것 같지만, 안경을 벗은 탓에 잘 보이지 않았다. 괜히 신경 써도 좋지 않을 듯한 느낌이 든 사야카는 타케시에게서 시선을 떼더니, 안경을 다시 쓰며 베이스를 내려놨다.

"잠시, 자리를 비울게요."

"아, 화장실? 나도 갈래~."

아무렇지 않게 『화장실』이라고 대놓고 말하는 노노아를 향해 비난 섞인 눈길을 보낸 사야카는 한숨을 내쉬며 대답했다.

"……바깥 공기 좀 마시러 가는 것뿐이에요."

"그래? 그럼 같이 가자."

"……."

분명, 무슨 말을 하든 따라올 생각일 것이다. 그렇게 생각한 사야카는 슬쩍 째려보더니 바로 포기하고, 노노아와 함께 음악실을 나섰다. 그러자, 노노아가 히죽거리며 말을 걸어왔다.

"이야~. 그건 그렇고 사얏찌가 저 두 사람의 사이를 신경 써줄 줄은 몰랐어~."

"아까도 말했다시피, 팀을 위해서야. 사적인 감정은 없어."

"그런 것치고는 꽤나 아리사를 배려하는 것 같거든? 사얏찌가 마음만 먹으면, 더 능숙하게 다섯 명을 이끌어갈 수 있을 거잖아."

"……모처럼 밴드를 하게 됐는데, 괜한 데까지 머리를 쓰고 싶지 않을 뿐이야. 리더를 할 사람이 나 말고도 있다면, 그 사람에게 맡기면 편하잖아?"

"그럼 아릿사에게 밴드 리더 자리를 양보할 생각이구나?"

"……."

왠지 무슨 말을 해도 놀림을 당할 거라고 생각한 사야카는 인상을 찡그리며 입을 다물었다. 그리고 노노아를 돌아보며 슬쩍 반격했다.

"그러는 노노도 평소보다 꽤 즐거워 보이거든? 밴드가 그렇게 재미있어?"

"음~ 글쎄~."

이 소꿉친구가 평소 겉으로 드러내는 감정이 본심에서 우러난 게 아니라는 것은 사야카도 알고 있다. 노노아가 항상 주위의 반응을 살피며, 각 상황에서 최적의 답을 연기하고 있다는 것도 말이다.

눈치는 챘지만, 그 점에 대해 깊이 파헤칠 생각은 없다. 그래야 이 소꿉친구와 더 잘 지낼 수 있다는 것을 알기 때문이다.

하지만 요즘 들어 노노아는 사야카가 보기에도 순수하게 즐거워하는 느낌이 감돌았다. 그것은 사야카로서도 의외였고…… 또한 기쁜 일이기도 했다.

"……뭐, 생각했던 것보다 밴드가 재미있긴 해."

"그렇구나."

사야카는 표정을 약간 누그러뜨리면서 온화한 기분으로 복도를 걸었다. 바로 그때, 눈앞의 모퉁이에서 아는 이가 모습을 보인 탓에 멈춰 섰다.

"어라, 유~쇼~잖아."

"이야, 오랜만이야. 미야마에, 타니야마."

그것은 현 피아노부 부장이자 한때 중등부 학생회 임원이기도 했던 키류인 유쇼였다. 두 사람이 중등부 선거전의 토론회에서 쓰러뜨리고 학생회장 후보 자리에서 탈락시킨, 상대이기도 했다. 그것을 의식하고 있는 건지 아닌 건지, 노노아는 완전히 평소와 다름없었지만…… 사야카는 그럴 수가 없는지 약간 경계심을 품으며 유쇼와 마주 섰다.

"오랜만이에요, 키류인 씨. 저희에게 무슨 볼일이라도 있나요?"

"아니, 딱히 없어. 여기서 만난 건 어디까지나 우연이야."

그렇게 말하며 어깨를 으쓱한 유쇼는 의미심장한 미소를 머금었다.

"그건 그렇고…… 언뜻 들은 건데, 너희는 이번 문화제에서 쿠죠 아리사와 함께 밴드를 한다지?"

"네, 그게 어쨌다는 거죠?"

"아, 좀 의외다 싶어서 말이야. 설마 네가 그런 전학생을 지지할 줄은 생각도 못 했거든."

말에 돋친 가시를 숨기지 않는 듯한 그 발언을 듣자, 사야카는 냉철한 표정으로 천천히 안경을 올려 썼다.

"그런, 전학생이라고요? 제가 알기로, 당신과 쿠죠 양은 접점이 없을 텐데요."

"없어도 알아. 너도 내가 무슨 말이 하고 싶은 건지, 알고 있을 텐데?"

그렇게 말한 유쇼는 빈정거리듯 입가를 일그러뜨렸다.

"학생회장이 되어야 마땅한 건, 장래에 내광회에서 공헌

할 수 있는 인간이야. 재력과 권력, 온갖 힘으로 일본을 이끌어 나가는 인간이야말로 학생회장에 걸맞아……. 하지만 그 전학생은 어떻지? 돈도, 지위도, 인맥도, 없지. 그뿐만 아니라 일본에 대해 얼마나 이해하고 있는지도 수상하거든. 그런 애가 학생회장의 자리에 걸맞을 리가 없어. ……이 점에 대해서는 너도 동의할 거라고 생각했는데 말이야."

그것은 평소의 귀공자 같은 행동을 봐선 상상도 할 수 없는, 강렬한 자의식과 야심에 찬 표정이었다. 하지만 사야카는 딱히 동요하지 않으며 가볍게 한숨을 내쉬었다.

"이해는 하지만, 동의한 적은 없군요."

"어째서? 너도 타니야마 중공의 사장 영애로서, 장래에 일본을 짊어질 인간으로서, 내광회에 들어가는 것을 바라던 사람일 텐데? 미야마에 또한, 내광회에 들어가서 가문의 가업을 발전시키기 위해서 출마했던 거 아냐?"

"나? 아닌데? 나는 사얏찌가 나가고 싶다고 해서 협력했을 뿐이야."

노노아가 그렇게 답하자, 유쇼는 명백한 조소를 입에 머금었다. 그리고, 보란 듯이 어깨를 으쓱했다.

"이거 놀랐는걸. 설마 다들 이 정도로 자의식이 부족할 줄이야…… 최근의 학생회장이 얕보일 만한걸."

대놓고 그런 모멸을 듣자, 사야카는 눈을 가늘게 떴다. 하지만 사야카가 무슨 말을 하기도 전에, 노노아가 비웃음

섞인 목소리로 먼저 말했다.

"준우승 씨~가 되게 잘난 척하네."

사야카는 그 호칭의 의미를 이해하지 못했다. 하지만 그 효과는 격렬했다.

순식간에 유쇼의 미간에 깊은 주름이 새겨지더니, 일그러진 입술 사이로 이빨이 드러났다. 하지만 그 표정은 곧, 가면 같은 미소에 가렸다.

"너는 정말…… 왜 너 같은 인간이 인기 있는 건지, 정말 이해가 안 돼."

"왜일까~? 나도 몰라."

활활 타오르는 분노가 어린 목소리로 유쇼가 그렇게 말했지만, 노노아는 아무래도 상관없다는 듯이 자기 손톱을 쳐다보며 대꾸했다. 그 모습을 곁눈질하며 한숨을 내쉰 사야카는 차가운 눈길로 유쇼를 쳐다봤다.

"여러모로 말이 긴데…… 간단히 말해, 자기가 학생회장이 되고 싶은 것뿐이죠?"

"학생회장 자리 자체에는 흥미 없어. 하지만 학생회장이 되지 않으면 내광회에 들어갈 수 없으니, 그 자리를 차지하려는 것뿐이야."

"그런가요. 그렇지만 당신이 선거 활동을 하고 있단 이야기는 들은 적이 없군요."

사야카가 담담한 어조로 그렇게 말하자, 유쇼는 입가를

일그러뜨렸다.

"대대적으로 인기를 얻으려고 하는 것만이, 선거 활동은 아니잖아?"

사야카는 그 의미심장한 말을 듣고 눈썹을 찌푸렸다.

"……그게 무슨 뜻이죠?"

"글쎄. 그저 스오우와 쿠죠, 그 두 사람 중 한 명이 학생회장이 될 거라고 여기는 건 아직 이르단 이야기지. 순조롭게 나아가고 있다고 여기는 사람일수록, 생각도 못 한 곳에서 발치를 걸려 넘어지는 법이거든……. 뭐, 너희와는 상관없는 일이야."

보란 듯이 어깨를 으쓱한 유쇼는 입가에 비웃음을 머금더니, 사야카와 노노아를 흘겨봤다.

"이야기를 나눠보고 안심했어……. 지금의 너희라면, 경계할 필요가 없겠지."

그렇게 말한 유쇼는 두 사람을 피하며 걸음을 옮겼다.

"그럼 안녕. 이제 와서 괜한 욕심 내지 말고, 밴드 활동이나 열심히 하라고."

옆을 스쳐 지나가며 그렇게 말한 유쇼는 그대로 걸음을 옮기며 사라졌다. 그의 등을 어깨 너머로 쳐다본 사야카는 안경을 올려 쓰며 말했다.

"아무래도 상관없지만, 발치는『보는』것이며, 걸려 넘어지는 건『발』이죠. 아리사 양을 걱정하기 전에, 자기 일본어 능력부터 걱정하는 편이 좋지 않을까요?"

"사얏찌, 되게 조롱하네. 대박~."

멋대로 떠들어댄 상대에게 한 방 먹여줄 생각으로 한 말이지만, 유쇼는 딱히 반응을 보이지 않았다. 사야카 또한 가볍게 코웃음을 치며 앞을 돌아보더니, 다시 걸음을 내딛기 시작했다.

"하아, 대체 무슨 말이 하고 싶었던 건지……."

"자기가 암약하고 있다는 걸 어필하고 싶었던 거 아냐? 유~쇼~는 의외로 자기 현시욕이 강하잖아~."

"그런 걸까……."

"그런데, 어떻게 할래? 융키~와 아릿사한테 은근슬쩍 충고해줄 거야?"

노노아가 그렇게 묻자, 사야카는 한순간 미간을 찌푸린 후에 어깨를 으쓱했다.

"필요 없어. 그가 무슨 짓을 꾸미든 간에, 스오우 양과 아리사 양이 그 책략에 걸려서 패배한다면 어쩔 수 없는 일…… 그것이야말로, 우리와 상관없는 일이잖아."

"그래. 그럼~ 그럼 구경이나 해야겠네~."

그 말은 느긋하게 들렸지만, 노노아의 표정에는 위험한 향기가 감도는 듯한 즐거운 미소가 어려 있었다. 그것을 눈치챘으면서도 딱히 언급하지 않으며…….

"뭐, 불똥이 튈 것 같다면 털어내도록 하자."

그렇게 말한 사야카는 어깨를 으쓱했다.

◇

"마사치카!"

등 뒤에서 목소리가 들려오자, 마사치카는 한순간 인상을 찡그렸다. 그녀와 얼굴을 마주하고 싶지 않았던 것이다.

그래도 금방 표정을 관리한 마사치카는 아무 일도 없었다는 듯이 뒤돌아보았다.

"……아랴? 왜 그래?"

"……아니, 저기……."

마사치카가 의아한 표정으로 쳐다보자, 아리사는 시선을 돌리며 말끝을 흐렸다. 그리고 층계참으로 내려오더니, 몇 초 머뭇거린 후에 머뭇머뭇 입을 열었다.

"마사치카의 태도가…… 좀 이상해서 쫓아왔어."

"……!"

하필이면 아리사에게 들킬 거라고는 생각도 못 했던 마사치카는 말문이 막혔다. 하지만 시선을 돌린 아리사는 그것을 눈치채지 못한 채 머뭇머뭇 말을 이었다.

"왠지 조금 거리가 느껴진달까…… 내가 뭐 잘못한 거야?"

그 말을 들은 순간…… 마사치카는, 반감에 사로잡혔다.

"그건, 너도 마찬가지잖아?"

"뭐……?"

"아—."

무심코 비난하는 듯한 말을 한 마사치카는 바로 후회했다. 왠지 요즘 들어 아리사에게서 거리를 느끼고 있는 건 사실이다. 피하고 있다……고 할 정도는 아니지만, 왠지 한 걸음 물러나 있는 느낌이 들었다. 하지만 그 점을 비난하는 건 말이 안 되기에, 방금 그 말은 화풀이에 지나지 않았다.

"하아……."

마사치카는 가슴속의 응어리를 털어버리려는 듯이 머리를 긁적이더니, 거북한 표정을 지으며 아리사에게 고개를 숙였다.

"미안해. 방금 그건 화풀이였어."

"아, 응……."

"실은, 말이지. 저기, 네가 다른 애들과 친하게 지내는 걸 보고…… 뭐랄까……."

질투하고 말았다. 그렇게 솔직하게 말할 수 있을 만큼, 수치심을 버리지는 못했다.

"그러니까…… 좀 쓸쓸한 느낌이 든 거야!"

그 대신 튀어나온 건, 거짓말은 아니지만 진실도 아닌 말이었다. 그래도 부끄러운 건 마찬가지였기에, 고개를 숙인 마사치카는 이를 악물며 수치심을 견뎠다.

"……흐음, 그렇구나~."

그때 들려온 것은 웃음기가 어린 아리사의 목소리였다. 슬쩍 올려다보니, 아까까지의 약간 불안한 표정은 어디로 가버린 걸까. 쥐를 발견한 고양이처럼 아리사가 히죽히죽 웃으며 이쪽을 쳐다보고 있었다.

“내가 타케시나 다른 애들과 친하게 지내는 걸 보고…… 쓸쓸해진 거야?”

『타케시』. 그 호칭을 들은 순간, 마사치카는 자신의 미간이 구겨지는 것을 확연하게 알 수 있었다. 그것은 맞은편에 있는 아리사 또한 보았으리라.

“흐~음?”

사냥감을 궁지에 모는 고양이처럼, 가학적인 눈빛을 머금은 아리사가 더욱 얼굴을 내밀었다. 그리고 숨결이 느껴질 만큼 가까운 거리에서 마사치카에게 속삭였다.

“혹시…… 질투했어?”

“윽! 그래, 맞아요! 질투했습니다! 질투했다고요~! 그런 나 자신이 싫고, 징그러워서 도망친 거라고요~! 이제 만족했냐?!”

마사치카는 될 대로 되라는 듯이 자포자기하며 전부 털어놨다. 그러자 아리사는 즐거움으로 가득한 미소를 머금더니, 마사치카에게서 슬며시 떨어졌다.

“후훗. 응, 참 만족했어.”

아리사는 춤이라도 추는 듯한 가벼운 발걸음으로, 마사

치카의 오른편으로 이동했다. 그리고, 수치심에 떠는 마사치카의 어깨에 손을 얹더니, 볼에 입술이 살짝 닿기만 하는 키스를 했다.

"윽?!"

볼에서 느껴지는 감촉에 한순간 굳어버린 마사치카는 곧 튕기듯 아리사를 돌아보았다. 그런 그의 얼굴을 아래편에서 들여다보면서, 아리사는 심술궂은 미소를 머금었다.

"안심했어?"

그리고, 러시아어로 작게 속삭였다.

【너는 특별하니까.】

그 말을 들은 순간, 마사치카의 심장이 크게 뛰었다.

"뭐, 뭐어?"

마사치카가 어색하게 되묻자, 턱을 슬쩍 들어 올리며「흐흥」하고 웃은 아리사가 그대로 가벼운 발걸음으로 계단을 올라갔다. 그리고 계단 중간에서 돌아보더니, 심술궂은 표정으로 입술에 손가락을 댔다.

"그럼 질투쟁이 겸 외로움쟁이인 마사치카에게, 내 시간을 조금 나눠줄게."

"뭐?"

"문화제 날의 빈 시간에, 너와 같이 있어 주겠어. 그러니 나를 열심히 즐겁게 해줘. 알았지?"

그렇게 말한 후에 뒤돌아선 아리사는 그대로 춤추듯 계

단을 올라가더니, 복도 너머로 사라졌다. 그런 그녀의 등을 얼이 나간 것처럼 몇 초 동안 쳐다본 마사치카는 비틀거리며 벽에 기대섰다. 그리고, 그대로 미끄러지듯 층계참에 주저앉았다.

"우와아아……. 방금 그건 뭐냐고."

앞머리를 거칠게 긁적인 마사치카는 신음에 가까운 목소리로 그렇게 말했다. 그리고 쥐어짜 낸 듯한 목소리로 중얼거렸다.

"……방금 그건, 완전 반칙이잖아."

볼이 뜨겁게 달아오른 것이 느껴졌고, 심장이 미친 듯이 뛰고 있는 것도 느껴졌다. 심장 소리가 너무 시끄러워서 귀를 막고 싶을 지경이었다. 본인조차도 혐오스럽게 느꼈던 추한 질투를, 아리사는 받아들였다. 그뿐만 아니라…….

"으~~~~! 으갸아아아~~!"

볼을 억누른 마사치카는 그때 감촉을 떠올리며 몸부림을 쳤다. 몸을 배배 꼬면서 볼을 벽에 비벼댔다. 하지만 계단 아래편에서 갑자기 여러 사람의 목소리가 들려오자, 마사치카는 정신을 차렸다.

"어이쿠……."

허둥지둥 몸을 일으킨 마사치카는 바지에 묻은 먼지를 손으로 털었다. 그리고 도망치듯 근처 화장실에 들어간 그는 그곳에서 한동안 머리를 식히기로 했다. 그러면서 마음이

다소 진정되자, 불안정한 발걸음으로 음악실에 돌아갔다.

"오, 돌아왔구나."

그러자 타케시가 기다리고 있었다는 듯한 반응을 보였기에, 마사치카는 고개를 갸웃거렸다.

"……무슨 일 있었어?"

"아니, 무슨 일 있었다기보다…… 아까 이야기한 건데 말이야. 다들 이름으로 서로를 부르기로 했어."

"아…… 괜찮지 않겠어?"

다시 마음속이 술렁거리는 걸 느꼈지만, 마사치카는 겉으로 드러내지 않으며 고개를 끄덕였다. 그에 반해, 타케시는 시원시원한 미소를 머금으며 말했다.

"오오! 역시 괜찮지? 청춘 그 자체란 느낌이잖아."

그 순진무구한 미소에 마사치카가 쓴웃음으로 답하고 있을 때, 히카루가 말을 걸어왔다.

"혹시나 해서 말해두겠는데, 마사치카도 포함이거든?"

"어?"

"어? 는 무슨…… 마사치카도 『Fortitude』의 멤버잖아."

히카루의 말을 듣고 한순간 얼이 나가고만 마사치카는…… 곧 그 말을 이해하더니, 확연한 쓴웃음을 머금었다.

"그래……. 맞아."

그렇게 말하며 별생각 없이 아리사 쪽을 돌아보니, 그녀는 마사치카만이 알아볼 수 있도록 작게 어깨를 으쓱했다.

그 모습과, 아까 들은 말 덕분에…… 마사치카의 가슴이 확 가벼워졌다.

(응, 그래……. 정말, 뭘 질투하고 그러는 거야.)

이렇게 좋은 절친들에게, 한순간이지만 그런 감정을 품은 게 부끄러웠다. 그것을 얼버무리려는 듯이, 마사치카는 사야카와 노노아를 돌아보았다.

"으음, 그럼…… 사야카, 와, 노노아……라고, 불러도 돼?"

"뭐……."

"괜찮지 않아~?"

한때 학생회에서 같이 활동했던 두 사람과 이런 식으로 가까워질 거라고는 생각 못 한 마사치카는 또 쓴웃음을 머금었다. 어느새, 가슴속에서 활활 타오르던 거무튀튀한 불꽃이 사라졌다.

"으음, 그럼…… 마사치카 씨."

"아, 응."

"……왠지, 기분이 묘하네요."

"하하, 맞아. 중등부 시절에 그렇게 같이 지냈는데, 이제 와서……."

바로 그때, 왠지 불길이 타오르는 듯한 느낌이 들었다.

(어라? 옮겨 붙었나?)

식은땀을 흘리면서 고개를 돌려 보니, 아리사가 차가운 눈길로 마사치카를 쳐다보고 있었다. 하지만…….

(잠깐만 있어 봐. 혹시 이건 기회 아냐?)

아까 농락당한 기억이, 마사치카의 마음속에 있는 장난기에 불을 지폈다. 그런 마사치카는 은근슬쩍 아리사에게 다가가더니, 주위 사람에게 들리지 않도록 작게 귓속말을 했다.

"혹시…… 질투했어?"

이렇게 말하면, 아리사도 부끄러워하며 고개를 돌리—.

"짜증 나."

……지 않았습니다. 엄청나게 노려보네요.

"아, 상처받았어."

예상보다 열 배는 더 강렬한 반격을 당한 마사치카는 풀이 죽었다.

◇

"그런가요. 순조로운 듯해서 다행입니다."

어느 고층 맨션의 한 방에서, 유쇼는 한 손에 든 스마트폰으로 누군가와 통화를 하고 있었다.

"뭐, 다소 부상자가 발생할지도 모르지만…… 그래야 의미가 있지 않을까요?"

아무렇지 않게 위험한 발언을 늘어놓자, 스마트폰 너머에서 반발의 목소리가 들려왔다. 하지만 유쇼는 전혀 개의치 않으며 입가를 치켜올렸다.

"설마, 이제 와서 관두겠다는 건 아니겠죠? 당신이 관두면, 부회장은…… 후훗, 안 그런가요?"

그 아름다운 얼굴을 사악하게 일그러뜨린 유쇼가 웃음을 흘렸다. 어리석은 상대방을 비웃듯이 말이다. 그러면서도 상냥하기 그지없는 목소리로, 유쇼는 달콤하게 속삭였다. 마치 인간을 악의 길로 유혹하는 악마처럼…….

"그럼 예정대로 잘 부탁드립니다…… 회장님."

그렇게, 많은 인간의 생각이 뒤섞인 가운데, 시간이 흐르더니…… 드디어, 문화제의 막이 올랐다.

第10話 고집과 긍지

"그럼 제66회 추령제를 개최하겠습니다!"

실행위원장의 선언에 맞춰, 세이레이 학원의 문화제가 시작됐다. 첫날은 외부 손님을 받지 않고 관계자만을 초청해 개최하다 보니, 실행위원도 그렇게 바쁘지는 않을 것이다……란 생각은 물러터진 오산이었다.

"쿠제 씨! 다음 출연자가 시간 안에 준비를 마치지 못할 것 같아요!"

"그다음은요?"

"아직 안 왔어요!"

"얼마나 버텨야 하죠?"

"으음……."

"빨리 물어봐 주세요. 여기는 진행. 사회자, 지금의 출연자가 퇴장한 후, 잠시 시간을 끌어주겠어요? 응답 부탁합니다."

추령제에서는 체육관, 강당, 운동장, 이렇게 세 곳에서 무대 기획이 진행되며, 각각의 운영은 실행위원회와 방송부, 그리고 연극부가 맡는다. 그리고 마사치카는 실행위원장의 지명으로, 강당의 무대 기획 진행을 맡고 있다. 물론 교대제이기에, 진행은 그 이외에도 두 명 더 있다.

『여기는 서브 진행. 2분 더 필요하다고 해요.』

"알았어요. 사회자, 넉넉하게 3분만 시간을 끌어주세요. 무대 전체의 조명을 끄고, 객석은 그대로 둔 후, 사회자를 스포트라이트로 비추세요. 이 시간은 나중의 휴식 시간을 줄여서 만회할 테니, 교대 예정인 도구 담당은 사회자가 시간을 끄는 사이에 교대해 주세요."

진행표와 시간표를 노려보면서, 무전기로 스태프에게 지시를 내렸다. 그러자 스태프에게서 알겠다는 대답이 돌아왔다.

스태프의 절반 이상은 마사치카보다 연상이다. 하지만 그들의 목소리에는 마사치카를 경시하는 기색이 전혀 없었다. 그것은 몇 번에 걸친 리허설에서 마사치카가 쌓은 신뢰 덕분이다. 마사치카의 지휘에 맞춰, 강당의 무대 기획은 다소 트러블이 발생하면서도 무사히 다음 진행과의 교대 시간까지 이어졌다.

"그럼, 뒷일을 잘 부탁드립니다."

"그래~. 수고했어~."

3학년 실행위원과 진행 업무를 교대한 마사치카는 서둘러 손만 씻은 후에 운동장에 있는 무대로 향했다. 운동장의 무대 기획 행사장은 컬러 콘으로 구분되어 있으며, 무대 앞에는 접이식 의자가 백 개 정도 놓여 있었다. 그 자리에는 아직 빈 곳이 있지만, 마사치카는 거기에 앉지 않고 컬러 콘이 놓인 가장자리에 섰다.

그리고 곧 무대 위에 두 개의 좌석과 사회대가 준비되더니, 잘 아는 인물 두 명이 모습을 보였다.

"퀴즈 연구부 주최! 선거전 퀴즈 대결~!"

그리고, 마지막으로 나타난 실크해트을 쓴 퀴즈 연구부 부장이 기획의 개최를 선언했다. 마사치카는 행사장 뒤편에 서서 그 광경을 보고 있었다.

퀴즈 연구부 부장으로부터 이렇게 하라는 지시를 받은 건 아니다. 그저, 이 퀴즈 기획의 전모가 불명확한 상태에서는 유사시에 즉시 움직일 수 있는 태세를 취하는 편이 낫겠다고 판단한 것이다. 그것은 아야노도 마찬가지인지, 마사치카로부터 조금 떨어진 위치에서 조각상처럼 똑바로 서 있었다.

"그럼 이 기획의 주역인 두 대전자를 바로 소개하겠습니다!"

사회 진행자인 자신의 소개를 마친 퀴즈 연구부 부장이 무대 중앙의 답변자석에 앉은 두 사람을 손가락으로 가리켰다. 그러자, 무대 위의 스크린에 유키의 얼굴이 확대 표시됐다.

"일본의 외교를 담당하는 스오우 가문의 영애! 장래의

외교관은 지식량도 장난이 아닙니다! 정치, 경제, 연예, 서브컬처, 그 어떤 화제도 웰컴! 그 폭넓은 지식은 퀴즈에서도 발휘될까요?! 스오우 유키 선수~!!"

소개를 받은 유키가 관객석을 향해 미소 지으며 손을 흔들었다. 그러자 관객석에서 환성과 휘파람 소리가 터져 나오더니, 덩달아 주위에 있는 학생들이 이곳으로 모여들었다.

"이어서…… 전학 이후, 정기 시험에서 한 번도 무릎 꿇어본 적이 없는 부동의 1위! 학년 1위의 인재. 이제는 누구도 그 칭호에 이의를 제기하지 않을 겁니다! 두뇌 명석, 문무 겸비, 그 재능은 아직도 끝을 알 수 없습니다! 퀴즈에서도 그 불패 신화는 이어질까요?! 아리사 미하일로브나 쿠죠 선수~!!"

"우와, 사회 되게 잘 보네."

마사치카가 무심코 그렇게 중얼거린 순간, 스크린에 비친 아리사는 진지한 표정으로 고개를 가볍게 숙였다. 유키와는 대조적인 인사였기에, 아까에 비해 열기가 한풀 꺾였으면서도 훈훈한 성원이 그녀에게 쏟아졌다.

(흐음…… 솔직히, 좀 더 노골적으로 성원에서 차이가 날 줄 알았는데…… 혹시 쿨한 태도의 아이돌처럼 여겨지는 걸까? 그건 기쁜 일이네.)

적당히 박수치며 그런 생각을 하고 있을 때, 행사장으로 향하는 인파가 약간 잦아들었다. 이 학교에서 유명한 미소녀 후보 두 명의 정면 대결이라는 화제성 덕분인지, 꽤 많은 인원이 모여 있었다. 게다가 마침 점심시간인 점도 영향을 끼친 것 같았다. 모여든 학생은 대부분 음식을 손에 들고 있었으며, 식사하면서 관전을 하려는 것 같았다.

(자리는 만석, 서서 보거나 행사장 밖에서 힐끔힐끔 쳐다보는 학생까지 포함하면 얼추 130명 정도일까.)

현시점에서 전교생의 약 2할이 이 자리에 모여 있다고 할 수 있었다. 전원이 끝까지 다 보지는 않겠지만, 이 정도 숫자가 본다면 이 대결의 상세한 내용은 금방 전교생에게 퍼져 나갈 것이다.

"그럼 바로 시작해 볼까요! 이번 퀴즈 대결은 과거의 전통적인 퀴즈 방송에 선거전을 접목한, 정석적이면서 획기적인 룰을 채용했습니다. 물론 대전자 두 사람만이 아니라, 이 자리에 있는 전원이 참가할 수 있죠. 퀴즈는 전부 객관식 문제이며, 주관식 문제는 없습니다. 주관식 문제여선, 전원의 정답 여부를 판정하는 게 어려우니까요."

약간 장난스러운 말투로 그렇게 말한 후, 사회자는 설명을 이어갔다.

"싱킹 타임은 제가 문제를 읽은 후로 10초! 퀴즈는 여섯 장르에서 출제되며, 각각 다섯 문제입니다. 거기에 최종 문제를 더해, 총 서른한 문제로 점수를 매깁니다. 대전자인 두 사람을 제외하고 가장 점수가 높은 사람에게는 호화

상품을 드리니, 여러분도 열심히 참가해주세요. 그럼 중요한 참가 방법입니다만…… 그 전에 여러분에게 중요한 주의 사항을 전달하겠습니다."

말을 멈춘 사회자는 행사장에 있는 전원에게 들리도록 힘차게 말했다.

"당연한 매너겠습니다만, 퀴즈 출제 중에는 여러분도 조용히 해주십시오. 대전자 두 사람에게 답이나 힌트를 가르쳐주는 행위는 엄격히 금지합니다. 발각되는 즉시, 바로 퇴장이죠. 그리고 퀴즈를 다시 출제하도록 하겠습니다. 이해하셨죠? 부디 조용히 해주세요."

사회자가 다짐을 받듯 그렇게 말하자, 관객들의 목소리가 서서히 작아졌다. 그리고 관객이 완전히 침묵하자, 사회자는 만족한 듯이 웃었다.

"여러분, 협력 감사합니다! 그럼 여러분의 스마트폰을 이용해, 이 스크린에 표시된 QR 코드를 인식해 주십시오. 그러면 퀴즈 연구부 특제 해답 폼에 들어갈 수 있어요. 행사장 가장자리에 설치된 간판에도 URL과 QR 코드가 실려 있으니, 그쪽도 이용해 주십시오."

마사치카도 안내에 따라 주위의 관객과 마찬가지로 스마트폰을 들더니, 스크린에 표시된 거대한 QR 코드를 인식시켰다.

(대단하네. 일부러 이런 것까지 만들었구나……. 어, 라?)

QR 코드를 인식한 스마트폰에 표시된 페이지를 본 마사치카는 눈을 살짝 치켜떴다. 거기에는 『당신은 누가 학생회장에 걸맞다고 생각합니까?』라는 질문과 함께, 유키와 아리사의 이름이 선택지로 표시되어 있었다.

(이게 뭐야? 앙케트? 이게 선거전 요소일까? 득표수만큼 추가점을 얻는 건가?)

그런 식으로 생각하며 주위를 살펴보니, 다른 관객도 당황한 듯이 주위를 둘러보고 있었다.

"그럼 관객 여러분이 준비하시는 사이, 대전자 두 분에게만 존재하는 특별 룰을 알려드리겠습니다. 아까 말씀드렸다시피, 이것은 선거전의 요소를 접목한 퀴즈입니다. 즉, 두 사람의 파트너인 키미시마 아야노 양과 쿠제 마사치카 씨도 협력자로서 참가할 수 있습니다!"

하지만 그 순간에 느닷없이 자신의 이름을 불리자, 마사치카는 허둥지둥 무대를 돌아보았다.

"스오우 양과 키미시마 양, 쿠죠 양과 쿠제 씨, 각 페어에게는 딱 한 번, 『헬프 콜』을 쓸 권리가 존재합니다. 이것은 말 그대로, 자기 파트너에게 도움을 요청할 권리입니다. 쓰고 싶을 때는 손을 들며 『헬프』라고 말해주십시오. 스마트폰으로 딱 10초만, 파트너와 통화할 수 있습니다. 아, 대화 내용이 들리도록 스마트폰은 스피커 모드로 해주십시오."

사회자가 그렇게 설명하자, 유키가 손을 들었다. 사회자가 지명하자, 유키의 마이크에서 큰 목소리가 행사장에 울려 퍼졌다.

“그 경우, 퀴즈의 제한 시간은 어떻게 되죠? 그리고 스피커 모드로 한다는 건, 대전 상대에게도 조언 내용이 들리지 않나요?”

“아, 실례했습니다. 헬프 콜을 할 경우, 실제로 조언을 받는 건 대전 상대가 답을 내놓은 후입니다. 즉, 퀴즈의 제한 시간인 10초가 지난 후죠. 그리고 10초간의 통화로 파트너에게 조언을 받은 후, 다시 콜을 한 사람에게만 10초의 해답 시간이 주어집니다.”

“그렇군요. 그럼 같은 문제에 두 사람 다 콜을 한 경우에는 어떻게 되죠?”

“문제 하나에 헬프 콜을 할 수 있는 건 한 사람뿐입니다. 즉, 한 사람이 헬프를 선언한 시점에서 대전 상대는 그 문제에서 헬프 콜을 쓸 수 없는 거죠.”

“알겠어요. 설명 고마워요.”

“아뇨, 좋은 질문이었습니다. 참고로 키미시마 양과 쿠제 씨가 이 헬프 콜 이외의 방법으로 대전자에게 힌트를 주는 행위 또한 당연히 금지이니 유의해 주십시오.”

(흐음…… 내가 아랴에게 답을 알려줄 수 있는 건 한 번뿐이구나. 뭐, 아랴가 못 푼 문제를 내가 풀 수 있을 리가

없지만…….)

마사치카는 그런 생각을 하며, 화면에 표시된 두 개의 선택지를 다시 쳐다봤다.

(평범하게 아랴를 골라둘까.)

그리고 아리사의 이름을 터치하자, 화면에는「대기 중……」이라는 문자가 표시되면서 로딩 상태가 됐다.

"마지막으로, 각 문제의 배점을 설명드리겠습니다. 사실 이번 퀴즈의 배점은 일률적이지 않습니다. 각 장르의 문제 하나하나가, 일반 정답률에 따라 배점이 달라지죠."

"뭐?"

그 설명을 듣고 고개를 들어보니, 대전자 두 사람에게서 눈을 뗀 사회자가 관객 쪽을 쳐다보고 있었다.

"여러분도 퀴즈 방송에서 본 적이 있죠? 일반 정답률. 높으면 높을수록 간단하고, 낮으면 낮을수록 어려운 바로 그거 말입니다. 이번 퀴즈에서도, 저희들 퀴즈 연구부가 일반 정답률을 독자적으로 산출하고 있습니다. 많은 퀴즈 방송에서는 간단한 문제가 10점, 어려운 문제가 20점 정도로 점수가 배분됩니다만…… 이번에는 (100−일반 정답률=배점)이라는 형식입니다! 즉, 일반 정답률이 80퍼센트인 문제라면, 배점은 20점. 반대로 일반 정답률이 5퍼센트라면, 95점이 되는 거죠!"

"그거…… 괜찮은 거야?"

즉, 간단한 문제로는 거의 차이가 벌어지지 않고, 어려운 문제에서는 단숨에 차이가 벌어진다. 게다가 퀴즈는 주관식 문제가 아니라 객관식 문제다. 그렇다면…….

(초고난이도 문제에서 찍어서 맞추는 걸 걱정해야겠는걸. 거기서 한꺼번에 70점 정도 얻고, 그다음에 정답률 9할 가량의 상식 문제만 나온다면 절대 따라잡을 수 없어……. 뭐, 그 정도로 밸런스가 엉망이진 않겠지만 말이야.)

아무래도 이 배점이 특수 룰의 핵심 같았다.

(정리하자면, 문제는 총 서른한 개이며, 한 문제당 해답 시간은 10초. 각 문제의 배점은 일반 정답률로 정해지며, 아랴와 유키는 한 번만 파트너에게 헬프를 요청할 수 있다, 인 거네.)

배점 룰 이외에는 헬프 콜을 비롯해 별다른 특색이 없었다. 다른 관객도 같은 생각인지, 설명만 듣고 질린 듯한 분위기가 감돌고 있었다. 그 분위기를 느낀 듯한 사회자는 대전자 두 명에게 「질문 있습니까?」 하고 묻더니, 두 사람이 고개를 젓자 관객을 향해 두 손을 펼쳤다.

"오래 기다리셨습니다. 그럼 시작하죠! 학생회 임원 간의, 인의 없는 배틀을……!"

그리고 사회대로 이동하더니, 그곳에 놓인 노트북 컴퓨터를 조작했다.

"그럼…… 첫 번째 장르는 《사회》! 자, 첫 번째 문제!"

그 목소리에 맞춰, 스크린에 문제가 표시됐다.

"7대륙 최고봉 중, 가장 표고가 낮은 건 다음 중 무엇?!"

(잠깐만, 문제가 너무 어렵지 않아?!)

마사치카가 마음속으로 태클을 날리는 사이, 이어서 선택지가 표시됐다.

"①빈슨 산괴, ②킬리만자로, ③아콩카과, ④코지어스코, 그럼 싱킹 타임 스타트!"

"우와, 맙소사."

경악을 금치 못하는 사이, 스크린 오른쪽 위에 표시된 10이란 숫자가 카운트를 시작했고, 마사치카는 고속으로 머리를 회전시켰다.

(으음, 우선 킬리만자로는 아니고, 코지어스코는 들어본 적이 없어. 어디지? 잠깐만 있어 봐. 7대륙 최고봉이라면, 대륙의 넓이로 오스트레일리아 대륙 최고봉이 가장 낮을 것 같은데……. 아콩카과는 아메리카 대륙의 어딘가에 있었던 것 같은데, 빈슨 산괴는 어디지……?)

2초 만에 거기까지 생각한 마사치카는 별생각 없이 스마트폰을 쳐다봤다가…… 그대로 얼어붙었다.

"어? 이게 뭐지?"

거기에, 뜻밖의 화면이 표시되어 있었던 것이다. 문제와 선택지, 그리고 오른쪽 위의 남은 시간. 여기까지는 스크린에 표시된 것과 별반 다르지 않다. 하지만 문제의 위……

그곳에는 스크린의 화면 상단에 표시되지 않은 것이 존재했다.

그것은 두 개의 네모난 칸이었다. 그 위에는 유키와 아리사의 이름이 적혀 있었다.

(으음……? 아, 혹시 아까 전의 투표와 관련이 있는 걸까?)

그렇게 생각하며 시험 삼아 그 네모난 칸과 이름 부분을 터치해 보니, 딱히 반응이 없었다. 정체불명의 그 표시를 본 마사치카는 퀴즈를 풀어야 한다는 것을 잊은 채 고개를 갸웃거렸지만, 오른쪽 위의 카운트가 4초 남았을 타이밍에 그 표시의 의미를 깨달았다.

"어?"

유키의 이름이 표시된 쪽의 칸에, ④라는 문자가 표시됐다. 그리고 1초 후, 아리사 쪽에도 마찬가지로 ④라는 문자가 표시됐다.

(어, 이건 설마…… 두 사람이 고른 답, 인가?)

마사치카와 마찬가지로 당혹스러워하는 목소리를 내는 관객이 많았지만, 사회자가 「조용히 해주십시오」 하고 지시하자 잦아들었다.

(즉, 이것도 이 퀴즈의 방식인 거지……? 아, 나도 답을 입력해야겠네. 응. 역시 들어본 적 없는 코지어스코가 수상해.)

유키와 아리사가 같은 답을 골랐다는 점도 고려해, 마사치카는 같은 ④ 선택지를 터치했다. 그리고 1초 후, 카운트가 0이 되면서 선택지를 바꿀 수 없게 됐다.

"거기까지! 그럼 즉시 정답을 발표하겠습니다! 정답은…… ④! 코지어스코! 두 사람 다 맞췄습니다! 이번 문제의 일반 정답률은 68퍼센트! 그에 따라, 두 사람은 32점씩 땄습니다!"

(어? 보통은 두 사람의 해답을 확인한 후에 정답을 발표할 텐데…… 어, 아. 그래. 답변자석에 스크린이 달려 있지 않으니까, 관객에게 두 사람의 해답을 보여줄 수 없구나.)

두 사람의 답변자석은 교실에서 쓰이는 평범한 책상에 테이블보를 깔고 태블릿을 둔 간소한 구조였다. 테이블보가 처져 있을 뿐인 책상 앞쪽에는 퀴즈 방송에서 흔히 볼 수 있는, 두 사람의 답을 표시할 화면 같은 건 없었다.

(스크린상의 저건 사전에 준비한 발표 자료일 테니, 답을 표시할 수 없을 테고…… 그래서 이 해답 폼에 두 사람의 답을 표시한 걸까? 그런 것치고는 위화감이 느껴지는데…….)

그러는 사이, 다음 문제가 나왔다. 하지만 마사치카는 이미 의식의 절반 이상을 이 불가사의한 해답 표시의 고찰에 할애하고 있었다. 이 부자연스러운 방식에는, 뭔가 있다. 그 직감에 따라, 마사치카는 머리를 회전시켰다.

(평범하게 생각해 보면, 저 두 사람의 해답을 참고할 수 있게 한 거겠지? 하지만 그런 식으로 힌트를 강제적으로 보여줘선, 퀴즈를 푸는 재미가 떨어질 뿐이야……. 자기가 지지하는 쪽과 같은 답을 고를 수 있는 구조? 그렇다면 처

음에 한 앙케트의 의미도…… 아니, 그럼 두 사람의 해답이 다 표시되는 것의 의미를 알 수 없어. 자기가 선택한 쪽만 표시되면 되는데…….)

"아아~, 여기서 틀린 사람이 나왔습니다! 정답은 ②! 쿠죠 선수, 멋지게 맞췄습니다! 스오우 선수가 고른 ③은 유감스럽게도 알루미늄 캔의 마크입니다~!"

그 타이밍에 사회자의 목소리가 들려오자, 마사치카는 고개를 들었다. 아리사가 유키보다 앞서 나가기 시작한 것 같았다.

(대단해, 아랴. 이거, 예습의 성과가 발휘된 걸까?)

교과서에 실린 지식만으로 겨룬다면, 아리사는 유키에게 지지 않을 것이다. 하지만, 그것만으로는 퀴즈 대결에서 이기지 못할 거라고 마사치카는 예상했다. 그래서 마사치카는 이 퀴즈 대결 기획이 통과된 후, 다른 볼일로 퀴즈 연구부의 부실을 방문하면서 거기 있던 퀴즈 서적의 제목을 전부 외웠다. 그리고 따로 준비한 그 책들로 아리사에게 예습을 시켰다. 그러자 아리사는 그 모든 내용을 전부 암기한 것이다.

(아마 일부 문제는 거기서 나올 거야……. 다소 조정할지도 모르지만, 아랴라면 충분히 대응할 수 있어!)

파트너의 믿음직한 모습을 본 마사치카는 기분이 달아오르는 느낌을 받았다. 무대 위의 아리사에게, 칭찬과 응원의 의지가 담긴 시선을 보냈다. 하지만 아리사는 방심하지 않으며 태블릿을 주시하고 있었기에, 마사치카와 시선을 마주하지 않았다.

(……아무래도, 어깨에 힘이 들어간 것 같네……. 끝까지 집중력이 유지되어야 할 텐데 말이지.)

일말의 불안을 느끼면서도, 점수를 못 들은 마사치카는 몇 점 리드하고 있는지 확인하기 위해 스마트폰을 쳐다봤다. 그리고, 거기에 유키와 아리사의 점수가 표시되어 있지 않다는 것을 눈치챘다.

(어라? 무대 위에도…… 없잖아. 역시, 점수를 놓치면 안 되는 건가?)

마사치카는 약간 초조해졌지만, 다행히 곧 두 사람의 점수가 밝혀졌다.

"자! 첫 번째 장르가 끝난 현재, 두 사람의 점수는…… 스오우 선수 148점! 그리고 쿠죠 선수는 192점! 쿠죠 선수가 한발 앞서고 있습니다!"

"오오, 생각보다 리드하고 있는걸."

솔직히 말해, 초반의 다섯 문제에서 아리사가 앞서 나가는 것은 마사치카에게 있어 기쁜 일이었다. 하지만, 방심은 금물이다. 왜냐하면 퀴즈의 장르에 따라서는 단숨에 역전을 당할 가능성이 항상 있는 것이다.

특히 서브컬처와 연예 분야는 아리사가 어려워하는 장르

다. 마사치카로서는 그런 장르가 존재하지 않기를 기도할 수밖에 없지만…….

"그럼 다음 장르에 들어가겠습니다! 두 번째 장르는……."

사회자가 그렇게 말하자, 마사치카도 자연스럽게 몸에 힘이 들어갔다.

"……《이과》입니다! 첫 문제는 바로 이것!"

안도의 한숨을 내쉰 마사치카는 다시 정체불명의 해답 표시를 쳐다봤다. 퀴즈 자체는 아리사에게 맡겨놔도 괜찮을 거라고 판단한 것이다.

(선거전 요소를 접목했다는 건…… 표시되는 두 사람의 답을 이용해, 자기가 미는 후보를 응원할 수 있다고 생각하는 게 자연스럽겠지? 첫 앙케트는 그런 선거전 요소를 인상에 남기기 위한 걸까……? 평범하게 생각하면, 지지하는 후보가 잘못된 답을 선택했을 때, 관객석에서 신호를 보낸다거나…… 하지만 그건 룰 위반이잖아.)

혹은 들키지만 않으면 괜찮은 것일까. 하지만 문제가 되는 점은 대전자인 두 사람이 아마 이 방식을 눈치채지 못했으리란 것이다. 이 조건으로, 그것도 10초라는 짧은 제한 시간 안에, 유효한『신호』를 보낼 수 있을 리 없다.

(아니, 이 방식만이라도 전할 수 있다면…… 대전자가 ① 에서 ④까지 순서대로 답을 변경하고, 정답인 선택지가 된 순간에 협력자가 고개를 끄덕이기만 해도, 충분히 효과적

인 신호가 될 거야. 이건…… 가능하지 않을까? 그 정도라면, 주위에 들키지 않고 할 수 있어.)

선거전에서 이런 잔재주(사기)는 들키지만 않으면 아무런 문제도 되지 않는다. 다소 노골적일지라도, 증거가 없다면 「어떻게 한 건지 모르지만 대단하다」 하며 평가가 상승하는 측면마저 있다.

(문제는…… 어떻게 아랴에게 이 상황을 전달하느냐, 겠네. 게다가 아까부터 문제의 난이도가 너무 높아서, 답을 알려줄 수가 없어.)

아까부터 문제를 계속 확인하고 있지만, 하나같이 인터넷을 이용하더라도 10초 안에 답을 찾기엔 어려운 문제였다. 신호를 주고받는 시간까지 생각하면, 적어도 5초 안에 답을 파악해야만 할 것이다.

(으~음, 역시 신호를 보내는 건 무리일까……?)

그렇게 생각하면서도 아리사에게 이 상황을 전하기 위해, 무대 위에 있는 그녀를 쳐다봤다. 하지만 아리사는 태블릿에 집중하고 있는지, 마사치카에게 눈길조차 주지 않았다.

(……아랴?)

주위가 전혀 눈에 들어오지 않는 듯한 아리사의 모습을 본 순간, 마사치카의 내면에서 불안과 함께 초조가 부풀어 올랐다.

(아냐, 진정해……. 내가 초조해하면 어떻게 해. 아랴가 냉정을 잃었다면, 나라도 냉정해야만 한다고.)

고개를 저으며 그렇게 되뇐 마사치카는 기분을 환기하려는 듯이 스마트폰을 쳐다봤다.

(우선, 유키 쪽부터 확인하자. 이미 뭔가 술수를 쓰고 있다면, 해답에서 그 징후가 드러날 거야.)

그렇게 생각한 마사치카는 스마트폰에 표시된 유키의 답을 주시하면서, 조금 떨어진 곳에 서 있는 아야노를 살폈다. 하지만 두 사람 다 딱히 미심쩍은 움직임을 보이지는 않았다.

(딱히 별다른 변화는 없나……. 뭐, 아야노가 사기에 가담하는 건 무리겠지.)

유키에게 지시를 받았다면 모르지만, 스스로 사기를 고안해서 실행에 옮기는 건 아야노의 성격상 어렵다. 그런 사도로 치닫기엔, 아야노는 심성이 너무 선량했다.

"자. 두 번째 장르가 끝난 현재, 두 사람의 점수는…… 스오우 선수가 304점! 그리고 쿠죠 선수가 390점! 쿠죠 선수가 더욱 차이를 벌리며 앞서 나가고 있습니다!"

그 타이밍에 들려온 사회자의 말에, 마사치카는 「오오」 하고 탄성을 흘렸다. 그리고 무대 위에 있는 파트너에게 순수한 칭찬이 담긴 시선을 보냈다.

하지만 당사자인 아리사는 그 시선을 의식할 여유도 없

을 만큼 신경을 곤두세우고 있었다.

(현재까지, 전부 맞췄어……. 예습한 보람이 있네. 괜찮아. 나는 이길 수 있어. 이대로 나 혼자만의 힘으로 유키 양에게 이기고 말 거야.)

10초라는 짧은 싱킹 타임과 그 직후에 이어지는 정답 확인에 따른 긴장과 안도는 상상 이상의 속도로 아리사의 신경을 갉아 먹었다. 아직 전체의 3분의 1밖에 풀지 않은 만큼, 끝까지 집중력을 유지할 자신이 없었다. 하지만, 그런 약한 스스로를 억누르며, 아리사는 문제에 집중했다.

하지만 다음 순간, 사회자가 한 말을 들은 아리사는 정신적으로 크게 흔들리고 말았다.

"이어지는 장르는《트렌드》! 첫 문제는 바로 이것!"

이어지는 장르는 아리사의 위기감을 고조시켰다. 그리고, 그 위기감이 옳다는 것이 즉시 증명됐다.

"작년, 일세를 풍미한 드라마『탐정 일가의 휴일』. 제8화의 이 장면에서 주인공이 말한 대사가 큰 화제가 됐습니다만, 그 대사는 보기 중 어느 것일까요?!"

(모, 몰라!)

뉴스로 작품 제목 정도는 들은 적이 있지만, 내용은 전혀 알지 못했다. 하다못해 표시된 드라마의 장면을 통해, 어떤 대사인지 추리하려 해도…… 선택지는 일부 단어와 어순만 다를 뿐이며, 내용 자체는 거의 동일했다.

(대사를 안다는 전제하에, 올바르게 기억하고 있는지를 묻는 문제……? 이런 건, 감으로 고를 수밖에……!)

한순간, 헬프 콜이 머릿속을 스쳤다. 하지만 아리사는 곧 그 선택지를 배제했다.

(괜찮아. 평범한 장르라면 나는 유키 양에게 지지 않아. 설령 이 장르에서 역전을 당하더라도, 다음 장르에서 뒤집으면 돼.)

스스로를 향해 그렇게 말한 아리사는 직감으로 답을 골랐다. 그리고, 기도하는 심정으로 정답을 확인했다. 하지만…….

"정답은 ①! 어이쿠~! 쿠죠 선수가 처음으로 오답을 골랐습니다! 스오우 선수가 차이를 좁히고 말았군요!"

오답. 그 사실이, 아리사의 위를 압박했다. 마음이 흔들리는 것이 느껴졌지만, 강철의 의지로 그 동요를 억눌렀다.

(괜찮아. 단순 계산으로 4분의 1의 확률로 맞출 수 있으니까, 감으로 고르더라도 한두 문제는 맞힐 수 있어. 두 문제만 맞힌다면, 유키 양이 전부 맞추더라도 그렇게 점수가 벌어지지는 않을 거야.)

"두 번째 문제! 최근 SNS에서 인기인 이 마스코트 캐릭터는 어느 현 어느 시의 마스코트일까요?"

(괜찮아. 두 문제. 두 문제만 맞히면…….)

"세 번째 문제! 최근 화제인 이 편리한 아이템은 무엇에 쓰는 도구일까요?"

(괜찮아. 아직…….)

"오오! 드디어 역전! 스오우 선수가 쿠죠 선수를 추월했습니다!"

(한 문제, 다음에는 맞출 수 있어…….)

…………………….

"세 번째 장르에서, 순위가 바뀌었습니다! 스오우 선수는 496점인데 반해, 쿠죠 선수는 390점! 이야, 이 장르에서 쿠죠 선수는 단 하나도 맞추지 못했군요! 이건 뼈아픕니다! 그럼 전반의 세 장르가 끝났으니, 두 선수의 이야기를 들어보도록 하죠! 우선 스오우 선수의 이야기부터 들어보겠습니다. 멋진 역전극이었어요."

"감사해요. 생각보다 문제가 어려워서 놀랐어요. 퀴즈 연구부의 여러분은 항상 이런 문제를 풀고 있나요?"

"이야, 이번 문제는 저희도—."

사회자와 유키가 이야기를 나누고 있지만, 아리사는 그 말이 귀에 들어오지 않았다. 초점이 맞지 않는 눈으로 태블릿을 응시하며, 어금니를 깨물고 있기만 했다.

고집을 부린 결과, 문제 하나로는 뒤집을 수 없을 만큼 점수가 벌어지고 말았다. 각오하긴 했지만, 한 문제도 맞히지 못했다는 이 사태 앞에서는 아리사도 자신의 아둔한 직감을 저주할 수밖에 없었다.

“저는 이야깃거리를 만들기 위해 그런 트렌드를 파악해두는 편인데…… 아랴 양은 유행에 민감하지 못한가 보군요. 그렇다면 헬프 콜을 쓴다는 선택지도 있었을 텐데…….”

바로 그때, 유키에게 이름을 불린 아리사는 정신이 퍼뜩 들었다. 태블릿에서 고개를 든 아리사는 유키를 똑바로 바라봤다. 유키 또한 숙녀다운 미소를 머금으며 아리사를 응시했다.

“불리한 장르인데도 헬프 콜을 쓰지 않은 건 고집인가요? 혹시 제가 쓰지 않는 한, 자신도 헬프 콜을 쓰지 않을 생각인가요?”

고집…… 그럴지도 모른다. 하지만 그것은 유키에게의 경쟁심에서 비롯된 것이 아니다. 이것은 자기 자신에 대한 고집이다. 자기 자신을 위해, 이 고집을 관철해야만 한다.

“……너는, 뭘 위해 이 기획에 응한 거야?”

아리사가 역으로 질문을 던지자, 유키는 약간 허를 찔린 것처럼 눈을 껌뻑였다. 아리사는 유키가 대답할 때까지 기다려주지 않으며, 조용히 말을 이었다.

“나는, 나 자신의 힘을 증명하기 위해 이 기획에 응했어. 내가 학생회장 후보로서, 마사치카의 옆에 서기에 걸맞은 인간이라는 것을 증명하기 위해서야. 그렇기에—.”

거기까지 말한 아리사는 책상 위에 놓인 자신의 스마트폰을 손에 쥐더니, 그것을 뒤집었다. 절대 그것을 쓰지 않겠다는 의지를, 보여주듯이…….

"이 승부에, 마사치카를 끌어들일 생각은 없어. 이 싸움의 승리도, 패배도, 나 혼자만의 것이야."

그것은 궁지에 처했기에 더욱 빛나는, 처절한 각오였다. 그 긍지 높은 모습에, 관객은 눈길을 빼앗겼다.

"나는, 나만의 힘으로 너에게 이기겠어. 절대, 안 질 거야."

아리사의 단호한 의지가 담긴 선언이, 이 자리에 있는 이들 모두를 집어삼켰다. 관객들은 하나같이 숨을 삼키며 손가락 하나 까딱하지 못했고, 사회자마저도 몇 초 동안 할 말을 잃었다. 그리고 그것은 아리사를 멀리서 지켜보고 있는 마사치카도 마찬가지였다.

"아랴……."

마사치카는 무심결에 파트너의 이름을 불렀다. 그녀의 모습이 눈부신 것처럼, 무심코 눈을 가늘게 떴다.

(아아…… 멋진걸.)

진심으로 그렇게 생각했다. 자기 자신이 바라는 이상적인 자신이 되기 위해, 전력을 다하는 모습이 참 아름다웠다. 그 한결같은 노력은, 그 무엇보다도 고귀하다고 진심으로 생각했다.

(하하, 치사한 행동 따위는 필요 없나…….)

어렴풋이 수치심을 느낀 마사치카는 스마트폰을 내려놨다. 지금의 자신이 할 수 있는 건, 파트너를 믿는 것이다.

아리사라면 자신의 힘으로 이 열세를 극복할 수 있으리라 믿으며, 지켜보는 것뿐이다.

(그건 그렇고…… 그래. 그렇게 생각하고 있었구나.)

요즘 묘하게 의욕을 불태운다 했더니, 아무래도 마사치카가 원인이었던 것 같았다. 농담처럼 여기며 넘어갔던 유키의 말이, 실은 정답이었던 것이다.

(선거전 경험자로서 여러모로 도와준 건데, 그게 거꾸로 아랴를 궁지로 몰아넣은 걸까…….)

확실히 지금 생각해 보면, 손짓 발짓 하나하나까지 다 가르쳐 주려고 든 걸지도 모른다는 생각이 들었다. 어쩌면 그런 과보호가, 아리사가 자신을 못난 파트너라 여기게 만든 것일지도 모른다.

(그런 걱정 할 필요 없어……. 너는 언제나, 나보다 앞서 나가고 있잖아.)

약간의 안타까움과 함께, 마사치카는 무대 위에 있는 아리사를 응시했다. 무대 위에서 빛나고 있는 아리사와, 일개 관객으로서 그 모습을 지켜볼 뿐인 자신. 그것이 어떤 미래를 암시하는 것 같아서, 마사치카는 묘한 고독감에 사로잡혔다.

"자~, 그럼 이제부터 후반전을 시작하겠습니다!"

바로 그때, 사회자가 승부의 재개를 선언했다. 그와 동시에, 관객들이 열정적인 성원을 보냈다.

이제 이 대결을 지켜보는 자는 누구 한 명, 이것이 문화제의 여흥이라고 생각하지 않았다. 이것은 두 대립 후보의 자존심을 건 진검승부다. 관객이 뜨거운 성원이, 그 사실을 똑똑히 알려주고 있었다.

“다음 장르는…… 《산수》! 첫 문제는 바로 이것! 다음 입체의 올바른 전개도는 어느 것일까요?! 싱킹 타임 스타트!!”

“우와.”

어마어마한 난이도의 문제가 출제되자, 마사치카는 질린 듯한 목소리를 냈다.

누가 봐도, 10초 안에 풀 수 있는 문제가 아니었다. 선택지의 전개도를 차례차례 머릿속으로 조합하더라도, 10초 동안에는 두 개나 짜 맞출 수 있을까. 실제로 제한 시간을 2초 남겨두고 거의 동시에 입력한 유키와 아리사의 답은 달랐다.

“그만! 정답은 ③! 아~! 처음으로 두 사람 다 오답을 골랐습니다!”

“으음…… 뭐, 어쩔 수 없겠지.”

이래서는 운에 달린 것이나 다름없다. 마사치카는 그렇게 생각하며 쓴웃음을 흘렸지만…….

“참고로 이번 문제의 일반 정답률은 11퍼센트였습니다! 이야, 역시 10초만에 푸는 건 어렵나 보군요.”

“……어?”

이어지는 사회자의 말을 들은 순간, 마사치카의 미소가 얼어붙었다.

(잠깐만……. 지금, 뭐라고 했지?)

등골을 타고 소름이 흘렀다. 귓속으로 들어온 그 명백하게 이상한 정보 탓에, 멍한 상태이던 머리가 즉시 작동하기 시작했다.

(일반 정답률이 11퍼센트? 아니, 말도 안 되잖아. 대충 찍더라도, 확률적으로는 25퍼센트야. 자력으로 문제를 풀 수 있는 사람도 다소 있을 테니, 20퍼센트 이하로 떨어질 리가 없어. 그런데 11퍼센트라고? 그건 마치…….)

마치, 유키와 아리사의 오답에 낚이기라도 한 것 같았다.

"아!!"

거기까지 생각이 미친 순간, 마사치카는 심장이 덜컥 내려앉는 듯한 느낌에 사로잡혔다. 한순간 숨이 막히더니, 소름에 가까운 무언가가 온몸으로 퍼져 나갔다.

(아니, 잠깐만. 그렇다면―.)

더는 퀴즈의 진행을 신경 쓸 여유가 없었다. 마사치카는 입가에 손을 대더니, 혼자만의 생각에 몰입했다.

(퀴즈의 일반 정답률은 사전 집계가 아니라 **이 자리에 있는 관객의 정답률**? 그 말은 관객이 배점을 조작할 수 있다는 건가? 하지만 배점을 조작하더라도 두 사람 다 정답을 맞힌다면 아무런 의미도…… 큭! 멍청했어!)

있다. 유키와 아리사, 한쪽이 일방적으로 유리해지도록 배점을 조작할 방법이 지금 눈앞에 있는 것이다.

(이 해답 표시에 담긴 의도는 바로 그거냐!)

극단적인 이야기지만, 이 자리에 있는 이들 전원이 아리사가 내놓은 답을 따라서 고른다면 어떻게 될까. 물론 아리사가 정답을 맞혔을 때는 관객도 전원 정답이니 일반 정답률은 100퍼센트다. 즉, 배점은 0점이다. 그리고 만약 아리사가 틀리고, 유키가 맞혔을 때는 어떻게 될까. 무시무시하게도, 일반 정답률은 0퍼센트다. 유키가 바로 100점을 따는 것이다. 그리고 그 점수 차는 그 후로 아리사가 아무리 정답을 맞혀도, 절대 줄어들지 않는다.

(하, 하하……. 그래. 이건 확실히 선거야. 관객 한 명 한 명이 던지는, 해답이라는 이름의 투표. 그에 따라, 아랴와 유키의 점수가 변하는 거잖아.)

관객 중에서도 이 사실을 눈치챈 이는 많지 않다. 적어도, 지금은 말이다.

하지만 눈치채는 자가 늘어나면 어떻게 될까? 이곳에 있는 관객 중에, 유키의 지지자는 대체 얼마나 될까? 우선, 아리사의 지지자보다 많을 게 틀림없다. 그렇다면, 지금 해야 하는 건—.

(협력자를 모아서, 유키와 같은 대답을 고르게 해야 해! 그래서 어떻게든 점수가 한쪽으로 쏠리는 걸 막자! 그리

고, 또 하나—.)

아이디어가 생각난 마사치카는 즉시 행동을 시작했다. 스마트폰을 홈 화면으로 돌리더니, 연락처에 들어갔다. 그와 동시에 일단 이 행사장을 벗어나기 위해, 뒤돌아섰다.

……마사치카의 이 판단 자체는 틀리지 않았다. 하지만 마사치카에게 오산인 것은…… 자신보다 훨씬 빨리, 이 득점 시스템을 눈치챈 이가 있다는 점이다.

"어머, 쿠제. 미안하지만, 멈춰 서줄래?"

"어……?"

뒤돌아본 순간, 눈에 익은 여학생이 자신을 막아섰다. 걸음을 내디디려던 타이밍에 남에게 가로막힌 탓에 움찔한 순간, 또 눈에 익은 여학생 두 명이 그의 양옆에 섰다.

"너희는……."

이 세 사람은 친구의 친구라는 형태로 몇 번 만난 적이 있는 상대였다. 그녀들이 마사치카를 막아섰다는 건—.

"죄송합니다, 마사치카 님. 허튼짓하지 마시고, 얌전히 있어 주시지 않겠습니까?"

갑자기 오른쪽 옆에서 그 목소리가 들려온 순간, 스마트폰을 쥔 오른손을 누군가에게 잡혔다. 고개를 돌려 보니, 언제부터 거기 있었는지 알 수 없는 소녀가 무표정한 얼굴로 자신을 올려다보고 있었다.

"너…… 그, 렁구나."

이 자리에 있는 백 명이 넘는 학생 중에서, 이 퀴즈의 득점 룰을 가장 먼저 눈치챈 이는…… 마사치카도, 관객석에 앉은 누구도 아니라…….

"무례한 행동이라는 것은 잘 알고 있습니다. 하지만, 이 모든 것은 유키 님의 승리를 위해…… 이 퀴즈 대결이 끝날 때까지, 마사치카 님의 행동을 봉쇄하도록 하겠습니다."

유키의 파트너인, 아야노였다.

제11화 승자는?

원인은, 몇 가지 있었다.

마사치카와 달리, 두 사람의 점수를 주시하고 있었던 아야노는 퀴즈의 난이도와 일반 정답률이 비례하지 않는다는 것을 누구보다 빨리 눈치챘다. 이 자리에 있는 학생 대부분과 달리, 아야노는 퀴즈 방송을 본 적이 없기에 「일반 정답률=사전에 집계한 것」이라는 선입관에 사로잡히지 않았다. 그리고, 무엇보다…… 아야노는 유키와 마사치카의 종자로서, 주인(마사치카)의 행동을 예측하는 것에 능숙했다.

『저기, 유키 님…… 왜, 저를 선거전의 파트너로 고르신 겁니까?』

그것은 1학기 방학식 때의 학생회 임원 인사를 마친 후, 아야노가 유키에게 던진 질문이다. 자신이 유키와 마사치카, 그리고 다른 후보자에 비해서도 평범하다는 사실을 자각하고 있기에, 물러나는 것조차 각오한 질문이었다.

『유키 님이라면 더 우수하고, 인망도 있는 파트너를 구하실 수 있으실 텐데…….』

그것은 비하가 아니라, 냉정한 자기 분석에 따른 순수한 진언이었다. 아야노가 크나큰 각오를 품으며 건넨 그 말에, 유키는 태연한 어조로 답했다.

『응? 뭐, 인기라는 관점에서만 본다면 더 많은 표를 끌어모을 수 있는 사람이 있지만…… 그래 가지고는 오빠한테 못 이기잖아?』

그리고, 유키는 자신만만한 어조로 말했다.

『이 세상에서 나…… 그리고 오빠의 생각을 읽는 것에 있어선, 아야노보다 더 뛰어난 사람이 없거든? 그러니까…… 아야노는 내 최고의 오른팔이자, 최강의 대(對)오빠 병기인 거야.』

유키의 그 말은 아야노의 가슴에 깊숙이 새겨졌다. 그리고 그 말을 가슴에 품은 아야노는 이 퀴즈 대결이 시작되자마자, 마사치카의 생각을 읽는 것에 전력을 쏟았다.

지금 자신이 쥐고 있는 정보에 근거해, 마사치카가 어떻게 생각하고 어떻게 움직일까. 이런 정보를 통해, 마사치카라면 어떤 결론을 도출할까. 평소라면 마사치카(주인)를 돕는 데 사용할 예측 능력을, 이번에는 마사치카(대립 후보)를 방해하는 데 사용했다.

그리고 그 결과, 아야노는 마사치카보다 훨씬 일찍 두 가지 행동을 취하는 데 성공했다. 하나는 친구를 불러서 마사치카를 직접 방해하게 했다. 그리고 다른 하나는…… 그 친구들에게 협력을 받아서, 득점을 조작한 것이다.

“스오우 양을 고르는 거구나……. 응, 했어. 이제 쿠죠 양과 같은 답을 계속 고르면 되는 거지?”

“네, 부탁합니다.”

“오~케~이. 아까 우리 반 애들한테도 말해뒀으니까, 다들 협력해줄 거야.”

“미안하게 됐네~, 쿠제. 선거전이니까 이해해줘. 응?”

“설마 학생회 임원이 연약한 여학생을 힘으로 밀쳐내는 짓을 하진 않을 거지?”

마사치카를 포위한 세 여학생은 거짓 웃음을 흘렸다. 그리고, 마사치카의 오른손을 움켜쥔 아야노의 표정은 여전히 무표정했다.

“거친 짓은 하고 싶지 않습니다. 이대로, 스마트폰을 호주머니에 넣어주시지 않겠습니까?”

“거친 짓……? 구체적으로, 뭘 어쩔 거지?”

완전히 한 방 먹고 만 자기 자신을 향한 짜증을 미소로 바꾼 마사치카가 웃음을 흘렸다.

(아무리 4 대 1이라도…… 여자 넷이서 나를 막을 수 있을 것 같아?)

마사치카는 주위에 있는 여학생을 향해 그런 뜻이 담긴 차가운 시선을 보냈다. 그 시선에 담긴 위험한 기척을 느낀 건지, 아야노 이외의 여자애의 얼굴에서 미소가 사라졌다.

“만약, 지시에 따르지 않으실 경우…….”

하지만 아야노는 표정 하나 바꾸지 않은 채, 마사치카를 똑바로 바라보며 말했다.

"제가, 마사치카 님에게 키스를 할 겁니다."

"넣었어. 네~, 넣었어요. 넣었다고요~."

마사치카는 즉시 스마트폰을 바지 호주머니에 집어넣더니, 항복한다는 듯이 두 손을 들어 보였다. 그리고 아야노의 지시를 따라 순순히 무대 쪽으로 돌아섰다.

"그대로 괜한 짓을 하지 말고, 순순히 승부의 행방을 지켜봐 주십시오."

"네~."

양손을 내린 마사치카는 고분고분 고개를 끄덕였다. 물론 겉으로만 그렇게 행동하고 있으며, 머릿속에서는 지금도 반격을 위한 작전을 짜고 있었다. 그 실마리를, 마사치카는 아까 대화 속에서 이미 거머쥐었다.

(전모는 파악했다……고, 생각해. 남은 건, 그걸 아랴에게 전할 방법인데…….)

마사치카는 머릿속으로 생각을 정리하면서, 무대 위에 있는 아리사에게 강렬한 시선을 보냈다. 하지만, 아리사는 여전히 그 시선을 눈치채지 못했다.

"자, 네 번째 장르가 끝났습니다. 신경 쓰이는 두 선수의 득점은…… 스오우 선수가 570점! 그리고 쿠죠 선수가 492점! 여전히 스오우 선수가 리드하고 있습니다!"

(따라잡을 수 없어……. 이제, 열한 문제만 남았는데…….)

네 번째 장르에서는 아리사가 문제를 하나 더 맞혔다. 하지만 점수 차이는 생각만큼 줄어들지 않았다.

(이제까지의 흐름으로 볼 때…… 역전하려면 세 문제를 더 맞혀야 하겠지? 그 이전에 유키 양이 틀리지 않는다면 절대 따라잡을 수 없어…….)

마음속 깊은 곳에서 초조가 스멀스멀 기어 올라왔다.

(윽! 안 돼! 괜한 생각은 하지 마! 일단 눈앞의 문제에 집중하자!)

그렇게 생각하며 다시 신경을 집중하려 했지만, 연달아 튀어나오는 고난도 문제 탓에 아리사의 뇌는 피로를 호소하기 시작했다.

"그럼 다섯 번째 장르에 넘어가겠습니다! 장르는……《번뜩임》!"

(번뜩임……? 또 머리를 써야 할 것 같은 장르네…….)

그런 불길한 예감일수록 잘 맞는 법이다. 다음 순간, 화면에 표시된 것은 나열된 숫자였다.

"다음 숫자는 어떤 법칙에 따라 배치되어 있습니다. 1, 2, 2, 1, 2, 1, 2, ㅁ, 2, 2, 2, 1. ㅁ에 들어갈 숫자는 무엇일까요? ① 1, ② 2, ③ 3, ④ 4, 싱킹 타임 스타트!"

(으음, 이럴 때는 우선 숫자의 개수를 세어야 해! 하나, 둘…… 전부 열두 개! 전부 열두 개인 것? 12개월? 그래!

음력으로는 뭐라고 하더라?! 목월, 여월…… 아냐! 그럼 영어? 아냐, 더 단순한…… 그것 말고 열두 개 있는 건……! 십이지!)

머릿속으로 십이지를 순서대로 떠올려본 후, 숫자가 그 글자 수를 가리킨다는 것을 파악했다.

(말, 양…… 세 글자니까 ③[#3]!)

그리고 1초를 남기고 겨우겨우 ③을 터치했다. 그 직후 정답이라는 사실을 알았지만 유키도 정답을 맞혔기에 점수 차이는 벌어지지 않았다.

초조가, 스멀스멀 기어 올라왔다.

(안 돼…… 집중. 집중, 해야 해.)

머릿속에 『패배』라는 두 글자가 어른거렸다. 그것을 떨쳐내기 위해 눈을 감았다. 그리고 눈을 뜬 순간, 태블릿에 다음 문제가 표시됐다.

"두 번째 문제! 이 행사장의 입구에 설치된, 프로그램이 적힌 입간판에는 별이 몇 개—."

"헬프."

옆에서 그 말이 들려오자, 뇌가 정지했다. 머릿속이 얼어붙은 상태에서 목소리가 들려온 쪽을 쳐다보니, 옅은 미소를 머금은 유키가 오른손을 들고 있었다.

"싱킹 타임 스타트!"

#3 세 글자니까 ③ 일본어로 양은 「ひつじ」이며 세 글자.

그 순간에 사회자의 목소리가 들려오자, 아리사는 정신을 차렸다. 그리고 다시 문제를 읽어보더니…….

"이게, 뭐야."

힘없는 목소리로 그렇게 중얼거린 아리사는 고개를 들었다. 무대 기획의 프로그램이 적힌 입간판이 눈에 들어왔다. 하지만 멀리 떨어져 있는 탓에 별이 몇 개 그려져 있는지 알 수 없었다. 알 리가 없었다. 왜냐하면, 무대에서는 입간판의 **뒷면만 보이는 것이다**.

"그만! 시간 종료입니다!"

그리고, 무자비한 목소리가 들려왔다. 허둥지둥 태블릿을 내려다봤지만, 이미 선택지가 회색으로 변하면서 고를 수가 없는 상태였다.

"후훗. 한 문제에 헬프 콜을 쓸 수 있는 건, 먼저 선언한 쪽뿐이죠."

아연실색한 아리사의 귀에, 웃음기를 머금은 목소리가 스며들었다. 고개를 돌려 보니, 유키는 승리를 확신한 미소를 머금은 채 아리사를 쳐다보고 있었다.

"이 룰을 들은 순간, 저는 짐작했답니다. 헬프 콜을 전제로 한 문제가 있을 거라고요."

그렇게, 아리사의 마음을 더욱 궁지로 몰았다.

그 미소가, 눈이, 하나의 사실을 아리사에게 고했다. 아리사의 뇌리에, 몇 분 전에 유키가 했던 말이 떠올랐다.

『혹시 제가 쓰지 않는 한, 자신도 헬프 콜을 쓰지 않을 생각인가요?』

(그, 휴식 시간의 질문은…… 내가, 어느 타이밍에 헬프 콜을 쓸 건지 파악하기 위한…….)

그런 의도가 담겨 있는데도 불구하고, 아리사는 솔직하게 대답하고 말았다. 헬프 콜을 쓸 생각이 없다고 말이다.

(그때부터, 유키 양의 손바닥 위에서 놀아난 거야…….)

시야가 크게 흔들리는 느낌이 들었다.

"그럼 10초간의 헬프 콜을 시작하겠습니다. 준비는 되셨나요?"

"네."

흐릿한 시야 안에서, 유키의 스마트폰을 손에 쥔 사회사가 화면을 터치하자, 그 스피커에서 아야노의 목소리가 흘러나왔다.

『유키 님, 별은 일곱 개입니다. 정답은 ③이에요.』

"응. 고마워, 아야노."

틀릴 리가 없다. 왜냐하면 스마트폰 너머의 아야노는 지금 입간판을 확인하고 있을 테니 말이다.

파트너를 향해 상냥한 목소리로 감사 인사를 한 유키는 천천히 태블릿을 터치했다. 그 결과는 당연히…….

"스오우 선수 정답! 이 문제의 일반 정답률은 26퍼센트! 74점 득점입니다!"

"뭐……?"

74점? 그렇, 다면…… 지금, 152점 차?

그 절망적인 숫자를 들은 순간, 아리사는 자신의 시야가 크게 일그러지는 것을 느꼈다.

무리다. 남은 아홉 문제로 역전할 수 있는 점수 차가 아니다. 아니, 애초에 유키는 겉으로 드러나지 않게 아리사를 농락하며 리드해왔다. 이제부터 발버둥을 친다고 해서, 어떻게 될 리가…….

"그럼 세 번째 문제!"

사회자가 다음 문제를 읽고 있지만, 귀에 들어오지 않았다. 스크린에 표시된 문제를 눈으로 보고 있지만, 뇌가 그것을 이해하지 않았다. 절망과 체념으로 뒤덮인 뇌가 완전히 작동을 중단하고 있었다. 그저 멍하니, 시간이 흐르기만 기다릴 뿐이었다. 그런 아리사의 귀에…….

"헬프!"

먼 곳에서 들려온, 파트너의 고함 소리가 스며들었다.

◇

(우와~ 엄청 주목받고 있네. 뭐, 당연한가.)

오른손을 치켜들며 고함을 지른 순간, 마사치카는 행사장 전체가 자신을 주목하는 것을 느꼈다.

일어서서 보고 있는 학생은 물론이고, 의자에 앉아 있던 학생도 몸을 돌리며 이쪽을 쳐다봤다. 그리고 아직 마사치카를 포위하고 있는 여자애들도 말이다. 뭐, 그들이 보기에는 마사치카가 느닷없이 영문 모를 소리를 질렀으니 무리도 아닐 것이다.

(하지만…… 룰 위반은 아니거든?)

유키가 헬프 콜의 룰에 관해 이야기하는 것을 듣고, 마사치카도 떠올렸다. 그 전에, 사회자가 말한 룰을 말이다.

『스오우 양과 키미시마 양, 쿠죠 양과 쿠제 씨, 각 페어에게는 딱 한 번, 「헬프 콜」을 쓸 권리가 존재합니다. 이것은 말 그대로, 자기 파트너에게 도움을 요청할 권리입니다. 쓰고 싶을 때는 손을 들며 「헬프」라고 말해주십시오. 스마트폰으로 딱 10초만, 파트너와 통화할 수 있습니다.』

(헬프 콜은 각각의 페어에게 한 번씩만 사용할 권리가 있어. 대전자만이 쓸 수 있다고는 말하지 않았다고!)

마사치카는 그런 의미가 담긴 시선을 사회자에게 보냈다. 그러자 사회자 또한 뒤늦게 입을 열었다.

"으음~ 쿠죠 선수의 파트너인, 쿠제 씨가 헬프 콜의 사용을 선언했습니다. 헬프 콜 선언을 대전자만이 할 수 있다는 룰은 없으니, 아무 문제없습니다. 으음, 스오우 선수도 답을 입력한 듯하니…… 지금 바로 전화 연결을 하도록 하죠. 쿠제 씨, 쿠죠 양의 스마트폰에 전화를 해주시겠습니까?"

사회자의 그 말을 듣고 손을 흔든 마사치카가 작은 목소리로 옆에 있는 아야노를 견제했다.

"들었다시피, 이건 게임의 룰에 따른 행동이야. 설마, 이렇게 많은 학생이 지켜보는 앞에서, 유키의 파트너인 네가 끈질기게 나를 방해하진 않겠지? 그랬다간 분위기를 망칠 뿐만 아니라, 유키의 얼굴에 먹칠하는 짓이잖아."

마사치카가 그렇게 말하자, 동요한 아야노는 당혹스럽다는 듯이 눈동자가 흔들렸다. 다른 세 여자애도 판단을 내리지 못하겠는지 아야노만 쳐다보고 있었다. 그렇게 그녀들이 행동을 결정하지 못하는 사이, 마사치카는 재빨리 아리사에게 전화를 걸었다.

"전화가 왔습니다! 그럼 쿠죠 선수, 준비는 됐습니까? 제한 시간은 10초입니다."

아리사의 스마트폰을 손에 쥔 사회자가 그렇게 물었지만, 아리사의 반응은 멀리서 보기에도 둔했다. 얼이 나간 듯한 눈길로 이쪽을 쳐다보고 있는 아리사의 시선이 느껴졌다. 그런 파트너를, 마사치카는 망설임 없는 눈길로 똑바로 응시했다.

(안심해. 너는 틀리지 않았어. 네 긍지는, 고집은, 헛되지 않았어. 네가 이제까지 헬프 콜을 쓰지 않은 덕분에, 길이 열린 거야.)

그렇기에, 마사치카가 건넬 말은 정해져 있다. 그 긍지 높은 파트너의 고집을, 헛되이 할 수는 없다. 이 10초 동안에 전할 것은, 지금 나온 문제에 대한 힌트가 아니다.

"그럼, 스타트!"

사회자가 스마트폰의 화면을 터치했다. 두 사람의 스마트폰이, 이어졌다. 이 10초 동안, 전해야할 것은—.

"아랴! 이제부터는 제한 시간이 끝나기 직전에 답을 입력해!"

적의 책략을 깨부수는 책략. 그리고…… 일시적으로 멈춰 선 아리사의, 등을 밀어주는 말이다!

"아랴! 너는 학생회장에 걸맞은 인간이야! 내가 보증하겠어! 그러니 끝까지 포기하지 마!!"

그리고, 10초가 흘렀다. 주위의 인간은 일부를 제외하고, 마사치카가 건넨 힌트와 동떨어진 말에 당혹과 혼란에 찬 시선을 주고받았다. 하지만 바로 그때, 그들의 의문에 답해주는 목소리가 들려왔다.

"그랬군요……."

그 목소리의 주인은 무대 위에 있는 아리사……가 아니라, 유키였다.

"방금 문제 때부터 이상하다고 생각했는데…… 역시 그렇게 된 건가요."

천천히 운을 뗀 유키는 이 자리에 있는 이들의 시선을

마사치카에서 자신 쪽으로 이동시켰다. 그리고 그녀는 관객을 둘러보며, 결정적인 한 마디를 입에 담았다.

"혹시 여러분은 저와 아랴 양이 고른 답이 보이는 건가요?"

관중들 사이에서 억누를 수 없는 동요가 흘렀다. 그것이 그 무엇보다 확연한 증거였다.

유키는 차분한 웃음을 흘리면서 말을 이었다.

"이 퀴즈에서의 일반 정답률은 이 자리에 있는 여러분한테서 실시간으로 집계한 것이군요. 그렇다면, 정답 발표 후에 일반 정답률이 공개되는 것도, 아까 전의 문제에서 일반 정답률이 매우 낮았던 것도 납득이 돼요. 애초에 아까 전의 문제 자체가 이 자리에 있는 이들만이 풀 수 있는 문제이기도 하니까요."

유키는 웃음을 흘리면서, 숨겨진 룰을 소상하게 공개했다. 그 룰을 눈치채지 못한 수많은 관객이 놀라움과 흥분을 드러내며 그 말에 귀를 기울였다.

"즉, 이 퀴즈는 관객 한 명 한 명이 정답률을 조작해서 저희가 얻는 점수를 조작할 수 있죠. 확실히 선거전의 요소가 접목되어 있군요. 재미있는 룰이라고 생각해요."

사회자를 힐끔 쳐다보며 그렇게 말한 유키는 의자에서 일어나더니, 자기 가슴에 손을 대며 진지한 태도로 관객에게 말했다.

"하지만…… 저는 지금, 아랴 양과 정정당당히 진검승부를 하고 싶어요. 지금의 제 말을 듣고, 저를 응원하기 위해 답을 조작하려고 생각한 분. 그런 분이 계신다면, 저는 정말 기쁠 거예요. 하지만 이제부터는 그러지 말아 주세요. 저희의 승부에, 타인의 관여는 필요 없답니다. 제 승리를 믿으며, 부디 조용히 지켜봐 주시지 않겠어요?"

잔재주 없는 정정당당한 대결을 원한다는 유키의 말에, 관중은 감탄의 탄성을 토했다. 언뜻 보기엔 고결해 보이는 그 모습에, 많은 이들이 매료됐다. 하지만, 마사치카는 벌레라도 씹은 듯한 표정을 지었다.

(쳇, 치사하네……. 머리 잘 썼어. 애초에 내가 방금 한 조언 덕분에 아랴에게 불리하도록 득점을 조작하는 게 불가능해졌어. 그렇다면 자기가 전부 밝히면서 사기를 치지 말아 달라 말하는 것으로, 유능함과 고결함을 어필하는 거냐. 아까 전의 휴식 시간에 아랴에게 기운 관객의 마음을, 단숨에 자기 쪽으로 되돌리려는 거구나?)

실제로 그 의도는 성공한 것처럼 보였다. 방금까지 아리사의 역전극을 기대하고 있던 분위기가 사라지더니, 이제는 양쪽 다 응원하는 분위기가 형성됐다.

"다른 분들께도 부탁드려요. 이제부터는 저희의 답을 보지 말고, 순수하게 퀴즈에 참가해주시지 않겠어요?"

유키가 가련한 척을 하며 그렇게 부탁하자, 관객들은 누구랄 것 없이 그 말에 따르기 시작했다. 다들 손이나 손수건으로 스마트폰의 화면 일부를 가려서, 자신의 중립성을 드러냈다. 유키는 겨우 1분 만에 관중 전원의 마음을 움직여서, 승부의 룰 자체를 바꾼 것이다.

"으음! 아…… 그럼 대결을 재개해도 되겠습니까?"

"네. 중단시켜서 죄송해요."

사회자의 말을 들은 유키가 고개를 숙이며 사의를 표하더니, 의자에 앉았다. 그러자 사회자도 쓴웃음을 머금으며 입을 열었다.

"그럼 쿠죠 선수가 답할 차례입니다. 그럼 10초, 스타트!"

헬프 콜이 끝난 후, 다시 아리사에게 10초라는 해답 시간이 주어졌다. 아까 마사치카가 한 말은 이 문제에 관한 그 어떤 힌트도 아니었다. 하지만 아리사는 주저 없이 문제를 풀었다. 겨우 2초 만에 답을 찾아낸 아리사는 천천히 입을 열었다.

"고마워, 마사치카."

행사장에, 아리사의 입에서 흘러나온 감사의 말이 퍼져나갔다. 그와 동시에 빛을 되찾은 푸른 눈동자가 자신을 향하자, 마사치카는 아리사가 자기 자신을 되찾았다는 사실을 눈치챘다.

"그리고 감사할게, 유키 양. 나와의 진검승부에 응해줘서…… 이걸로 정정당당히, 너에게 이길 수 있어."

"후훗. 그건 제가 할 말, 이랍니다."

두 사람이 투지에 찬 시선을 교환하자, 관객들이 또 흥분했다.

"두 선수가 답을 내놨습니다! 정답은…… ④! 두 선수 다 정답입니다!"

그리고 두 사람의 한 치의 양보도 없는 공방전에 매료된 관객들은 더욱 술렁거리며 환성을 토했다.

퀴즈 중에는 조용히 해달라는 사회자의 주의는 아무도 신경 쓰지 않고 있었으며, 그 주의 자체가 이미 의미를 상실했다.

"경계할 필요 없어, 아야노. 나는 잔재주를 부릴 마음이 없거든."

마사치카가 어깨를 으쓱하며 옆을 쳐다보니, 아무 말 없는 아야노의 눈동자가 흔들리고 있었다.

"뒷일은 아랴에게 맡길 거야. 너도, 유키를 믿으며 지켜보기나 해."

판단을 내리지 못하는 소꿉친구에게서 눈을 뗀 마사치카는 무대 위를 쳐다봤다.

실제로, 마사치카의 말에는 거짓말이 섞여 있지 않았다. 그는 이제 아무것도 할 생각이 없었다. 할 일은 다 했고, 전해야 할 말 또한 다 전한 것이다.

지금도 아야노의 연락에 응한 유키 측의 인간이 이 행사장에 속속 모여들고 있지만, 그들은 유키에게 득이 될 행동을 취할 수 없다. 마사치카로서는 그들의 존재 자체야말로 환영해 마지않을 일이었다.

"자, 다섯 번째 장르가 끝났습니다! 여섯 문제가 남은 현재, 두 선수의 점수는…… 스오우 선수! 776점! 쿠죠 선수! 680점! 스오우 선수가 아직 크게 리드하고 있습니다만…… 이제부터 문제의 난이도가 더욱 상승합니다. 배점도 커질 테니, 쿠죠 선수에게도 아직 역전할 여지가 있습니다! 여섯 번째 장르! 장르는, 《초고난이도 문제》!"

사회자의 그 말은 옳았으며, 그 후로는 배점이 60점 이상인 문제가 이어졌다. 하지만 유키와 아리사도 모든 문제를 다 맞히지는 못했으며, 둘 다 틀리기 시작했다. 그래도 아리사가 의지를 발휘하며, 세 문제를 맞혔다. 두 문제만 맞힌 유키에게 한 걸음 더 다가선 것이다.

"이야, 정말 열띤 대결입니다! 손에 땀을 쥐게 하는 이 격전도, 최종 문제만 남겨두고 있습니다! 여섯 번째 장르를 마친 현재, 두 사람의 점수는…… 스오우 선수! 904점! 쿠죠 선수! 880점! 점수 차는 겨우 24점입니다!!"

그 엄청난 접전에, 행사장 안의 열기 또한 정점에 도달했다. 그런 와중에 마사치카는 갑자기 안도의 한숨을 내쉬었다.

"역시 아랴야. 대단해."

스마트폰을 집어넣은 마사치카가 작게 박수를 치자, 아

야노는 의아하다는 눈길로 그를 쳐다보았다.

“안심하기에는 아직 이르지 않습니까? 아직 유키 님께서 리드하고 계십니다.”

아야노가 당연한 듯이 그런 의문을 입에 담았지만, 마사치카는 딱 잘라 말했다.

“아니, 이미 끝났어. 아랴가 이긴 거야.”

아야노는 확신에 찬 마사치카의 말을 듣고 몹시 놀랐다. 마사치카는 그런 그녀를 힐끔 쳐다보며 말했다.

“너, 퀴즈 방송을 본 적 없지? 그러니 일반 정답률이 실시간으로 집계된다는 걸 빨리 눈치챘겠지만…… 그래서, 클리셰를 모르는 거야.”

“클리셰, 라고요?”

“응. 전통적인 퀴즈 방송에서는…… 최종 문제에서, 대역전을 할 수 있게 되어 있거든?”

마사치카가 그렇게 말하자, 아야노의 눈동자가 흔들렸다. 하지만 다시 마사치카를 응시하더니, 지지 않겠다는 투로 말했다.

“설령 그렇더라도, 유키 님이 정답을 맞히시면 역전은 불가능합니다. 저는, 유키 님을 믿습니다.”

“믿는다고 해서 어떻게 되는 게 아니라고. 네가 아군을 잔뜩 부른 바람에, 24점 이상 점수가 차이 나고 말았거든.”

“네? 그게, 무슨……?”

그 의문에 답해주지 않은 마사치카가 무대 위로 시선을 돌렸다. 덩달아 아야노도 앞을 바라봤다.

이 배점 룰은 그 구조를 눈치채기만 한다면, 지지자가 많은 쪽이 압도적으로 유리하다. 즉, 공평하지 않다. 그렇다면, 지지자가 적은 쪽이 대량의 점수를 얻을 기회 또한 마련되어 있어야 마땅했다. 그리고 그것이, 단 한 문제만 독립된 최종 문제라면? 그럴 경우, 그 문제는 대체 무엇일까? 그 답은 퀴즈가 시작되기 전에 나와 있었다.

『당신은 누가 학생회장에 걸맞다고 생각합니까?』

(만약…… 유키가 이 질문을 알았다면, 눈치챘을지도 모르지.)

하지만, 이미 늦었다. 이미 두 사람의 지지율은 확정된 것이다.

"그럼 최종 문제! 최종 문제는…… 이겁니다!"

사회자가 스크린을 향해 크게 손을 흔들자, 마지막 문제가 표시됐다.

"당신은, 자신이 학생회장에 걸맞다고 생각합니까?! 『네』와 『아니요』로 대답해주십시오! 싱킹 타임 스타트!"

너무나도 이질적인 최종 문제였기에, 관중들이 크게 술렁였다. 그 와중에 마사치카는 화들짝 놀란 표정으로 고개를 든 아리사와, 시선을 마주했다. 그리고, 작게, 힘차게 고개를 끄덕였다.

이겨. 아랴
【Кпобеде, Аля!】

그 작은 말이, 들렸을 리가 없지만…….

아리사는 약간 당혹스러운 듯한, 그러면서 기쁨이 어린 웃음을 흘리더니, 태블릿에 손가락을 댔다.

"그만! 두 선수가 답을 제출했습니다! 그럼 이쯤에서…… 이 최종 문제의 배점을 설명하겠습니다!"

사회자가 그렇게 말하자, 이 자리에 있는 모든 이들이 사회자를 주목했다. 사회자는 관객들의 시선을 한 몸에 받으며, 두 손을 펼쳤다.

"퀴즈에 참가해주신 여러분은 알고 계시겠지만, 여러분은 퀴즈에 참가하면서 스오우 선수와 쿠죠 선수 중에 누가 더 학생회장에 걸맞냐는 앙케트에 응답해주셨습니다! 그리고 이 최종 문제는…… 바로! 그 앙케트로 집계한 두 사람의 지지율로 배점이 결정됩니다! 그렇습니다! 이 최종 문제의 배점은 선수별로 다릅니다!"

그 말을 들은 순간, 유키는 모든 것을 눈치챈 것처럼 쓴웃음을 머금었다. 그리고, 마사치카를 향해 「한 방 먹었네」란 의미의 시선을 보냈다.

"참 아쉽게 되셨습니다~."

그렇게 중얼거린 마사치카는 유키를 쳐다보며 히죽거렸다.

"이 최종 문제의 정답은 당연히 『네』입니다. 자신이 학생회장에 걸맞다고 단언할 수 없는 사람에게, 점수를 거머쥘 권리는 없으니까요! 그리고 정답을 맞힌 경우, (100-자신의 지지율)이, 점수로 주어집니다!"

즉, 이것이 지지자가 적은 쪽을 위한 구제 조치다. 지지율이 낮을수록 최종 문제의 배점이 높아진다고 하는, 한방 역전의 특수 룰이다.

마지막에 이 퀴즈 기획의 전모를 밝힌 사회자는 최종 결과를 발표했다.

"최종 문제의 답은, 두 선수 다 『네』! 그리고, 각자의 지지율로 산출한, 두 사람의 득점은—."

에필로그 맹세

“이야, 엄청 뜨거운 대결이었어. 온실 속의 공주님한테 아쉽게 됐지만…….”

“아니, 정답을 맞힌 숫자만 보면 온실 속의 공주님의 승리잖아? 게다가 문제를 풀면서 룰을 완벽히 파악했다고. 마지막에 역전을 당하긴 했지만, 내용으로만 보면 온실 속의 공주님의 승리 아냐?”

“정답 수로 보더라도, 그건 쿠죠 양이 《트렌드》에서 전부 틀린 탓이잖아. 그 이외의 장르에서는 대부분 쿠죠 양이 이겼어. 그러니 퀴즈 승부란 점에선 역시 쿠죠 양의 승리 아냐?”

“룰 해명 말인데, 진짜 대단한 건 아야노야! 너희는 모르겠지만, 아야노는 엄청 일찍 그 배점 룰을 눈치챘거든?!”

“정말? 그렇게 치면 쿠제도 대단했어. 그 헬프 콜 때, 나는 걔가 무슨 소리를 하는지 이해 못 했는데…… 어쩌면 최종 문제의 내용을 예측하고 한 말이겠지?”

“맞아. 나도 마지막에는 소름이 돋았다니깐.”

“저는 쿠죠 양의 그 발언에 감동했어요. 열세에 몰렸는데도 그렇게 당당히 행동하다니…… 저, 팬이 될 것 같아요."

"어머, 스오우 님도 만만치 않거든요? 쿠죠 님의 마음에 답하며, 진검승부에 응하는 그 모습…… 정말 멋졌답니다."

"그래요……. 다 끝나고 보니, 결국 어느 쪽이 이긴 건지 모르겠네요."

"꽤 특수한 룰이었잖아. 그래도 재미있었어!"

흥분한 관객들의 말을 들으며, 마사치카와 아리사는 무대 뒤편에 접이식 의자를 두고 앉았다. 운영 스태프는 다음 기획 준비로 바빴으며, 두 사람의 주위에는 아무도 없었다. 열띤 대결의 여운이 식지 않은 가운데, 두 사람은 딱히 이야기를 나누지 않으면서 그저 나란히 앉아 있었다.

"나, 너에게 어울리는 파트너가 되고 싶었어."

이윽고 아리사가 불쑥 그렇게 말하자, 마사치카는 조용히 그녀의 말에 귀를 기울였다. 아리사 또한, 앞을 바라보며 말을 이어갔다.

"수많은 사람이 너에게 의지했고…… 그들은 하나같이 너를 인정하고 있어. 그리고…… 너와 유키 양이야말로, 이상적인 페어인 것처럼……."

그렇게 말하는 아리사의 목소리에 힘이 들어갔다. 지지 않겠다는 투지를 불태우며, 힘찬 어조로 말했다.

"그래서, 나는 내 힘을 인정받고 싶었어. 나 혼자만의 힘으로 유키 양에게 이겨서, 내가 네 등에 업혀 있을 뿐인 장식품이 아니라는 걸 증명하고 싶었어. 나야말로, 네 파트너로 걸맞은 인간이라는 걸 말이야. 그렇게, 인정받고 싶었어…….”

말끝을 흐린 아리사는 눈을 살짝 내리깔며 마사치카를 쳐다봤다.

“하지만…… 틀렸, 어. 결국, 네 도움이 없었으면, 나는 졌을 거야.”

그렇게 자조하듯 말한 아리사는 고개를 숙였다. 그 표정은 은발에 가려 보이지 않지만, 치마를 움켜쥔 두 손이, 그녀의 속마음을 확연히 드러내고 있었다.

(눈부신걸.)

자신의 무력함을 솔직하게 인정하고, 분해하는 모습을 보며 선망을 느꼈다. 그 고결함을, 진심으로 고귀하다고 생각했다. 그와 동시에, 마사치카는 예감했다.

(언젠가…… 아랴는, 내가 필요하지 않게 되겠지.)

지금 조바심을 내지 않더라도, 아리사는 앞으로 많은 사람을 매료시킬 것이다. 아리사의 한결같고 긍지 높은 삶의 방식이 많은 사람의 마음을 움직일 것이며, 그녀를 지지하도록 끌어모을 것이다. 그 중심에서, 아리사는 변함없이 올곧게 나아갈 게 틀림없다. 그리고…… 언제까지고 과거에 사로잡혀 있는 마사치카는, 분명 그런 그녀를 따라갈 수 없을 것이다.

(만약…….)

만약 지금 이 자리에서, 아리사의 말을 긍정한다면…….

「그럴지도 몰라. 하지만, 앞으로도 나는 너를 지지할 테니 괜찮아」 같은 소름 돋는 말을 늘어놓는다면, 아리사는 마사치카를 의지해줄지도 모른다. 마사치카의 손을 잡고, 「앞으로도 잘 부탁해」 하며 미소 지어줄지도 모른다.

하지만 그것은, 해선 안 되는 짓이다. 자신이 같은 속도로 걸을 수 없다고 해서, 실은 혼자서 걸어갈 수 있는 사람의 발목을 잡는 것이나 다름없는 말을 해서는 안 된다.

(내가 지금, 해야 하는 건…….)

마사치카는 아무 말 없이 몸을 일으키더니, 아리사의 앞에 서서 한쪽 무릎을 꿇었다. 공주님에게 충성을 맹세하는 기사처럼 말이다.

"아랴. 너는…… 애초에 지지 않았어."

아리사는 그 말을 듣고 고개를 살며시 들더니, 눈앞에서 한쪽 무릎을 꿇은 마사치카를 보고 깜짝 놀랐다. 그런 아리사의 눈동자를 한마음으로 응시하며, 마사치카는 그녀가 굳게 말아 쥔 두 손을 상냥히 감싸 쥐었다.

"무대 위에서 네가 보여준 고집은, 긍지는, 그 자리에 있는 많은 이들을 매료시켰어. 그 자리에 있는 많은 이들이, 너를 응원하고 싶게 만든 거야. 그러니, 너는 애초에 지지 않은 거야."

말을 포장할 필요는 없다. 그저 진심에서 우러난 말을, 솔직하게 전하기만 하면 된다.

"내가 한 것은, 같은 부회장 후보로서 아야노와 싸워서…… 게임상의 승리를 가져왔을 뿐이야. 그런 것보다 훨씬 가치 있는 것을, 너는 먼저 손에 넣었어. 그 자리에 있는 인간을 매료시킨 것은 전부 네 힘이며, 너만의 성과야. 그러니, 분통을 터뜨릴 필요 없어."

마사치카가 그렇게 말하자, 아리사의 눈동자가 흔들렸다. 굳게 말아 쥐고 있던 손이, 마사치카의 손을 감싸 쥐었다.

"정말이야?"

"응?"

"정말로…… 내가, 남들에게 인정받았다고 생각해?"

분명, 쭉 마음에 짐이 됐을 것이다. 혼자 고민하며, 혼자 싸워왔다. 그녀를 그렇게 만든 것은 바로, 마사치카의 미숙함이다.

"응. 틀림없어."

그런 그녀에게 속죄하기 위해 그렇게 단언했지만, 그래도 아리사의 우려를 불식시킬 수는 없었다.

"어째서, 그렇게 단언할 수 있는 거야?"

"그건……."

한순간 말문이 막힌 마사치카는 곧 그런 자신을 부끄럽게 여겼지만, 괜히 말을 돌리지 않기로 결심했다. 그 결의에 따라, 솔직한 마음을 아리사에게 밝혔다.

"그건…… 다름 아닌 내가, 무대 위에 선 너에게 끌려서야."

마사치카가 그렇게 말하자, 아리사가 눈을 치켜떴다. 마사치카는 그녀의 마음에 자신의 말이 전해지기를 바라며 계속 말했다.

"유키를 정정당당히 쓰러뜨리겠다고 선언하는 네가, 그 누구보다 멋졌어. 그런 네가 내 파트너라는 사실을, 진심으로 자랑스럽게 생각해."

그리고, 마사치카는 약간 씁쓸한 미소를 머금으며 힘차게 고개를 끄덕였다.

"그러니까, 너는 앞으로도 당당히 나아가면 돼. 네 발목을 잡는 녀석은 내가 전부 없애버리겠어."

설령 그것이 자기 자신일지라도 말이다. 그 말은, 마음속으로만 덧붙여서 했다.

그것을 눈치채지는 않았겠지만, 아리사는 갑자기 금방이라도 울음을 터뜨릴 듯한 미소를 머금었다.

"……고마워."

그렇게 속삭이듯 말한 아리사는 양손에 쥔 마사치카의 손에 자신의 이마를 댔다.

"네가, 내 파트너라 정말 다행이야."

진심에서 우러난 것을 알 수 있는 그 속삭임에, 마사치카의 마음은 고통을 느꼈다. 그것을 겉으로 드러내지 않으며 지그시 참고 있을 때, 아리사는 손을 무릎으로 내리면서 부드러운 미소를 머금었다.

화사하게 핀 꽃 같은 그 미소에, 마사치카 또한 진심에서 우러난 미소로 답했다. 그렇게 두 사람이 훈훈한 심정으로 서로를 응시하고 있을 때…… 운영 스태프를 맡은 실행위원 중 한 명이 무대 뒤편으로 돌아왔다.

"어, 엇?!"

그리고 무릎을 꿇은 마사치카와 그 앞에 앉은 아리사가 손을 맞잡고 있는 모습을 보더니, 움찔하며 뒷걸음질을 쳤다. 그대로 몇 번 눈을 깜빡이면서 한 걸음 물러서더니…… 당혹과 멋쩍음이 섞인 표정을 지으며, 볼을 긁적였다.

"으, 음…… 프러포즈, 중인가요?"

"아, 아냐! 이건, 그저, 맥을 보고 있을 뿐……."

"저기, 아랴. 그건 좀 무리라고 생각하거든?"

마사치카가 무심코 태클을 날리자, 동급생인 그 운영 스태프는 헛웃음을 흘리며 뒷걸음질을 쳤다.

"아, 그럼, 좋은 시간 보내시길……."

"자, 잠깐만!"

아리사는 허둥지둥 몸을 일으켰지만, 무대 쪽으로 간 그 스태프를 쫓아가지는 못했다.

"으~~~~!"

아리사는 입을 다문 채 신음을 지르더니, 걸음을 내디딜지 말지 갈등했다. 그 모습을 곁눈질하며 마찬가지로 몸을 일으킨 마사치카는 쓴웃음을 머금었다.

"아니, 프러포즈라니…… 애초에 우리는 아직 결혼할 수 있는 나이가 아니잖아. 안 그래?"

마사치카가 동의를 구하자, 아리사는 불만 어린 표정으로 그를 노려보았다.

"결혼은, 못 하지만…… 약혼이라면 할 수 있잖아?"

"농담에 진담으로 받아치지 마. 양쪽 다 말도 안 되거든~?"

"어머, 내가 상대인 게 불만인 거야?"

그 순간, 아리사는 기회를 잡았다는 듯이 소악마 같은 미소를 머금었다. 그 얼굴을 보고 「윽」 하며 숨을 삼킨 마사치카는 즉시 일반론을 늘어놨다.

"그런 게 아니라…… 단순히, 고등학교 1학년이 약혼을 하는 게 말이 안 된다는 소리라고."

"어머, 그래? 나는, 마음에 정해둔 상대와 한다면 괜찮다고 생각해."

"흐음?"

그 뜻밖의 대답을 들은 마사치카는 눈을 슬쩍 치켜뜨면서 도발적인 미소를 머금었다. 그리고, 바로 반격에 나섰다.

"이 자리에서 그런 대답을 하니…… 완곡하게 재촉하는 것처럼 들리거든? 이 자리에서 확 남자답게 약혼을 신청해야 마땅하려나요~?"

마사치카가 자신만만한 목소리로 그렇게 반격하자, 아리사는 그를 바보 취급하듯 턱을 살짝 들어 올렸다.

"바~보."

그리고, 왼쪽 손가락으로 머리카락을 만지작거리며 말했다.

Ни за что!

■ 작가 후기

안녕하십니까, SUN SUN SUN입니다. 4권에서 엄청 신경 쓰이는 내용으로 끝을 내놓고, 반 년 넘게 다음 이야기를 내놓지 않은 SUN SUN SUN입니다. 이건 그 벌일까요. 이번에도 후기를 열두 페이지나 쓰게 됐습니다. 이번에『도』란 코멘트를 보고「어라?」하고 생각한 독자 여러분. 이것은 번외편인 4.5권과 관련이 있는 이야기입니다. 4.5권을 읽으신 분은 알고 계시겠지만, 이번에도 그다지 중요하지 않은 소리만 늘어놓을 예정이니 흥미가 없으신 분은 그냥 책을 덮어주십시오.

자, 정말 곤란하게 됐습니다. 설마 2권 연속으로 10페이지 이상의 후기를 쓰게 될 줄은 몰랐군요. 지난 권에서는 정체불명의 분위기에 사로잡혀 글을 마구 휘갈기다 보니 채워졌습니다만…… 덕분에 그때 뭘 썼는지 절반도 생각이 나지 않습니다. 진심입니다. 무엇을 썼는지 확인하는 건 쉽지만, 왠지 흑역사를 만든 듯한 느낌이라 무서워서 읽지 못하고 있습니다. 저의 현재 기분은 한없이 노멀 상태에 가깝거든요. 분위기에 휩쓸려 후기를 휘갈겨 쓸 상태가 아닙니다.

딱히 억지로 후기를 쓰지 않더라도, 그냥 후기 뒤에 광고를 실으면 되는데 말이죠. 하지만 그건 좀 아니다 싶거든요. 개인적으로 권말에 광고가 잔뜩 들어가는 건 영 아름답지 않다고 생각해요. 게다가 제 입으로 이런 소리를 하는 것도 좀 그렇지만, 러시부끄는 상당한 히트작입니다. 거기에 광고가 실린다면, 상당한 선전 효과가 발휘되겠죠. 그렇다면 무료로 광고를 신게 해주는 것도 좀 아니지 않나요? 그래요. 러시부끄에 광고를 실을 거면 광고비를! 광고비를 내애애~~!!

……하고 말하면서 아무리 써봤자, 돈 한 푼 안 되는 후기를 투덜대며 쓰는 이 상황에서는 커다란 모순이 발생하는 듯한 느낌이 안 드는 것도 아닙니다. 자, 혹시 이게 바로 세간에서 말하는 본말전도라는 걸까요? 예를 들자면…….

…………………….

…………………….

……으음. 뭐, 됐습니다. 적당한 예가 생각나지 않는군요. 하긴, 매거진 포켓으로 광고 영상을 틀어놓고 생각했으니 당연하려나요. 아, 이것도 진짜입니다. 현재 이 글은

2022년 11월 5일에 쓰고 있으며, 지금은 하루 세 번, 광고 영상을 보면 열 수 있는 보물 상자(포인트와 티켓을 받을 수 있습니다)를 다 열고, 읽으면 포인트를 받을 수 있는 만화를 고속으로 넘겨 보는 중입니다. 참고로 이번에 고속으로 넘겨 보는 만화는…… 어라? 이 아름답고 귀여운 그림은 뭐지? 어?! 이런 미소녀가 이렇게 쓰레기를 보는 듯한 눈길을 머금어?! 아, 아아~~! 이, 이 작품은……!

테나마치 사호 선생님이 그리는, 만화판 『가끔씩 툭하고 러시아어로 부끄러워하는 옆자리의 아랴 양』이잖아!!

아, 이건 거짓말입니다. 너어어어어무 재미없는 농담이라 저도 소름이 다 돋을 지경입니다. 아, 만화판 아랴 양이 엄청 아름답고 귀엽고 쓰레기 보는 듯한 눈길이라 오싹오싹한 건 사실입니다만, 이걸 쓰는 와중에 고속으로 넘겨 보고 있다는 건 그냥 거짓말입니다. 날짜가 바뀌자마자 바로 읽었거든요. 아, 저는 미리 콘티와 교정지를 봤습니다.

아무튼, 지난 권의 후기에서 선전했을…… 겁니다. 어라? 했지? 기억이 애매해서 좀…… 아, 했네요. 다행이에요. 아니, 띠지에 10월부터 연재 개시라고 써 있네요. 네. 예고한 대로, 매거진 포켓에서 드디어 러시부끄의 코미컬라이즈가 시작됐습니다. 이야, 매번 완성도가 어마어마해서 제가 매우 감복하고 있습니다. 진심으로 말이죠.

코미컬라이즈에 관해서는 작품에 따라 「만화가가 원작 무시하고 멋대로 하지 말라고」, 「이거, 원작자가 진짜로 납득한 거냐」라는 억측이 나옵니다만, 러시부끄에 관해서는 진짜로 원작자도 대만족 중입니다. 다름 아닌 테나마치 선생님께서 「코미컬라이즈는 원작자가 납득하는 형태로 그려야 가장 좋은 작품이 된다」라는 신념하에 그려주고 계시니, 저로서도 믿고 맡길 수 있죠. 때때로 의견을 드리거나, 거꾸로 상담을 받을 때도 있고요. 정말, 좋은 만화가분과 함께 일하게 된 것을 하루하루 실감하고 있습니다.

그런고로, 원작자도 대만족 중인 만화판 『가끔씩 툭하고 러시아어로 부끄러워하는 옆자리의 아랴 양』은 만화 애플리케이션 『매거진 포켓』에서 토요일에 격주 연재되고 있습니다. 아까 말씀드린 것처럼 매일 홍보 영상과 포인트를 받을 수 있는 만화를 읽어주시면 최신화를 읽을 포인트를 금방 모을 수 있으니, 여러분도 꼭 읽어주십시오!

……아, 큰일 났다. 「완전 알맹이 없는 문장만 이어질 것이다」 하고 첫머리에 써놓고, 바로 중요한 선전을 해버렸네요. 으음…… 좋습니다. 「거의 알맹이 없는 문장」으로 바꿔야겠습니다. 그다지 의미가 달라지지 않은 듯한 느낌이 들지만, 이런 건 기분 문제니까요.

아니, 다른 회사의 만화 애플리케이션 선전을 이렇게 열심히 해도 되는 걸까요? 일단 편집자님께 체크를…… 아, 테나마치 선생님에 대해서도 왕창 썼으니, 테나마치 선생님한테도 체크를 받아야겠네요. 안 그래도 스케줄이 빠듯한데 말이죠. 괜한 일을 더 늘렸다간, 편집자님이 코피를 쏟으며 한계 돌파를 할 테죠. 뭐, 그것도 좀 보고 싶기는 하네요.

아, 진짜로 편집자분이 바쁘신 것 같아요. 그도 그럴게, 12년만에 나타난 스니커 문고 대상작의 편집까지 맡으셨거든요. 그게 얼마나 중책일지, 저는 상상도 안 됩니다. 그 중책에 도전하는 포부를 편집자님이 note란 플랫폼에서 말씀하셨는데, 그것도 참 열정적이었죠. 자신의 굴곡이 많았던 삶부터 시작해, 그 집대성으로서 대상작 편집에 도전하게 됐다는 그 이야기는 듣는 이의 가슴을 뜨겁게 만들었습니다. 저 또한 제 문장으로 누군가를 이렇게 감동시키고 싶다…… 하고 생각한 결과물이 바로 이 후기죠. 하하!

……아니, 잠깐만요. 혹시 이제부터라도 늦지 않았을지도 몰라요. 이제부터라도 시리어스하고 격렬한 에피소드를 선보여서, 독자 여러분을 감동시킬 수 있을지도 몰라요.

시작이 반이라고 했던가요. 다행히 페이지는 잔뜩 남아 있죠. 좋아요! 해보죠! 에헴! 아, 으음! 끙, 끄으, 으흑! 아아…… 이익, 크으윽…… 좋아!

지금, 저는 진지한 표정을 짓고 있습니다. 뒤편에서는 삐리리리~ 하는 퉁소 소리가 들려오고 있으며, 콰과과광!! 하는……? 어라? 이게 무슨 소리지. 딱따기 소리? 으음……. 「가부키」, 「개막」, 「캉캉」…… 아, 딱따기 소리 맞네요. 맞췄잖아. 나도 꽤 하는걸. 교양이 넘친다니깐. 끄, 으응!!

실례했습니다. 그럼 다시…… 침착하고 시리어스하게, SUN SUN SUN이 소설가가 되자에서 소설을 쓰기 시작한 것부터, 어떻게 해서 러시부끄 간행에 이르렀는지를 이야기할까 합니다.

우선, 저의 소설가로서의 첫걸음은 대학 연구실에서 시작됩니다. 시작부터 태클 걸 곳 천지인 건 알지만, 일단 들어주십시오. 당시에 저는 소설가가 되자에 완전히 빠진 대학원생이었습니다. 그리고, 제가 소속된 연구실은 결과만 내놓으면 비교적 자유로운 연구실이었죠. 학생의 「교수님, 연구실에서 YouTube 봐도 되나요?」라는 질문에, 교수가 「으~음. 뭐, 나도 보니까 말이야」 하고 대답할 정도의 멋진 연구실이었습니다. 덤으로 휴게실에 당연한 듯이 술이 놓여 있다 보니, 학부생 사이에서 「저 연구실은 술을 못 마시면 들어갈 수 없다」라는 소문이 퍼졌죠. 제가 들어갈 수 있었으니, 그 소문은 거짓이지만요. 참고로 지금 그 휴게실에는 수많은 학술지에 섞여서 러시부끄가 놓여 있습니다. 어쩌면 현재 후배들 사이에서 「저 연구실은 술 마실 줄 아는 오타쿠만 들어갈 수 있다」라는 소문이 돌고 있을지도 모르겠군요. 아, 네. 태클을 날리고 싶은 심정은 압니다만, 좀 기다려주세요.

아무튼 이과 대학생 혹은 졸업생이라면 알겠습니다만, 이과 실험은 꽤 대기 시간이 길죠. 제가 한 연구도 한번 시작하면 최소 열 시간은 걸리는데, 그 절반 이상이 대기 시간이었습니다. 당연히 그 대기 시간에도 다른 실험을 하거나 논문을 읽거나 강의를 하거나 했습니다만, 그래도 꽤 비는 시간이 생겼죠.

이미 눈치챈 분도 있겠습니다만, 맞습니다. 그 빈 시간에 저는 소설을 쓰기 시작했습니다. 처음에 쓴 것은 2만 자 정도의 단편이있습니다. 어느 날 가벼운 마음으로 쓰기 시작했고, 계속 꾸준히 쓰면서 완성된 그것을 우선 연구실 선배인 M 씨에게 보여줬습니다. 이 M 씨는 두 살 연상의 박사과정인 선배인데, 당시 연구실에서 유일한 오타쿠 친구였습니다. 게다가 본인이 소설가 지망생이니, 저에게 있어 선배 집필자죠. 그 M씨의 「잘 썼으니 어디 투고해 보지 그래?」라는 추천을 받았습니다. 저는 그때까지 읽는 쪽 전문이었기에, 처음으로 글을 쓰는 쪽으로서 소설을 투고했습니다.

그리고 그 결과, 상상 이상으로 큰 반향을 얻었습니다.

소설을 쓰는 걸 즐기게 된 저는 계속 소설을 투고하기 시작했습니다. 솔직히 말해, 이 소설을 쓰기 시작했을 때에는 저도 서적화라는 것에 대한 막연한 동경을 품고 있었습니다. 소설가가 되고 싶다기보다, 자신의 소설이 업계의 프로에게 인정을 받아서 소설이라는 형태로 세상에 남겨진다. 그 자체를 동경한 겁니다. 그것은 인간이라면 누구나 품을「살아 있는 동안에 단 하나라도 좋으니 이 세상에 자신의 흔적을 남기고 싶다」라는 소망이 자아낸 하나의 형태였습니다. 딱히 소설로 돈을 벌고 싶다거나, 애니메이션화를 하고 싶다 같은 거창한 소망이 아니었습니다. 그저 단 한 권, SUN SUN SUN이라는 소설가가 존재했다는 증거를, 이 세상에 남기고 싶다…… 그런 아련한 꿈을, 저는 의외로 금방 관뒀습니다.

왜냐하면, 저는 놀랄 정도로 장편이라는 것에 적합하지 않았던 겁니다. 이건 겸손이 아니라, 사실입니다. 이야기가 길어지면 도중부터 쓰고 싶은 것이 늘어나더니, 전체적으로 장황해집니다. 게다가 금방 질려버리는지라, 길어질수록 이야기의 퀄리티를 유지할 수 없습니다. 저도 제 연재소설을 읽고, 풋내기의 취미 레벨이라 서적화가 불가능한 작품이라는 것을 알고 말았습니다.

하지만 한편으로, 단편은 적성이 맞았습니다.「이런 시추에이션을 쓰고 싶다」,「이런 캐릭터를 쓰고 싶다」같은 아이디어만이 계속 샘솟았고, 그런 아이디어로 승부를 낼 수 있는 단편이 저에게 적성이 맞았습니다. 그렇게 저는 스스로 단편 작가를 자처하며 차례차례 단편을 써 내려갔습니다. 그러는 사이에 제 계정을 몇천 명이나 되는 분이 즐겨찾기 등록을 해주셨고, 단편 랭킹에 점점 제 단편이 들어가게 됐습니다. 그 결과, 한때는 단편 종합 랭킹 300 작품 중에서 열여덟 작품이 제 소설인 상태로 발전했습니다. 하지만 그 대부분이 100위권 밖이며, 50위권 안에 들어간 작품은 딱 하나뿐이었지만 말이죠.

그렇습니다. 그 한 작품이 바로 다름 아닌 러시부끄였습니다. 그리고 그 러시부끄를 투고하고 한 달 후인 2020년 6월 중순. 저에게 한 통의 서적화 타진 메시지가 왔습니다.

"어?"

그것이, 그 메시지를 보고 제가 처음으로 한 말이었습니다. 그리고, 그 메시지를 보낸 이가 스니커 문고의 편집자라는 사실을 알고 저는 깜짝 놀랐습니다. 그것은 엄밀히 말해 「서적화 타진」이라는 단계가 아니라 「서적화가 가능하도록 단편에서 장편으로 바꿔보지 않겠는가?」라는 타진이었죠. 사실 제 마음에는 「이야…… 무리 아냐?」라는 생각이 존재했습니다. 아마추어 대회에서 나름 괜찮은 성적을 낸 단거리 주자가, 갑자기 프로 마라톤 선수가 되라는 말을 들은 듯한 느낌입니다. 하지만 프로 편집자, 그것도 천하의 스니커 문고 편집자의 눈에 들었다는 점이 영광스러우며 기뻤습니다. 그래서 저는 당황하면서도, 일단 이야기만이라도 들어보기로 했습니다.

그리하여 화상 회의로 만나게 된 이가 바로 현재 저의 담당 편집자이신 미야카와 씨입니다. 미야카와 씨는 우선 『가끔씩 툭하고 러시아어로 부끄러워하는 옆자리의 아랴 양』이라는 제목과 『하지만, 그녀는 내가 러시아어를 알아듣는다는 걸 모른다』라는 줄거리가 완벽하다고 매우 칭찬해주셨습니다. 그 후에 러시부끄의 매력에 대해 열렬하게 이야기해주셨고, 「저는 이 작품에서 매우 큰 가능성을 느끼고 있으니, 부디 함께 서적화를 위해 힘써보지 않겠습니까?」 하고 말씀해주셨습니다. 그 열정에 감동한 저 또한 「잘 부탁드립니다」 하고 대답했죠.

그리고 우선 플롯 작성부터 시작하기로 약속하면서, 미야카와 씨와의 첫 화상 회의가 끝났습니다. 갑자기 눈앞에 펼쳐진, 서적화로 이어지는 길. 옛날에 포기한 줄 알았던, 책을 낸다는 그 아련한 꿈이 이뤄질지도 모른다. 느닷없이 찾아온 그 뜻밖의 가능성에, 저는 폐부를 가득 채운 숨을 내쉰 후……이렇게 중얼거렸습니다.

「좋아! 새 단편을 쓰자!」 하고요.

……진짜입니다. 다시 한번 말씀드리겠습니다. 진짜입니다. 논픽션입니다. 실제로 제 소설가가 되자 계정을 보면 알 수 있다시피, 그 후에도 한동안 평범하게 단편을 투고했습니다.

깜짝 놀라셨죠? 이 세상에는 미야카와 씨 같은 정열적인 인간에게 열렬한 말을 듣고도, 감명을 받지 않는 사람이 있습니다. 그게 바로 저죠. 자, 헐뜯어 주십시오.

변명을 좀 하자면, 당시에는 정말 단편 글쟁이로서 정말 흐름을 탄 시기였습니다. 게다가 이런 서적화 타진이 중간에 엎어지는 경우가 있다는 이야기도 여기저기서 들었던지라……. 세상에 나올지 모르는 머나먼 10만 자보다, 확실히 세상에 내놔서 반향을 얻을 수 있는 눈앞의 6천 자가 더 크게 느껴졌습니다. 그리고 단순히, 저 자신이 새로운 것에 도전하는 걸 매우 귀찮아하는 인간이기도 하고요. 네. 변명이라고 할 수 없네요. 이 세상의 소설가와 소설가 지망생 여러분의 저에 대한 호감도가 팍팍 하락하는 게 느껴집니다. 아~ 그러니까 말이죠. 세상에는 「친구 따라 오디션을 받았는데, 내가 걸렸다」는 인간이 있죠? 저도 그것의 아종 같은 거라고 생각해 주십시오. 저 같은 인간에게도, 뜻밖의 형태로 기회가 굴러들어오는 거죠. 세상은 공평한 듯하면서도 불공평해요.

그렇게 의욕도 없고 행동력도 없는 제가, 어찌어찌 러시부끄 제1권을 쓸 수 있었던 것은 바로 미야카와 씨 덕분입니다. 미련한 저를, 포기하지 않으며 몇 번이나 정열적으로 이끌어 주셨죠. 「독자의 감상 없이 10만 자는 절대 못 쓰는데요~」 같은 물러터진 생각을 지닌 저를 위해, 매회 정성 들인 감상을 보내주셨습니다. 이 러시부끄 제5권을 집필하는 와중에도, 「이번 권에는 아랴의 서비스 장면이 없는데, 컬러 일러스트용으로라도 역시 벗기는 편이 좋으려나요?」라는 제 질문에 「전 국민을 위해 꼭 그렇게 해주십시오」 하고 바로 답해주셨습니다. 그 대답을 듣고, 저는 진심으로 「아아, 이 사람과 같이 일을 하게 되어서 좋네」 하고 생각했습니다.

이렇게 돌이켜 보니, 저란 작가는 사람 복을 타고났다는 생각이 듭니다. 편집자이신 미야카와 씨는 물론이고, 일러스트레이터이신 모모코 선생님, 만화가이신 테나마치 선생님을 비롯해, 러시부끄를 많은 사람에게 전파하기 위해 협력해주신 분들. 그리고 겸업 작가인 저를 전면적으로 백업해주시는 부모님. 정말 많은 분이 도와주신 덕분에, 러시부끄라는 작품은 세상에 나오고 있습니다. 이런 식의 괜찮은 말을 늘어놔서 조금이라도 호감도를 회복시킬까 합니다. 으~음, 이상하네? 저는 꽤 성실하게 이야기를 했는데, 거꾸로 호감도가 하락한 느낌이 드네요? 세상에는 자기 자신에 대해 이야기를 하는 편이 좋은 사람과 안 하는 편이 좋은 사람이 있죠. 아니, 서두에 「거의 알맹이 없는 문장만 이어질 것이다」라고 써놓고, 어울리지 않게 알맹이 있는 이야기를 해버렸네요. 아아~ 송구합니다. 「그다지 얻을 게 없는 문장」으로 고쳐야겠네요.

아, 이런저런 이야기를 하다 보니 페이지가 바닥났네요. 으~음, 역시 말이죠. 저는 진지한 이야기에 적성이 없는 것 같습니다. 게다가 후기도 길다고 좋은 게 아니죠. 오히려 짧을 때 이야기를 더 재미있게 쓸 수 있을 거라고 생각합니다. 길어지면 퀄리티를 유지할 수 없고, 짧은 편이 실력을 발휘할 수 있어요. 네, 역시 저는 단편이 적성에 맞나 봅니다. 이것이야말로 복선 회수. 다른 이름은 끼워 맞추기라고도 이하 생략.

한심한 소리를 하다 보니 진짜로 페이지가 바닥나서, 슬슬 감사 인사를 드릴까 합니다. 항상 제가 신세를 많이 지는 미야카와 편집자님. 이번에도 제 세세한 리퀘스트에 맞춰 멋진 일러스트를 그려주신 모모코 선생님. 게스트 일러스트로 쿨뷰티한 아랴를 그려주신 킨타 선생님. 마찬가지로 게스트 일러스트로 신사들이 좋아할 마샤를 그려주신

오가타 테이 선생님. 그리고 이 작품의 제작에 관여해주신 모든 분과 본작을 읽어주신 독자 여러분에게, 진심으로 감사드립니다. 고맙습니다! 또 6권을 통해 뵐 수 있기를 진심으로 빕니다. 그럼 이만 줄이겠습니다.

P.S. 이번 후기를 읽고「어? 뭐야. 진지하잖아. 너, 혹시 가짜지?」하고 생각한 바로 당신. 저를 참 잘 아시는군요. 나중에 체육관 뒤편으로 따라와.

『러시부끄』
앞으로도 잘 부탁드립니다

■ 역자 후기

안녕하십니까. 근로청년 번역가 이승원입니다.

이번에 『가끔씩 툭하고 러시아어로 부끄러워하는 옆자리의 아랴 양』 5권을 구매해주셔서 진심으로 감사드립니다.

여름이 지나가고 가을의 초입에 들어섰습니다.

……하지만 아직도 에어컨은 끄지 않습니다. 역시 옥탑방 작업실은 한낮에 실내 온도가 30도까지 올라가는지라.^^

한 26~27도 정도로 켜놓으면 그나마 버틸 만합니다, AHAHA.

올해는 과연 언제까지 에어컨 신세를 져야 할지……. 아마 에어컨 끄는 날과 전기장판 켜는 날이 같지 않을까 싶은 생각이 듭니다.^^

슬슬 좀 더 좋은 곳으로 작업실을 옮기고 싶단 생각이 드네요. 실은 저만의 플레이룸으로 쓰려고 획책(?) 중인 방이 있는데, 확 서브 작업실로 만들까 같은 생각이 듭니다.

원래는 그 방에 에어컨과 홈시어터 및 프로젝터 등을 설치하는 게 꿈이었는데, 이러다간 또 꿈은 꿈으로 남게 되

지 않을까 싶네요.ㅠㅜ

그럼『가끔씩 툭하고 러시아어로 부끄러워하는 옆자리의 아랴 양』5권에 관해 이야기를 좀 해볼까 합니다.

스포일러가 포함되어 있을 수도 있으니 본편을 안 읽으신 분은 유의해주시길!

『가끔씩 툭하고 러시아어로 부끄러워하는 옆자리의 아랴 양』5권은 문화제 파트 1!

충격적인 진실이 밝혀지면서 시작된 이번 5권은 문화제 준비 및 첫날 이벤트를 다루고 있습니다.

문화제를 준비하면서도 절친들이 속한 밴드를 돕고, 한편으로 아랴의 회장 선거 전략까지 진행하는 마사치카. 그는 아랴의 커뮤니케이션 능력 향상을 위해 여러모로 도모하지만, 홀로서기를 하는 아랴를 보면서 소외감을 느낍니다.

하지만 그것은 아랴도 마찬가지입니다. 아직도 유키에 대한 자격지심에 사로잡힌 아랴는 많은 이들에게 인정받는 마사치카를 보면서, 자신은 그의 옆에 설 자격이 없다는 생각에 빠집니다. 그리고 모두에게 마사치카의 파트너로 인정받기 위해 노력합니다. 그것이 마사치카를 힘들게 만들고 있다는 것을 모른 채…….

하지만 그런 아쉬운 엇갈림은 주위에 있는 좋은 동료들

의 도움으로 해결되었고, 강적인 유키와의 대결 또한 두 사람은 위기를 극복하며 당당하게 승리를 쟁취합니다.

그런 여러 가지 일을 통해 두 사람은 더욱 가까워집니다. 그 이면에 암약하고 있는 존재가 있습니다만, 두 사람이라면 분명 극복할 수 있을 거란 믿음을 자아낼 정도로 말이죠.^^

그런 두 사람의 꽁냥꽁냥(^^)을 독자 여러분께서도 마음껏 즐겨주시길!

그럼 이만 줄이겠습니다.

L노벨 편집부 여러분, 항상 재미있는 작품을 맡겨주셔서 감사합니다. 앞으로도 잘 부탁드립니다!

추석에 오랜만에 전화준 악우여, 반가웠다. 10년 넘게 못 봤는데도, 아무렇지 않게 서로를 별명으로 부르니 참 좋았어.^^ 올해 가기 전에 진짜로 얼굴 한번 보자~(빈말 아냐~).

마지막으로 언제나 제게 버팀목이 되어주시는 어머니와 『가끔씩 툭하고 러시아어로 부끄러워하는 옆자리의 아랴 양』을 읽어주신 모든 분께 진심으로 감사드립니다.

아이돌(?), 금발 메이드(??), 바텐더(???), 엘프 공주님(????!!!!)이 작렬하는 『가끔씩 툭하고 러시아어로 부끄러워하는 옆자리의 아랴 양』 6권 역자 후기 코너에서 다시 뵙겠습니다!

2023년 9월 말

역자 이승원 올림

가끔씩 툭하고 러시아어로 부끄러워하는 옆자리의 아랴 양 5

1판 1쇄 발행 2023년 12월 10일
1판 2쇄 발행 2024년 7월 29일

지은이_ Sunsunsun
일러스트_ Momoco
옮긴이_ 이승원

발행인_ 최원영
본부장_ 장혜경
편집장_ 김승신
편집진행_ 권세라 · 최혁수 · 김경민 · 최정민
커버디자인_ 양우연
국제업무_ 박진해 · 조은지 · 남궁명일
관리 · 영업_ 김민원 · 조은걸

펴낸곳_ (주)디앤씨미디어
등록_ 2002년 4월 25일 제20-260호
주소_ 서울시 구로구 디지털로 32길 30, 코오롱디지털타워빌란트 1301-1308호
전화_ 02-333-2513(대표)
팩시밀리_ 02-333-2514
이메일_ lnovellove@naver.com
L노벨 공식 카페_ http://cafe.naver.com/lnovel11

TOKIDOKI BOSOTTO ROSHIAGO DE DERERU TONARI NO ARYA SAN Vol.5
©Sunsunsun, Momoco 2022
First published in Japan in 2022 by KADOKAWA CORPORATION, Tokyo.
Korean translation rights arranged with KADOKAWA CORPORATION, Tokyo.

ISBN 979-11-278-7278-6 04830
ISBN 979-11-278-6439-2 (세트)

값 8,500원

*이 책의 한국어판 저작권은 KADOKAWA CORPORATION과의 독점 계약으로
(주)디앤씨미디어에 있습니다.
저작권법에 의해 한국 내에서 보호를 받는 저작물이므로 무단전재와 복제를 금합니다.

*잘못된 책은 구매처에 문의하십시오.

©Hirukuma,Kurone Mishima,Natsume Akatsuki 2022
©Sumzap,Inc. ©2019 Natsume Akatsuki · Kurone Mishima
KADOKAWA / KONOSUBA Movie Partners

이 멋진 세계에 축복을! 판타스틱 데이즈

히루쿠마 지음 | 미시마 쿠로네 일러스트 | 아카츠키 나츠메 원작 | Sumzap 협력

『긴급 퀘스트! 긴급 퀘스트! 모험가 전원은 급히 정문으로 모여주시길 바랍니다!』
액셀 마을에 평소와 다름없는 경보가 울린다.
변함없이 방탕한 생활을 보내던 카즈마는
메구밍, 다크니스에게 끌려가듯 퀘스트를 받으러 간다.
그러던 중, 메구밍의 폭렬 마법에 어느 일행을 태운 마차가 휘말리고 마는데—?!
거대한 빚을 진 데다, 갈 곳마저 잃은 무희 그룹『액셀 하츠』의 뒷바라지를
울며 겨자 먹기로 하게 된 카즈마.
하지만, 그녀들의 노래를 듣자마자 프로듀스하기로 결정?!
"아이돌 사업으로 빚을 갚고 말겠어어어어어어!!"

대인기 모바일 게임『코노스바 모바일!』공식 노벨라이즈, 등장!!

NOVEL

라이트노벨의 새로운 빛! L노벨의 신간은 매월 10일에 발매됩니다. http://cafe.naver.com/lnovel11

L NOVEL

©Ryo Shirakome/OVERLAP
Illustration Takaya-ki

흔해빠진 직업으로 세계최강 1~13권, 단편집

시라코메 료 지음 | 타카야Ki 일러스트 | 김장준 옮김

『왕따』를 당하던 나구모 하지메는 같은 반 아이들과 함께 이세계로 소환된다.
차례차례 사기적인 전투 능력을 발현하는 반 아이들과는 달리
연성사라는 평범한 능력을 손에 넣은 하지메.
이세계에서도 최약인 그는 어떤 반 아이의 악의 탓에
미궁의 나락으로 떨어지고 마는데―?!
탈출 방법을 찾을 수 없는 절망의 늪에서
연성사로 최강에 이르는 길을 발견한 하지메는
흡혈귀 유에와 운명적인 만남을 이루고―.
"내가 유에를, 유에가 나를 지킨다. 그럼 최강이야. 전부 쓰러뜨리고 세계를 뛰어넘자."

나락으로 떨어진 소년과 가장 깊은 곳에 잠들었던 흡혈귀가 펼치는
『최강』 이세계 판타지 개막!

라이트노벨의 새로운 빛! L노벨의 신간은 매월 10일에 발매됩니다. http://cafe.naver.com/lnovel11

NOVEL

L NOVEL

©Mizunari Shibuya 2020
Illustration : Souichi Itou
KADOKAWA CORPORATION

검의 저편 1~3권

시부야 미즈나리 지음 | 이토 소이치 일러스트 | 김성래 옮김

"검도, 안 좋아해. ……나를 벨 수 있는 녀석이 더는 없으니까."
과거에 『최강』이라고 불리다가 그 자리에서 내려온 소년이 있었다.
『어검(御劍)』의 신동, 유우.
더는 두 번 다시 검은 쥐지 않겠다고 결심한 소년은,
그럼에도 다시 검의 길로 복귀한다.
유우를 바꾸었던 것은 처음으로 나란히 설 수 있는 친구들,
자신에게 이끌려 오는 아름다운 『검희(劍姬)』 후부키, 그리고……
고고의 정상에서 그저 오로지 유우를 줄곧 뒤쫓아왔던
고교 검도계 최강의 남자, 카이세이.
두 사람이 검을 겨룬 끝에 도달하는 곳은 약속의 너머, **검의 저편**.
"간다, 유우. 너를 벨 사람은, 바로 나다!"

검에 모든 것을 걸고 패권을 다투는
고등학생들의 청춘 검도 이야기, 당당히 개막!

NOVEL

라이트노벨의 새로운 빛! L노벨의 신간은 매월 10일에 발매됩니다. http://cafe.naver.com/lnovel11

©Ghost Mikawa 2021 Illustration : Hiten
KADOKAWA CORPORATION

의매생활 1~4권

미카와 고스트 지음 | Hiten 일러스트 | 박경용 옮김

고교생 아사무라 유우타는 부모의 재혼을 계기로,
학년 제일의 미소녀 아야세 사키와 남매로서 한 지붕 아래 살게 됐다.
너무 다가가지 않고, 대립하지도 않으며, 적절한 거리감을 유지하자고 약속한 두 사람.
가족의 애정에 굶주린 고독 속에서 노력을 거듭해왔기에
다른 사람에게 어리광 부리는 방법을 모르는 사키와,
그녀의 오빠로서 어떻게 대해야 할지 몰라 당황하는 유우타.
어쩐지 닮은 구석이 있는 두 사람은,
같이 생활하면서 차츰 편안함을 느끼게 되는데…….
이것은 언젠가 사랑에 빠질지도 모르는 이야기.

완전한 남이었던 남녀의 관계가 조금씩 가까워지며
천천히 변해가는 나날을 적은, 연애 생활 소설.

라이트노벨의 새로운 빛! L노벨의 신간은 매월 10일에 발매됩니다. http://cafe.naver.com/lnovel11

NOVEL